ZUM STERBEN SCHÖN

Die Fälle des Major Joschi Bernauer
Band 3

Autorin:
Ingeborg Mistlberger ist Verfassungsjuristin und begeisterte Bridgespielerin. Sie studierte Rechtswissenschaft und Katholische Theologie in Linz/Donau. Bekannt wurde sie mit der Vorstellung ihres ersten Romans „Mörderischer Kontrakt, Die Fälle des Major Joschi Bernauer" auf der Leipziger Buchmesse 2016, die das Interesse von Fernsehen und Presse nach sich zog.

Alle in diesem Buch vorkommenden Personen, Schauplätze und Handlungen sind frei erfunden. Etwaige Ähnlichkeiten mit lebenden Personen oder Ereignissen sind rein zufällig.

Ingeborg Mistlberger

ZUM STERBEN SCHÖN

Die Fälle des Major Joschi Bernauer
Band 3

Kriminalroman

Bibliographische Information der Deutschen Nationalbibliothek
Die Deutsche Nationalbibliothek verzeichnet diese Publikation in der
Deutschen Nationalbibliografie, detaillierte bibliografische Daten sind
im Internet über http://dnb.dnb.de abrufbar.

© 2018 Ingeborg Mistlberger
Herstellung und Verlag
BoD - Books on Demand, Norderstedt
ISBN 9783752877007

Personen der Handlung:

Major Dr. Joschi Bernauer, Leiter der Mordkommission Salzburg

Hofrat Dr. Sassmann, Polizeidirektor Salzburg

Major Dr. Markovsky, Leiter der Mordkommission Linz

Dr. Jan Kapnic, Leiter der Mordkommission Prag

Adil Murad, Designer in Prag

Architekt Miroslav Nowotny, Stadtrat in Prag

Jurek Touschek, Bediensteter und Bodyguard bei StR Nowotny

Baron Jean Julian Dechaump, Geschäftsführer einer

Schweizer Kunstgalerie

Karel Meston, Starfotograf in Prag

Marianne Burger, Sekretärin Karel Mestons

Detlef König, Jungfotograf in Prag

Irina Aigner, Model bei Adil Murad

Hedwig und Josef Aigner, Eltern Irinas

Chantal Popud, Leiterin einer Künstleragentur in Paris und

ehemals Model bei Adil Murad

Eloise Landers, Model bei Adil Murad

Helene Dietrich, vlg. Leni, Freundin Eloise Landers, Tänzerin

Howdy Miller, Regisseur

Luth Murad, Adil Murads Bruder

Hatto Cornelius, Freund Markovskys

6

Dr. Joschi Bernauer legte kopfschüttelnd den Brief einer Prager Notariatskanzlei vor sich auf den Schreibtisch. Das ganze konnte nur ein Missverständnis sein, denn hier wurde er kurioserweise als persönlich Betroffener zu einer Testamentseröffnung in dieses Notariat in Prag gebeten.

„Der Onkel aus Amerika", dachte er amüsiert und holte sein Handy aus dem Jackett, „ein Anruf und schon ist der Traum zu Ende."

Noch während er damit beschäftigt war, die Telefonnummer der Kanzlei einzugeben, klingelte das Telefon neben seinem Ellenbogen.

Seufzend griff er zum Hörer, legte dann achtlos sein Handy beiseite und vergaß sofort Notar und Testament. In Gneis, einem Vorort Salzburgs, hatten Kinder beim Spielen im Scharfrichterhaus, im Volksmund Henkerhaus genannt, eine weibliche Leiche in merkwürdiger Verkleidung gefunden.

Spurensicherung und Gerichtsmediziner waren vor Bernauer eingetroffen und er registrierte verwundert, dass sich die Schar der Gaffer, die sonst üblicherweise die Arbeiten am Tatort behinderte, in überschaubaren Grenzen hielt.

Vermutlich lag es auch daran, dass das Gelände nicht besonders gut einsehbar war, denn Hecken und Gebüsche säumten die Gegend um das Haus, sodass zufällige Passanten eher nicht zu erwarten waren.

Die tote Frau lag immer noch in dem morschen Gebäude, obwohl der Gerichtsmediziner die Untersuchung bereits beendet hatte.

„Das Mädchen ist dem Anschein nach erstickt", sagte er, „mehr dazu später."

7

Bernauer trat durch die altersschwache Türe ins Innere des baufälligen Hauses und nahm erleichtert zur Kenntnis, dass die Spurensicherung den Tatort samt der näheren Umgebung stark ausgeleuchtet hatte. Das Mädchen lag höchstens einen Meter vom Eingang entfernt auf dem Fußboden, den zu betreten im überwiegend herrschenden Halbdunkel gefährlich gewesen wäre, da bereits mehrere Bohlen vermorscht oder ausgebrochen waren.

Nach Schätzung Bernauers war die junge Frau höchstens zwanzig Jahre alt, mittelgroß, langhaarig und blond. Ihr Gesicht hatte sich zwar durch den qualvollen Tod verändert, aber man konnte davon ausgehen, dass es ein sehr hübsches gewesen sein musste.

Bekleidet war die Leiche mit einem groben, ungebleichten Kittel aus Leinen, so, wie es in den dunklen Zeiten des Strafrechts üblich gewesen war, wenn man einen Delinquenten zum Galgen führte. Die Augen waren mit einem schwarzen Tuch, das nun neben der Leiche lag, verbunden gewesen.

In den gefesselten Händen dürfte sie den Kranz, der um ein schwarzes Kreuz gebunden war und jetzt vor dem Haus lag, gehalten haben, da sich Tannennadeln in den weiten Ärmeln des Büßerhemdes verfangen hatten.

Um den Hals der jungen Frau lag ein Strick und unsichtbar, unter dem Kittel versteckt, trug sie einen breiten Lederriemen um den Brustkorb, der im hinteren Teil mit einer Metallöse versehen war, durch die ein festes Tau lief.

„Hier wurde eine Hinrichtung simuliert", vermutete Bernauer. Es dürfte sich also um die Szene eines Theaterstückes gehandelt haben."

War das ganze ein schrecklicher Unfall gewesen? Allerdings sah er in diesem baufälligen Gebäude keine einzige Halte-

8

rung, die man einigermaßen mit Gewicht hätte belasten können und keine erkennbaren Spuren, die auf Zuschauer hingewiesen hätten. Ebenso gab es vorerst auch keine Hinweise auf die Identität des Mädchens oder die Veranstalter dieses geschmacklosen Schauspiels.

Bernauer trat vor das Haus während die Spurensicherung dabei war, ihren Tätigkeitsbereich auf die Umgebung auszudehnen.

Ein kleiner Junge, der sich bis an die Absperrung heran gedrängt hatte, versuchte jetzt durch heftiges Winken die Aufmerksamkeit Bernauers auf sich zu ziehen.

„Bist Du auch im Haus gewesen?" fragte er das Kind.

„Ja, aber das soll Mama nicht wissen", flüsterte der Bub, „wir dürfen da nämlich nicht spielen, weil die Geister noch nicht erlöst sind. Früher sind die Toten hier ganz lange ausgestellt gewesen, weil manchmal nicht alle zuschauen konnten, wenn die Mörder aufgehängt wurden. „Da", sagte er und zeigte mit dem Finger auf den Rasen vor dem Haus, „da sieht man noch, wo der Galgen gestanden ist."

Bernauer nickte verständig und blickte auf die Stelle, die der Junge bezeichnet hatte. Man sah tatsächlich noch immer, wo sich das Fundament des Galgens befunden hatte.

„Gut, dass Du mir die Stelle gezeigt hast. Sagst Du mir jetzt auch Deinen Namen?" fragte Bernauer.

Das Kind trug sichtlich einen Kampf zwischen seiner Wichtigkeit einerseits und der Angst vor der Strafe wegen seines Ungehorsams andererseits aus.

„Nein, das geht nicht", sagte der Bub entschlossen, „es ist wegen Mama" und wieselflink war er durch das Gebüsch verschwunden.

9

„Wer hat denn nun den Leichenfund gemeldet?" fragte Bernauer den Kollegen, der sich als erster am Tatort eingefunden hatte.

„Die Mutter eines der Kinder, eine Krankenschwester, sie ist aber derzeit im Dienst auf einer Unfallstation", antwortete er, „soll sie vorgeladen werden?"

„Sagen Sie ihr, sie möchte sich so schnell wie möglich mit mir in Verbindung setzen, am besten gleich telefonisch", entschied Bernauer, „wieso hat sie denn erst aus ihrer Dienststelle angerufen?"

„Sie war nicht sicher, ob sie die Behauptung ihres Sohnes überhaupt glauben sollte. An das alte Haus knüpfen sich jede Menge Gruselgeschichten, Kinder haben daran natürlich das größte Interesse und lassen dann auch noch ihre Phantasie spielen. Nachdem es ihnen streng verboten ist, dort zu spielen, den Zustand des Hauses haben Sie ja gesehen, wollte sich keines der Kinder den Eltern anvertrauen. Nur die kleine Schwester eines Jungen, die das Gespräch der Kinder belauscht hatte, verpetzte ihren Bruder Max, aber niemand schenkte der Geschichte von der bizarren weißen Gestalt im Henkerhaus Glauben.

Am nächsten Tag schlichen die Buben dann doch wieder vorsichtig in das unheimliche Haus zurück um nach der toten Frau zu sehen und wie am Vortag lag sie noch immer am Boden hinter der Tür.

Dieses Erlebnis war für Max zu viel. Er rief seine Mutter im Krankenhaus an, beichtete ihr den neuerlichen Besuch im Henkerhaus und beschwor sie, ihm zu glauben, dass er und seine Freunde heute, wie schon am Tag vorher, die Leiche auf dem Fußboden gesehen hätten. Sehr verunsichert hatte seine Mutter dann die Polizei gerufen."

10

Bernauer war gerade wieder ins Büro gekommen, als bereits sein Telefon schrillte. Schneller als erwartet und äußerst besorgt fragte jetzt die Mutter des kleinen Max, ob er der zuständige Beamte in der Sache der Toten im Henkerhaus sei.

„Ja, da sind Sie richtig", antwortete Bernauer, „ich danke für den schnellen Rückruf."

„Das ist doch selbstverständlich", sagte sie hastig, „was soll denn nun geschehen?"

„Ich müsste dringend mit Ihrem Jungen reden", erklärte Bernauer vorsichtig, „und die Befragung wird auch keinen Schaden anrichten, denn wir sind im Umgang mit Kindern sehr erfahren, außerdem haben die Jungen am nächsten Tag freiwillig noch einmal dieses Haus aufgesucht um nach der Toten zu sehen und es wäre bestimmt nicht sehr sinnvoll, sie mit diesem Problem ihrer Phantasie zu überlassen. Sind Sie einverstanden?"

„Natürlich bin ich einverstanden", sagte sie, „im Gegenteil: Max wird es genießen, im Polizeipräsidium als Zeuge auftreten zu dürfen, er wird der Held seiner Schulklasse sein."

Bernauer lächelte und bat sie noch, Max nach den Namen derjenigen Buben zu fragen, die bei der Auffindung der Toten dabei gewesen waren.

„Wenn es Ihnen hilft", erklärte sie sich bereit, „kann ich auch mit deren Eltern sprechen und könnte mir vorstellen, dass auch sie einer Befragung zustimmen werden."

Bernauer bedankte sich erleichtert.

„Warten Sie", sagte er, „allen Buben, die zu einer Aussage ins Präsidium kommen, verspreche ich, dass sie mit der Funkstreife geholt und dann wieder zu Hause abgeliefert werden."

11

Am nächsten Tag waren fünf ungefähr Elfjährige im Stadtteil Gneis von einem Funkstreifenwagen abzuholen.

Die Erzählungen der Kinder wichen im Prinzip nicht voneinander ab, es sei denn, es ging um die Behauptung jedes einzelnen, er selbst sei in der gefährlichen Sache der mutige Rädelsführer gewesen.
Die Buben waren verbotener Weise um das Haus geschlichen und einer von ihnen rieb neugierig den Staub von einer Fensterscheibe, um in den Raum zu spähen. Aufgeregt entdeckte er einen hellen Fleck am Boden vor der Tür und obwohl sie alle davon überzeugt waren, es müsse sich um einen Geist handeln, der auf ein Menschenopfer lauere, war Max mutig hingegangen, um gegen die geschlossene Tür zu treten. Zu seinem Schrecken schlug sie jedoch auf und er stand vor der am Boden liegenden Gestalt, wobei er allerdings auf den ersten Blick erkannte, dass hier statt des erwarteten Geistes eine tote Frau lag.

Die Neugier war schnell verflogen und in ihrem Schreck waren die Buben weggelaufen. In der Sicherheit ihrer nahe gelegenen Siedlung angekommen, hatten sie sich dann geschworen, niemandem und unter keinen Umständen ihr schreckliches Geheimnis zu verraten. Unbeachteter Zeuge war Maxis kleine Schwester.
„Ist Euch im Haus oder in der Nähe vielleicht auch noch etwas anderes aufgefallen?" fragte Bernauer. „Ein Mensch, ein Auto oder ein Gegenstand, auch wenn es nichts besonderes war."
Die Kinder schüttelten die Köpfe.
„Nein", sagte plötzlich Max, „aber vielleicht, die Zigarette."

12

„Wo? Im Haus?"

„Nein, auf der Wiese vor dem Haus. In der zerknüllten Hülle war nur noch eine Zigarette."

„Habt Ihr sie mitgenommen?"

„Ja", sagte Max, „wir haben sie in den Bach geworfen, die Hülle schwimmt nämlich wie ein Schiff zwischen den Steinen und kentert dann unter der Brücke."

Es war Bernauer völlig klar, dass die Buben heimlich die Zigarette geraucht und dann die Schachtel samt Plastikhülse in den Bach geworfen hatten, aber das würden sie in Anwesenheit der Eltern natürlich nicht zugeben.

„Erinnert sich jemand an die Zigarettenmarke?" fragte er.

„Marlboro", sagte einer der Buben.

„Nein", widersprach Max, „die sind doch rot, es waren die, die auch der Mann im gelben Lamborghini geraucht hat. Die mit dem blauen Rand."

„In einem gelben Lamborghini? Wo gab es denn solch einen Schlitten zu sehen?"

„Beim Gasthof Hölle", erinnerte sich Max, „aber das war schon vor einer Woche, mindestens."

Zwei Männer, erzählten die Buben, waren damals zu Fuß von der Siedlung heruntergekommen, in den Lamborghini gestiegen und weggefahren. Einer hatte dabei eine Zigarette geraucht und beim Wegfahren den Stummel samt leerer Schachtel aus dem Wagen auf die Straße geworfen und auch diese hatten die Buben zu einem Schiff umfunktioniert. Auf das Kennzeichen hatten sie allerdings nicht geachtet, aber Max glaubte sich an ein C auf der Nummerntafel erinnern zu können.

Beim Gasthof Hölle hatte der gelbe Lamborghini zwar ebenfalls Aufsehen erregt, aber die beiden Männer, die nicht

Gäste des Hotels gewesen waren, hatten lediglich an einem der Gartentische Kaffee getrunken. Eine Kellnerin behauptete, am Wagen ein Schweizer Kennzeichen wahrgenommen zu haben, während der Hausdiener der Meinung war, es habe sich um eine tschechische Nummerntafel gehandelt.

Hingegen dürfte auch niemand das tote Mädchen gekannt oder wenigstens gesehen haben, allerdings kam das Foto der Toten dem Erscheinungsbild der lebenden jungen Frau vermutlich nicht sehr nahe.

Die Obduktion ergab, dass die Unbekannte ein Übermaß Haschisch zu sich. genommen hatte, außerdem betrug der Alkoholwert zwei Promille. Ihr Alter musste zwischen achtzehn und zwanzig Jahren gelegen sein.

Der Tod war durch Ersticken eingetreten und dies zwei Tage bevor die Kinder sie gefunden hatten.

Ausgelöst durch den übermäßigen Genuss von Wodka nach dem Konsum des Rauschgiftes hatte die Muskulatur des Mädchens ihre Spannkraft verloren, die Zunge war in den Rachen zurückgerutscht und hatte den Atemweg versperrt, aber bei fachgerechter Behandlung wäre die junge Frau vermutlich zu retten gewesen.

Um ihren Brustkorb verlief eine ringförmige Drucklinie, die darauf zurückzuführen war, dass sich der Ledergurt fest um ihre Rippen geschlossen hatte, wahrscheinlich, als sie an dem Seil emporgezogen worden war. Dies wäre für die Frau völlig ungefährlich gewesen und sie sei auch nicht in vertikaler, sondern horizontaler Lage erstickt. Anzeichen von Gewalt hatte es nicht gegeben.

Auch die Spurensicherung erbrachte keine weiteren Hinweise.

14

„Ungeheuerlich", empörte sich Hofrat Sassmann.
„Glauben Sie, dass es sich hier um eine der Darstellungen obsessiver Brutalitäten handelt, die jetzt langsam überhand nehmen? Man schreckt ja sogar im Fernsehen nicht mehr davor zurück diese Abscheulichkeiten zur besten Sendezeit anschaulich vorzuführen. Früher hat man Dinge lediglich angedeutet und den Rest der Phantasie des Zusehers überlassen, ich denke da zum Beispiel an den spannenden Hitchcock-Film ‚Psycho'. Heute verkauft sich offensichtlich nur mehr anschauliche, ekelerregende Realität."

„Merkwürdig ist auch", sagte Bernauer, „dass nicht festzustellen ist, ob oder wie viele Zuschauer es gegeben hat. Meinem Dafürhalten nach waren es für eine derartig aufwändige Inszenierung auffallend wenige, sonst müsste der Rasen um das Haus zertreten sein.
Nach dem Obduktionsergebnis dürfte es sich um einen Unfall gehandelt haben, natürlich mit unterlassener Hilfeleistung. Dies wäre dann wiederum ein stärkeres Indiz für die Abwesenheit von Zuschauern."
„Haschisch", meinte Sassmann, „da hätten wir doch einigermaßen Erfahrung."
„Das Geschäft mit Gras ist noch immer ein Balanceakt zwischen Reden und Schweigen", stellte Bernauer fest, „man wird uns nichts freiwillig mitteilen, wenn es nicht hinlänglich bewiesen ist."
Dann holte Bernauer den Brief aus der Notariatskanzlei in Prag aus der Sakkotasche und legte ihn vor Sassmann auf den Schreibtisch.

„Sehen Sie sich so etwas an", sagte er, „es kommt mir vor wie ein Witz. Ein tschechisches Notariat lädt mich ein, zu einer Testamentsverhandlung in Prag zu erscheinen, dabei kenne ich dort keinen einzigen Menschen."
„Mysteriös, ja, aber ein Witz? Glaub ich nicht, es gibt da Dinge zwischen Himmel und Erde, na sie wissen schon. Warum tun Sie nicht, was Sie sonst immer tun, Bernauer, ermitteln Sie einfach."

Die Auskunft aus Prag war aber dann ebenso simpel wie eindeutig. Bernauer wurde in einem Testament eines Prager Bürgers bedacht und daher dringend gebeten, in drei Wochen in der Notariatskanzlei in Prag zu einer Testamentseröffnung zu erscheinen.
„Bernauer", sagte Sassmann, „vorderhand werden wir ohnedies nur Kleinarbeit leisten müssen und vielleicht haben wir sogar schneller Erfolg als man erwartet, also vernachlässigen Sie jetzt ja nicht Ihre persönlichen Angelegenheiten, vielleicht ist das ganze wider Erwarten absolut nicht wertlos. Glücklicherweise spricht der Notar tadelloses Deutsch, was wollen Sie mehr. Also, machen Sie schon."

Joschi Bernauer sah ärgerlich auf die Uhr. Er hatte jetzt mindestens eine Viertelstunde damit verloren, sich im Prager Straßengewirr zurechtzufinden.
Wenn er nicht bald das Büro des Notars fand, kam er unweigerlich zu spät.
Sicher wusste er nur, dass er sich in Richtung Theater zu halten habe, fand die vermutlich direkte Straße und fuhr

16

zielstrebig den Schienenstrang entlang, wobei er standhaft die Gewissheit verdrängte, dass das Befahren eines selbständigen Gleiskörpers überall verboten war.

Knapp vor Erreichung des ersehnten Zieles setzte von links her kommend eine Straßenbahn dazu an, sich in seine Fahrbahn einzuschleusen.

Bernauer blieb stehen und zeigte dem Fahrer seinen Verzicht auf den Vorrang an, nahm aber dann unangenehm berührt zur Kenntnis, dass dieser ihn verständnislos ansah. Bernauer schüttelte den Kopf, reihte sich ein und schon schloss hinter ihm eine weitere Straßenbahn auf. Da die Verkehrsampel der davor liegenden Kreuzung auf Rot stand, kam er nun nicht nur bewegungsunfähig eingekeilt zwischen den beiden Zügen zu stehen, sondern auch neben einer Haltestelle, von der aus ihn die Wartenden wie ein seltenes Tier im Käfig begafften.

Als sich der Verkehr endlich weiterbewegte, bog er schnell in die Na Prikope ein und etwa fünfzig Meter weiter fand er die Tiefgarage unter einem Einkaufszentrum. So erreichte er schließlich mit Mühe, doch noch zeitgerecht, die Kanzlei des Notars.

„Entschuldigen Sie mein Eintreffen in letzter Sekunde", sagte er, „erst bin ich im Kreis durch die Stadt gefahren und dann wurde ich durch zwei Straßenbahnen blockiert."

„Ich habe es vom Fenster aus gesehen", meinte der Notar trocken, „dieses Straßenstück dient nur dem Schienenverkehr und unsere Polizei ist sehr schnell. Noch einige Minuten und Sie hätten hundert Euro bezahlt, denn unsere Polizei ist auch sehr humorlos."

17

Dabei bot er Bernauer mit einer Handbewegung einen Stuhl vor seinem Schreibtisch an. Der zweite Sessel war von einer verhutzelten alten Frau besetzt, die auf seinen höflichen Gruß nicht im Mindesten reagierte, aber eine hinter ihr stehende jüngere Frau nickte ihm kurz zu.

„Lauter wenig freundliche Zeitgenossen", dachte Bernauer erbittert, war aber dann doch sehr froh, dass wenigstens der Notar die deutsche Sprache so tadellos beherrschte.

Nach einigen umständlichen Formalitäten kam der Jurist zur Sache und Bernauer erfuhr staunend, dass er im Testament eines alten Mannes bedacht worden sei, genau genommen handle es sich um ein kleines Haus mit Garten in der Altstadt von Prag.

„Das muss ein Irrtum sein", warf Bernauer verwirrt ein, „ich kannte diesen Herrn nicht einmal, wie kann es da sein, dass er mich zum Erben einsetzt?"

„Es liegt ein verschlossenes Kuvert bei", sagte der Notar, „das dürfte die Lösung bringen."

Bernauer öffnete den Umschlag und zog einen Brief in tschechischer Sprache heraus. Ratlos überreichte er ihn dem Notar und bat ihn, das Geschriebene für ihn zu übersetzen.

Widerwillig rückte dieser seine Brille zurecht und begann zu lesen.

Der Verstorbene sei ein langjähriger Freund und Bewunderer der Großmutter Bernauers gewesen, die sich jährlich ein- bis zweimal zur Kur in Marienbad aufgehalten hatte. Es sei eine unendliche Seelenverwandtschaft gewesen, schrieb er, die ihn, einen immer einsamen und unverstandenen Mann, mit Wärme und Glück erfüllt hätte.

Für diese Wochen hätte er das ganze Jahr gelebt und mit Freude und Interesse ihre Erzählungen gehört, die sich immer voll Stolz um ihren Enkel gedreht hatten. Er selbst hätte auch nach dem Tod der verehrten Frau den Lebensweg Bernauers verfolgt und sich riesig gefreut, als dann er, Dr. Joschi Bernauer, die Leitung des Salzburger Morddezernats übernommen habe.

Dann bat er Bernauer im Andenken an dessen Großmutter das Erbe anzunehmen.

Verwundert stellte Bernauer bei sich fest, dass die Tschechisch-Kenntnisse seiner Großmutter bei weitem besser gewesen sein mussten, als er geahnt hatte und dies, obwohl sie lediglich am Beginn ihrer Ehe ungefähr zwei Jahre in Prag gelebt hatte, als Großvater eine weitere Niederlassung seines Betriebes gegründet hatte.

„Überlegen Sie sich die Sache", sagte der Notar, „wenn Sie den Nachlass ausschlagen, erbt die ehemalige Haushälterin des Verstorbenen den Besitz" und zeigte auf die kleine Frau, die noch immer wie angegossen auf ihrem Stuhl saß.

„Sie kann nur nichts mehr damit anfangen und wird ohnedies im Altenheim ihrem Zustand entsprechend gut versorgt."

„Ich weiß nicht", sagte Bernauer, „muss ich mich sofort entscheiden?"

Der Notar sah ihn uninteressiert an: „Nein, Sie brauchen auch den Willen des Toten nicht zu respektieren, denn letzten Endes erbt dann in absehbarer Zeit ohnehin der Staat."

„Ich melde mich morgen", gab Bernauer zur Antwort, „aber vielleicht könnten Sie mir anderweitig helfen. Gibt es eine Möglichkeit in Prag am Abend irgendwo Bridge zu spielen?"

Plötzlich ging mit dem unangenehmen und bis dahin unsympathischen Notar eine unglaubliche Wandlung vor. „Sie spielen Bridge?" fragte er interessiert. Als Bernauer zustimmend nickte, bat er ihn bei einem Kaffee kurz im Nebenraum Platz zu nehmen „Hätten Sie Lust heute Abend mit einem meiner Gäste zu spielen?" fragte der Notar, als er nach einer knappen Viertelstunde wieder ins Zimmer trat.
„Gerne", antwortete Joschi Bernauer.
„Dann lade ich Sie zu einer privaten Bridgerunde bei mir zuhause ein. Meine Wohnung befindet sich einen Stock höher als die Kanzlei. Wo sind Sie denn abgestiegen?"
„Das Hotel heißt Josef."
„Das liegt ja ganz in der Nähe, höchstens fünf Minuten entfernt, da können Sie wunderbar zu Fuß gehen. Passt Ihnen sieben Uhr mit einem kleinen Imbiss zuvor?"
„Sehr gut", sagte Bernauer, „danke."

Der Abend verlief äußerst vergnüglich und endete damit, dass ihn sein Partner, Adil Murad, libyscher Besitzer eines Modesalons in Prag, einlud, am nächsten Tag die in den Räumen seiner Boutique stattfindende Modenschau als sein Gast zu besuchen. Zur Verwunderung Bernauers konnte er sich auch mit dem Libyer in deutscher Sprache unterhalten.
„Die Eltern meiner Frau sind Prager", erklärte er „und die gehobene Gesellschaft dieser Stadt beherrscht noch immer Ihre Sprache. Sie werden verstehen, dass ich mich dieser Tradition zu beugen habe."
Diese Feststellung brachte für Bernauer bereits eine gewisse Vorstellung von der Bonität der honorigen Kundenschicht Adil Murads.

20

Es sollte aber noch besser kommen.

„Ähnliches werden Sie selten sehen", sagte der Libyer, „ich kreiere die Kleider in erster Linie für große Auftritte reicher orientalischer Damen und die der östlichen Hochfinanz, bei Hochzeiten zum Beispiel. Natürlich tragen auch Damen der übrigen honorigen Gesellschaft meine Kreationen. Allerdings kein Kleid unter zweihunderttausend Euro."

Bernauer glaubte nicht richtig verstanden zu haben, wollte aber dann nicht nachfragen, da ihn diese Summe so ungeheuerlich anmutete, dass er sich die Peinlichkeit, sollte der Preis in diesen Kreisen üblich sein oder er sich verhört haben, ersparen wollte.

Aber Murad überging ohnehin jede Entgegnung Bernauers und erläuterte selbst Vision und Gestaltung seiner Schöpfungen.

„Die Libyerin ist eine sehr natürliche Frau, legt aber doch großen Wert darauf, ihre Vorzüge zu pflegen und zu betonen", sagte er. „Die Schönheit der Pariserin hingegen ist plakativ und daher auch ziemlich kompakt. Meine Intention ist es nun einen Weg zu finden, der gleichermaßen beide Sphären zu einem harmonischen Ganzen zusammenführt."

„Eine äußerst kostenintensive Intention", dachte Bernauer, und es waren dann zwei Argumente, die ihn, der sich bei derartigen Veranstaltungen eher langweilte, zusagen ließen. Einmal die Neugierde, wie so ein Kleid beschaffen sein musste um zweihunderttausend Euro zu kosten und zweitens die Tatsache, dass seine Freundin, Dr. Iris Adler, mindestens vier Wochen lang nicht mehr mit ihm sprechen würde, wenn er ihr nicht haargenau über die Sphäre von Reichtum und Glanz berichten würde, ganz abgesehen von der genauen Beschreibung der gezeigten Kreationen.

21

Im Schatten des angekündigten Ereignisses war nun Bernauer äußerst froh darüber, seinen Smoking mitgebracht zu haben, obwohl dies eher eine Vorsichtsmaßnahme im Hinblick auf einen erhofften Bridgeabend in Prag gewesen war. Schließlich konnte niemand die möglichen Kleidervorschriften der einzelnen Clubs voraussehen.

Bereits der Rahmen der eleganten Veranstaltung am nächsten Abend war ungemein beeindruckend.

Der Saal war höchstens für die Anwesenheit von vierzig Personen gedacht, vollkommen in Hellgrau und Beige gehalten und mit einem Meer weißer Calla-Blüten geschmückt. Die Kleidung der Gäste musste Unsummen gekostet haben und Bernauers Smoking kam ihm hier, obwohl er empfindlich teuer gewesen war, doch ziemlich einfach vor. Seine Skrupel legten sich aber sofort und absolut, als ihm bewusst wurde, wie unverhohlen interessiert ihn der Großteil der weiblichen Gäste in Augenschein nahm.

Hoch gewachsen und schlank hob er sich äußerst angenehm vom Habitus der übrigen anwesenden Herren ab, deren reichlich gefüllte Brieftaschen diesen Mangel im Augenblick sichtlich nicht ausgleichen konnten.

Die vorgeführten Modelle waren in Opulenz und Grazie schwierig bis kaum zu beschreiben. Seide, Tüll und Spitzen waren so überreichlich bestickt mit Gold und Steinen, dass Bernauer das Gefühl hatte, beim Anblick von so viel Glanz und Gloria ersticken zu müssen.

Wer sich in solchen Gewändern bewegte benötigte unbedingt Personal um bekleidet zu werden und später auch zur ständigen Betreuung, denn Schleppen, Schleier, Schleifen und Petticoats mussten auch während eines Auftrittes stets in Fasson gebracht und gehalten werden.

22

„Ich weiß nicht, ob es wirklich wünschenswert ist, in diesen Prunkpanzern zu stecken", dachte er und blickte wohlwollend auf die brünette Trägerin eines weißen, mit Perlen überladenen Hochzeitskleides.

Bernauer mochte zierliche Frauen und gezierte Posen waren ihm zuwider. Dieses Mädchen aber hatte trotz großer Robe und aller kosmetischen Raffinessen ein untypisch bezaubernd natürliches Gesicht und ein beinahe scheues Lächeln, welches jedoch die schönen grauen Augen der jungen Frau nicht erreichen wollte.

„Wie eine Braut, die nur aus Gehorsam zum Altar schreitet", dachte Bernauer, der diese barbarische Sitte zutiefst verabscheute.

„Bella Mora", grinste neben ihm ein offensichtlich italienischer Gast, der Bernauers Interesse amüsiert wahrgenommen hatte.

In der Pause vor dem großen Finale nahm Joschi Bernauer eine der Champagnerschalen vom Tablett eines befrackten Kellners, schlenderte durch den hellgrauen Saal und besichtigte neugierig auch noch den eleganten Verkaufsraum, bei dem die Türen zu den Umkleidekabinen mindestens ebenso prächtig ausgefallen waren, wie die Schlafzimmertüren eines Rokoko-Schlosses.

Anschließend sollte der letzte Teil der Show beginnen.

Wieder am Laufsteg angekommen wurde Bernauer auf eine Bewegung am Seiteneingang aufmerksam. Der Libyer bat ihn durch ein Handzeichen aus dem Saal zu kommen.

Er verließ den Raum und folgte Murad durch das Entree in ein Büro, in dem bereits aufgelöst und kreidebleich eine junge Garderobiere stand, erstarrt und eine Hand an den Mund gepresst.

Seitlich des gläsernen Schreibtisches schien ein riesiger, leichter Schneeball zu liegen, den ein verschwommener roter Faden durchzog.

Das Model Irina müsse gestürzt und mit dem Kopf gegen die Kante des gläsernen Schreibtisches gefallen sein, vermutete der nach Atem ringende libysche Geschäftsmann. Der jungen Schneiderin, die zur Bedienung Irinas bestimmt gewesen war, fehlten jegliche Kenntnisse der englischen oder deutschen Sprache und auch psychisch wäre sie nicht in der Lage gewesen Auskunft zu geben. Ohne sich zu bewegen hatte sie jetzt still zu weinen begonnen.

Was konnte hier, in diesem abseits gelegenen Büroraum, geschehen sein?

Der Libyer, der nur durch Zufall in sein Büro gekommen war, um seine Nervosität vor dem Finale durch eine Zigarette zu dämpfen, erklärte Bernauer nun anschaulich, wie schwierig es sei, sich in einem solchen Kleid zu bewegen. Mehr als ein Dutzend Stofflagen bauschten sich unter dem Rock der Robe und es bedurfte eines sehr routinierten, konzentrierten Ganges, um nicht mit den hohen Absätzen in den einzelnen Stoffbahnen hängenzubleiben oder noch schlimmer, hinzufallen.

Was die junge Frau allerdings so knapp vor dem Defilee hier im Büro gewollt hatte, könne er sich nicht erklären.

Jetzt sah Bernauer durch das Stoffgewirr auch den Körper des Mädchens und die Blutspur, die sich durch Tüll und Seide mäanderartig ausgebreitet hatte.

Bernauer versuchte nun Adil Murad eindringlich klar zu machen, dass er sofort die Polizei rufen müsse und erklärte

24

sich selbst dazu bereit, den Raum gegen das Betreten jeglicher Personen abzusichern.

Der Mann wollte aber starrköpfig noch das Defilee abwickeln, das ganze sollte ja nicht länger als etwa zehn Minuten dauern und es würde ohnedies schwierig genug für ihn werden, das Fehlen des Hochzeitskleides zu überspielen. Außerdem wollte er noch seine Gäste verabschieden, um sie vor dem schrecklichen Geschehenen und dem zu erwartenden Polizeieinsatz zu schützen. In diesen Kreisen wäre so etwas ausschließlich eine geschmacklose Zumutung.

Da half auch der Hinweis Bernauers nichts, dass die Polizei auf jeden Fall anhand der Gästeliste die einzelnen Personen ausfindig machen würde, um sie einer Befragung zu unterziehen.

Das Finale ging also noch ungehindert über die Bühne, der Designer nahm den versnobten Beifall entgegen und erst als die vornehme Gesellschaft das Haus verlassen hatte, rief der Libyer die Polizei.

Von Anfang an hatte Bernauer das Gefühl, dass der ermittelnde Beamte der Prager Polizei von seiner Anwesenheit wenig begeistert war. Förmlich bat er ihn, nachdem er seine Personalien aufgenommen hatte, für den nächsten Tag zur schriftlichen Protokollaufnahme in die Dienststelle und widmete sich dann weiter seinen Obliegenheiten.

Bernauer verabschiedete sich von Adil Murad, spazierte grübelnd bis über die Karlsbrücke und fand ein kleines gemütliches Lokal, in dem er dann noch etwas abwesend eine Kleinigkeit zu sich nahm, während seine Gedanken unermüdlich um das Geschehene kreisten.

Am nächsten Tag gab Bernauer dem Notar Bescheid, dass er das Erbe antreten werde und begab sich anschließend in die Polizeidienststelle zur Protokollaufnahme, die dann über einen Dolmetsch kurz und zielstrebig abgespult wurde. Als er später in sein Hotel zurückkehrte, bat man ihn noch an die Rezeption, da eine Nachricht für ihn abgegeben worden sei.

Neugierig öffnete er den Umschlag, der die Visitenkarte eines Fotostudios beinhaltete, auf der handschriftlich um seinen Rückruf gebeten wurde. Was hatte er denn mit einem Fotostudio in Prag zu schaffen?

Er ging in sein Zimmer und wählte die angegebene Nummer. Sofort fragte eine männliche Stimme, bevor Bernauer noch zu Wort kam, ob er der österreichische Polizist sei, der gestern die Modenschau besucht habe.

„Ja", sagte Bernauer, „der bin ich."

„Ich muss Sie dringendst sprechen." Die Stimme begann leiser zu werden.

„Es geht um den Tod von Irina, niemand darf wissen, dass ich zu Ihnen Kontakt aufgenommen habe."

„Wer sind Sie?"

„Ich war mit Irina befreundet und stand gestern abends in der Nähe der Boutique, aber Sie haben mich nicht bemerkt."

„Und was habe ich damit zu tun?" fragte Bernauer scheinbar unbeteiligt.

„Ich bin Fotograf und kann über die bestimmte Sache nur mit Ihnen sprechen", sagte der Mann, „es ist zu gefährlich."

„Wieso gefährlich? Was fürchten Sie denn?" hakte Bernauer nach.

26

„Können wir uns nicht irgendwo treffen? Ich habe da eine Auftragsarbeit im Park hinter dem riesigen roten Metronom am anderen Moldauufer. Das werden Sie doch sicher schon gesehen haben." Und hastig fügte er noch hinzu: „Sie werden doch nicht vorher abreisen wollen?"

„Ich glaube, das Metronom kenne ich", sagte Bernauer, „ziemlich in der Nähe gab es doch das Riesendenkmal Stalins?"

„Ja, genau dort", hechelte jetzt die Stimme, „wäre Ihnen drei Uhr recht? Ich muss nämlich jetzt Schluss machen."

„Woher wissen Sie denn, dass ich von der Polizei bin?" fragte Bernauer schnell.

„Diese Gesellschaft bleibt vollkommen unter sich, also war Ihre Anwesenheit eine Sensation."

„In Ordnung", sagte Bernauer, „dann werde ich da sein."

Ein guter Grund für ihn, sich auch das jenseitige Moldauufer anzusehen, fand er, irgendwo zu Mittag zu essen und den beeindruckenden Park, von dem er schon gehört hatte, zu besuchen.

Beschwingt schritt Joschi Bernauer über den Kiesweg der gepflegten Anlage im englischen Stil. Bernauer liebte englische Gärten im Gegensatz zu jenen à la française, wo ihm die absolutistisch vorgeschriebene Haltung der Pflanzen nie das Gefühl gab, selbst Teil eines lebendigen Gemäldes zu sein.

Vor dem mit dem Fotografen vereinbarten Treffpunkt sah Joschi Bernauer belustigt einem Mann zu, der im Rollstuhl saß und begehrlich auf die Hände eines Passanten starrte, der neben ihm stand und Tabak aus einem Päckchen Van Nelle nahm, um sich eine Zigarette zu drehen.

Als der junge Mann, sein Werk betrachtend, aus dem Augenwinkel wahrnahm, wie sehnlich der Blick des Rollstuhlfahrers auf seiner Zigarette haftete, bot er sie ihm an und begann dann etwas hastig für sich selbst eine weitere zu erzeugen.

Bernauer, der noch das Wechselgeld aus dem Gasthaus bei sich hatte, legte es nach dieser kleinen Szene amüsiert in die hölzerne Schale, die neben dem Mann im Rollstuhl auf einem niedrigen Mäuerchen stand.

„Danke der Herr, vielen, vielen Dank", sagte dieser und strahlte ihn an.

„Sie sprechen Deutsch?"

„Wissen Sie, ich sitze hier vom Morgen bis hinein in den Abend wenn es nicht gar zu kalt ist", gab er zur Antwort „und viele Touristen haben ein Herz für einen besitzlosen, alten Mann. Ich möchte allen in ihrer Sprache danken können und Österreicher erkenne ich ohnehin sofort."

Listig, mit den verwitterten Äuglein blinzelnd, zog er genussvoll an seiner Zigarette und schickte einer vorübereilenden Blondine eine bewundernde Geste nach.

Bernauer fühlte etwas Wehmut und zugleich Freude in sich aufsteigen. Dieser Mann war arm, alt und auf den Rollstuhl angewiesen, aber er kostete jedes kleine Glück, das ihm geboten wurde, voll aus. Wie viel brauchte ein Mensch denn wirklich um glücklich zu sein?

Eine interessante Frage, aber er musste sich jetzt auf die Suche nach dem Fotografen machen.

Der Spaziergänger von vorhin war noch immer mit seiner Zigarette beschäftigt.

„Können wir weiter gehen?" fragte er plötzlich leise und ohne aufzusehen. Bernauer nickte und sie schritten schweigend nebeneinander durch den Park.

Der andere mochte etwa fünfundzwanzig Jahre alt sein, groß und hager, die überschulterlangen Haare zu einem Pferdeschwanz gebunden, mit bleichem Gesicht und großen braunen Augen, die müde blickten und von dunklen Schatten unterlegt waren.

Über seiner Schulter hing an einem Riemen eine große, ausgebeulte Jeanstasche, in der er anscheinend seine Fotoausrüstung bei sich trug.

„Ich habe heute zwei bösartige Kinder im Garten vor dieser Villa fotografiert", sagte er dann und deutete mit der Hand auf ein ansehnliches Gebäude inmitten eines gepflegten Rasengrundstücks.

„Ich hasse Kinder, sie sind abscheuliche Ungeheuer", murmelte er, „aber man muss ja schließlich von etwas leben."

Doch dann, nach einer kurzen Überlegungspause schlug seine Stimmung in Begeisterung um: „Ich möchte gerne als Kriegsberichterstatter oder Modefotograf arbeiten, international, so richtig in die vollen, verstehen Sie?"

„Na, ja", dachte Bernauer, „irgendwann wirst du dich wohl entscheiden müssen zwischen Howard Russell und Helmut Newton."

Wenn er ihn nämlich so recht betrachtete, würde es wesentlich besser sein, wenn sich der Anwärter auf den Gipfel künstlerischen Ruhmes doch eher den ungefährlicheren Laufstegen zuwenden würde, beurteilte Bernauer die Angelegenheit wie immer pragmatisch.

„Ach ja", ergriff der Fotograf wieder das Wort, „dass ich mich vorstelle, ich bin Detlef König, geborener Duisburger. Ei-

gentlich sollte ich ja in Paris sein", seufzte er, „aber man muss halt immer die größeren Chancen nutzen, in Prag habe ich künstlerisch bessere Entwicklungsmöglichkeiten."
Bernauer nickte verständnisvoll.
Inzwischen waren sie am großen Teich, der sich in der Mitte des beeindruckenden Parks befand, angekommen.
„Also", sagte der junge Mann und blickte forschend um sich, „es ist nicht alles so, wie es scheint."
„Wie es scheint?"
„Ja. Es kann kein Unfall mit Irina gewesen sein. Sie hatte Angst."
„Angst? Wovor?" erkundigte sich Bernauer, „warum erzählen Sie das nicht der Polizei?"
Der Fotograf zuckte zusammen. „Polizei?" fragte er und hob die Achseln, „ich bin doch nicht lebensmüde."
„Hören Sie." Bernauer hob die Stimme etwas, sprach aber sofort wieder leiser als er sah, dass der Mann erschrocken zusammenfuhr. „Was ist denn nun eigentlich los?" fragte er.
„Sie wollten mir doch erzählen was Sie bedrückt?"

Nach kurzer Überlegung entschloss sich der Fotograf dazu, sich endlich genauer auszudrücken.
„Irinas Eltern leben in einem kleinen Ort in der Nähe von Freistadt in Oberösterreich und glauben, sie wäre Verkäuferin in einem teuren Klamottenladen in Prag, mit einem tollen Modelvertrag dazu.
Tatsächlich aber musste sie jede Arbeit annehmen, die sie bekommen konnte und die einträglichste war noch die Aushilfe als Kellnerin. Es verkehren in diesem Café nämlich viele junge Künstler wie ich und alle haben wir unsere liebe Not damit, die täglichen Lebenskosten aufzubringen.

30

Einige Mädchen modeln dann auch in ihrer Freizeit, nicht nur wegen des Verdienstes, sondern auch als Basis um später groß rauszukommen, wie etwa Irina. Wir helfen einander so gut es geht und ich fotografiere zum Beispiel die Mädchen für ihre Vorstellungs-Mappen. Ich bin da sehr professionell."

Er nickte zufrieden, besann sich aber dann wieder auf den Grund der Unterredung und berichtete nun zusammenhängend.
„Vor einigen Tagen habe ich Irina von der Anprobe für die Modenschau bei Murad abgeholt und wartete beim Schuhgeschäft gegenüber.
Irgendwann hielt ein Wagen vor der Boutique und ein Mann stieg aus. Ziemlich groß, weißhaarig und in einem Kaschmirmantel. Er war kaum an der Tür, als diese bereits geöffnet und er auch schon eingelassen wurde. Man musste auf ihn gewartet haben.
Da Murad bei seinen Anproben sogar einen Teil des Personals ausschließt, so sehr fürchtet er sich vor Bespitzelung, habe ich Irina gefragt, um wen es sich da gehandelt hätte. Daraufhin wurde sie blass und antwortete rasch: ‚Keine Ahnung, ich habe niemanden gesehen.'
Wir haben dann beim Italiener noch Kaffee getrunken, aber Irina war fahrig und wollte schnell nach Hause."
„Haben Sie zusammengelebt?"
„Nein, es war eine richtige Freundschaft, so unter Kollegen, eigentlich Leidensgenossen."
„Das Schicksal vieler jungen Leute", dachte Bernauer, „aber in diesem Alter ist man noch stark genug, um sich durchzubeißen."

31

„War das alles?" fragte er.

„Nein. Irina war dann die ganze Woche über nervös, hat beim Servieren Geschirr hinuntergeworfen und mich vor der Modenschau plötzlich gefragt ob ich ihr helfen könnte, noch während der Show zu verschwinden."

„Verschwinden?"

„Ja, sie wollte abhauen. Es wäre genau der richtige Zeitpunkt, meinte sie, um unbemerkt zu verschwinden. Man würde sie erst knapp vor dem Auftritt vermissen und bis dahin würde niemand den Saal verlassen und das Defilee müsste auf jeden Fall auch ohne sie stattfinden."

„Also ging es um anwesende Personen?"

„Vielleicht, wahrscheinlich sogar."

„Und welche Rolle sollten Sie in der ganzen Sache spielen?"

„Ich habe die notwendigsten Sachen aus ihrer Wohnung geholt, in meine alte Reisetasche gepackt und in mein Studio gebracht, dahinter wohne ich nämlich. Später sollte ich ihr beim Salon Murads helfen aus dem Bürofenster zu klettern."

„Sie wollte aus dem Fenster klettern?"

„Vor dem Eingang um die Ecke steht bei Murads Veranstaltungen doch immer der Sicherheitsmann", sagte Detlef König, „ich weiß nicht, vor wem sie genau zu diesem Zeitpunkt verschwinden wollte, aber für mich war der Mann im Kaschmirmantel daran beteiligt, denn mit ihm begann ja auch das ganze Unglück, doch leider ist es auch völlig unmöglich, Herrn Murad damit zu behelligen. Er ist schließlich ein reicher und angesehener Mann, ein Mäzen der Prager Kunstwelt und gilt als freigiebiger Förderer junger Designer. Wie Sie also sehen, habe ich keinerlei Möglichkeit irgendetwas zu unternehmen, schon gar nicht bei der Polizei. Man würde mich für verrückt halten und möglicherweise bekäme ich es dann selbst mit denjenigen Leuten zu tun, die Irina ermordet haben."

Er wischte sich mit dem Handrücken über die Augen und versuchte, die Geste belanglos erscheinen zu lassen.

„Und", sagte er, „vermutlich würden sie mich auch umbringen. Ja, ganz sicher sogar."

Joschi Bernauer wusste jetzt nicht mehr was er denken sollte. Er kannte den jungen Mann nur so kurz und vermutlich war er ein Träumer, der für seine Zukunft rosige Luftschlösser baute und seine Nerven mochten durch das schlimme Ereignis angegriffen sein, aber würde dies so weit gehen, dass harmlose Wahrnehmungen zu derart kriminellen Visionen und Anschuldigungen ausuferten? Es war beinahe sicher, dass der Mann noch andere Beobachtungen gemacht hatte, die er ihm aber, aus welchen Gründen auch immer, vorenthielt.

„Hatte Irina außer Ihnen niemanden, mit dem sie etwas näher bekannt war?" fragte er.

Detlef König wirkte unangenehm berührt.

„Beruflich schon", antwortete er, „den Fotografen, den Murad immer beschäftigt, aber Sie sind der einzige Mensch, mit dem ich über die Sache reden kann."

„Könnte Murads Fotograf etwas über die Sache wissen?" fragte er.

König zuckte lediglich mit den Schultern.

„Wo ist er denn zu finden?" erkundigte sich Bernauer.

„Zwei Haustüren weiter, nach der Boutique, aber Sie werden doch meinen Namen nicht nennen?" Ängstlich blickten seine traurigen Augen auf Bernauer.

„Das verspreche ich Ihnen", sagte Bernauer, „und sollten Sie wirklich Hilfe brauchen, dann haben Sie hier meine Karte. Rufen Sie mich an."

Der Fotograf steckte rasch das Kärtchen ein, reichte Bernauer die Hand und verschwand blitzschnell aus seinem Blickfeld.

Gedankenverloren ging Bernauer nun den Weg zurück und als er das letzte Stück der Kiesfläche im Park überquert hatte, rief von der gegenüberliegenden Seite her der alte Mann im Rollstuhl: „Auf Wiedersehen der Herr, und schönen Aufenthalt noch."

Bernauer lächelte und winkte ihm zu. Der Alte saß immer noch, wie angegossen, an der selben Stelle des Parks und hielt friedlich sein Gesicht der Sonne entgegen.

Zwei Tage vergingen, dann hatte Bernauer seine Angelegenheiten in Prag erledigt und machte sich auf die Heimfahrt nach Salzburg, aber er konnte den sonnigen Tag und die schöne Landschaft nicht richtig genießen, zu sehr waren seine Gedanken mit der Unterhaltung beschäftigt, die er mit Detlef König geführt hatte, auch wenn die Schlussfolgerungen, die der Fotograf gezogen hatte, nicht ganz so gravierend sein mochten, als er glaubte.

Aber was könnte er schon tun, fragte sich Bernauer. Ihm fehlte in Prag jegliche berufliche Kompetenz und dass seine Mitwirkung an dem Fall nicht gewünscht war, hatte man ihn deutlich spüren lassen. Dies machte ihn misstrauisch, aber er konnte auch nichts unternehmen, ohne den Namen des jungen Mannes preiszugeben und ihn möglicherweise sogar wirklich in Gefahr zu bringen.

Als er bei Freistadt in die Schnellstraße Richtung Linz einbog, kam ihm die Idee, seinen Linzer Freund Markovsky anzurufen. Vielleicht konnte er ihn erreichen und sich mit ihm verabreden. Den Freund zu sprechen würde ihm jetzt gut tun, denn mit wem sonst konnte er über die beunruhigende Angelegenheit reden? Und reden darüber musste er, daran bestand kein Zweifel. Wer wäre dazu also besser geeignet gewesen als der Chef der Mordkommission in Linz, Dr. Markovsky.

Markovsky meldete sich nach dem dritten Klingelzeichen.

„Joschi", lachte er, „steht die Festung noch?"

„Ist zu vermuten", meinte Bernauer, „aber ich bin jetzt nicht in Salzburg, sondern komme aus Prag zurück und müsste dringend mit Dir sprechen. Wie sieht es denn da zeitlich aus?"

„Ist es so ernst?"

„Nein. Also ja. Doch, könnte man sagen."

„Bitte drück Dich nicht ganz so präzise aus", amüsierte sich Markovsky, „wo bist Du denn gerade?"

„Die Ausfahrt nach Gallneukirchen sollte ich nach fünfzehn Kilometern erreichen."

„Aha, das ist ja schon ziemlich nahe, also pass auf. Stell den Wagen in die Parkgarage vor dem Landestheater, die kennst du doch?"

„Ja, kenne ich."

„Und dann gehst Du quer durch den Park in die gegenüberliegende Herrenstraße. Nach knapp zwanzig Metern stehe ich links an einem der Tische mit ein paar anderen Schluckspechten vor der Alten Metzgerei.

Erst entspannst Du Dich, dann ziehen wir uns zurück und Du erzählst mir alles, oder ist es noch dringender?"
„Nein, so eilig auch wieder nicht, aber es beschäftigt mich permanent."
„Na, gut", lachte Markovsky, „also dann bis gleich."

Bernauer war erst wenige Schritte die Herrenstraße entlang gegangen, als er eine Traube von Menschen wahrnahm, die sich gut gelaunt um die Tischchen vor der Alten Metzgerei scharrten.
Mitten unter ihnen stand Markovsky im flüsternden Gespräch mit einer gut aussehenden resoluten Dame, die eine schwarze Schürze trug und beide brachen schließlich in fröhliches Gelächter aus.
„Er kann es nicht lassen", dachte Bernauer.
Als er nun in die Runde trat, begrüßte ihn Markovsky höchst erfreut und stellte ihn den übrigen Gästen vor.
„Und das hier", sagte er dann und zeigte auf die blonde Frau mit der schwarzen Schürze, „ist die Herrscherin dieses großartigen Tempels der Gaumenfreuden, meine Traumfrau Michaela."
„Ja, ja, in Träumen der kulinarischen Art", gab sie schmunzelnd zurück und wandte sich Bernauer zu.
„Herzlich Willkommen in der Alten Metzgerei."
Hier wurde Bernauer wenigstens einigermaßen aus seiner Grübelei gerissen. Gut gelaunt führte die bunte Schar der Anwesenden ihre angeregte Unterhaltung und gelegentlich mischte man sich auch über die Tische hinweg in die Gespräche anderer ein, als wollte niemand auf eine wichtige Information oder interessanten Klatsch aus dieser heimeligen Herrenstraßenecke verzichten. Etwas hatten sie jeden-

36

falls alle gemeinsam: Einen faszinierend originellen Draht zueinander und Bernauer glaubte plötzlich vom Hauch des erregenden Flairs und dem leichtem Ton der Boheme berührt zu sein.

Durch diesen bunten Haufen aufgeheitert und bei einem prächtigen Glas Bier, das ihm zusätzlich angenehme Kühlung brachte, vergaß er für kurze Zeit sogar, dass ein äußerst unangenehmes Wissen, oder vielleicht nur Gefühl, sein Wesen bedrückte.
Als sich später die Gelegenheit bot, an einem frei gewordenen Tischchen im Inneren des Lokals eine intimere Unterhaltung zu führen, kamen die beiden natürlich sofort auf das brisante Thema um die Vorgänge in der Prager Boutique zu sprechen und Bernauer vermittelte Markovsky einen anschaulichen Überblick des Geschehenen.
„Ich glaube dem jungen Mann diese Geschichte", sagte Markovsky, „sie ist viel zu realistisch um von einem Phantasten erfunden worden zu sein."
„Realistisch?" fragte Bernauer, „Ein Mann, der heimlich zu einer Kleideranprobe kommt, ein Mädchen, das in einer Hochzeitsrobe durch ein Fenster fliehen will und ein unbedeutender Fotograf, der durch die Polizei in tödliche Gefahr gerät? Vielleicht bin ich ja persönlich etwas zu nahe an der Sache, aber einen realistischen Zusammenhang kann ich da wirklich nicht sehen."
„Joschi", erklärte Markovsky, „Du zweifelst einerseits an Königs Behauptungen und bist andererseits verärgert über das Verhalten der Prager Polizei. Möchtest Du jetzt die Meinung eines emotional Unbeteiligten hören?"
„Ja, genau darum geht es mir."

37

„Also ich sehe das so", überlegte Markovsky.

„Der Fotograf wäre ein Phantast, sagst Du. Er möchte als Kriegsberichterstatter oder Modefotograf arbeiten, aber auf jeden Fall will er herausragend und berühmt werden, nur über eventuelle finanzielle und notwendige Voraussetzungen macht er sich nicht die geringsten Gedanken."

„So ist es", vervollständigte Bernauer, „in seiner Welt zählen reale Notwendigkeiten kaum."

„Dann halte Dir jetzt vor Augen, wie er Dir diese Angelegenheit präsentiert hat:

Ein Mann im Kaschmirmantel ist aus dem Wagen gestiegen und hat das Haus des Herrn Murad betreten. Erscheint so ein Mann ungewöhnlich oder gefährlich? Nein, völlig bedeutungslos. Der würde ganz anders ausgesehen haben, wenn es sich um überzogene Phantasterei gehandelt hätte.

Hier ging es also lediglich um eine tatsächliche, unaufgeregte Wahrnehmung des jungen Mannes, der weiß, dass der Libyer bis auf einen sorgfältig ausgewählten Kreis jeden von seinen Proben fernhält.

Die Ermordete sei nervös gewesen, erzählte er, hatte sogar Geschirrstücke fallen lassen!

Diese kleinen Probleme des Alltags sind so trivial, dass sie von einem Träumer kaum wahrgenommen würden und daher auch keine phantasievolle Übertreibung eines Gefahrenzustandes bedeuten könnten. Oder die Erwähnung über das Zustandekommen des Fluchtgepäcks:

‚Ich habe vor der Modenschau die notwendigsten Sachen aus ihrer Wohnung geholt, in meine alte Tasche gepackt und zu mir ins Studio gebracht.'

Dass er mit seiner eigenen Tasche gekommen war, stellte ebenfalls eine absolut triviale Handlung dar.

Das ganze ist doch nur eine Aufzählung total natürlicher Dinge, die in keine romantische oder übersteigerte Vorstellung eines Phantasten passen."

„Völlig logisch", stellte Bernauer fest, „ich war sichtlich zu emotional, aber die ganzen letzten Tage erscheinen mir noch immer völlig absurd."

„Das ist ja auch kein wirklicher Nachteil", grinste Markovsky.

„Was soll jetzt geschehen?" zögerte Bernauer, „meine Mitwirkung an der Sache hat man in Prag absichtlich auf das Minimum der Protokollaufnahme beschränkt."

„Diffizile Geschichte", meinte Markovsky, „ich würde sagen, am vordringlichsten ist es jetzt herauszufinden, ob Fremdverschulden festgestellt wurde."

„Also ich fürchte", sagte Bernauer, „ich bin aus der Sache raus. Wenn Du einen Weg siehst?"

„Vorderhand bist Du raus", bestätigte Markovsky, „und es ist sicher auch besser so. Ich versuche jetzt über meine Kanäle ein wenig Licht in die Sache zu bringen, denn schließlich ist das Mädchen österreichische Staatsbürgerin, aber etwas guten Willen werde ich bei den tschechischen Behörden trotzdem noch brauchen."

Nach einer kurzen Stärkung vor der Heimfahrt trat Bernauer den Weg zur Garage an, um wenigstens noch vor dem aufziehenden Morgen in Salzburg zu sein.

Als er am nächsten Tag die Post auf seinem Schreibtisch durchforstete, überlegte er ziemlich lange, ob er Hofrat Sassmann von den unglaublichen Vorgängen in Prag erzählen sollte, kam aber zu dem Schluss, nur die offizielle Version zu erwähnen und natürlich auch die offensichtlich unerwünschte Rolle, die er bei der Protokollaufnahme gespielt hatte. Für den Rest wollte er dann doch noch ein Gespräch mit Markovsky abwarten.

Als er sich gegen zehn Uhr bei seinem Chef einfand und von der Modenschau in Prag und dem bedauerlichen Vorfall erzählte, hatte Bernauer beinahe das Gefühl, auch bei Sassmann tat der ungewohnte Luxus und Prunk dieses gehobenen und für gewöhnlich Sterbliche unzugänglichen Kreises mehr Wirkung, als die für ihren beruflichen Alltag profane Aufklärung eines Todesfalles. Er ließ sich jede Einzelheit bis ins kleinste schildern und bedauerte sichtlich, dieses Schauspiel, wie er sich ausdrückte, versäumt zu haben.

„Dieses Bridge", sagte er kopfschüttelnd, „gibt immer wieder zu den schönsten Hoffnungen Anlass und offensichtlich stehen dem Bridge-Spieler auch in dieser Gesellschaft Tür und Tor offen. Zeit müsste man haben, mehr Zeit."

Und wie bei allen derartigen Äußerungen seines Chefs zuckte Bernauer schmerzlich zusammen und schickte ein Stoßgebet zum Himmel, er möge die dazu erforderliche Freizeit Sassmanns auf ein Minimum beschränken.

„Ja, ja, die Zeit", sagte er dann ablenkend, „hat es Sie eigentlich nie gereizt, es mit dem wesentlich gesünderen Golfspiel zu versuchen?"

„Niemals", sagte Sassmann kopfschüttelnd, „Golf verdirbt jeden zauberhaften Spaziergang."

Als Bernauer allerdings von der merkwürdigen Erbschaft aufgrund einer ebenfalls sehr merkwürdigen Freundschaft seiner Großmutter erzählte, stürzte sich Sassmann fasziniert auf dieses Wunder aus dem Jenseits, wie er es bezeichnete, und nahm auch hier regen Anteil am unverhofften Vermögenszuwachs Joschi Bernauers.

„Bernauer", meinte Sassmann, „zweifeln Sie um Gottes Willen nicht an der schönen Seite der Liebe. Ich kenne alle Varianten des Lebens, aber Sie sind noch jung. Lassen Sie sich nicht verbittern durch die üblen Dinge, mit denen wir ausschließlich zu tun haben. Es wäre doch sehr schade um Sie."

Danach beschäftigte Bernauer sich wiederum mit dem Tod des Mädchens im Henkerhaus, aber jeder Ansatz schien in einer Sackgasse zu enden. Nirgendwo konnte eine geplante oder stattgefundene Aufführung eines mittelalterlichen Theaterstücks ausfindig gemacht werden und auch in der Drogen- oder SM-Szene war man nicht weitergekommen. Anscheinend hatte auch niemand die junge Frau gekannt und auch der Halter des gelben Lamborghinis konnte nicht ausgeforscht werden, dazu waren die Aussagen der Kinder und des Gasthofpersonals zu ungenau.

Die Bemühungen Markovskys in Prag hatten aber dann doch einiges an Informationen zutage gebracht.

Das Model Irina war nicht durch den Sturz auf die Schreibtischkante gestorben, es war mit einem rechteckigen, grobkörnigen Gegenstand erschlagen worden.

Eine Tatwaffe konnte nicht gefunden werden und jede der polizeilichen Vernehmungen war im Sand verlaufen. Die junge Ankleidehilfe gab an, Irina hätte sie gebeten zu ihr in

41

das Büro des Chefs zu kommen, den Grund wollte das Mädchen nicht gekannt haben.

Um einen Skandal zu vermeiden war die ganze Angelegenheit in Prag mit äußerster Diskretion behandelt worden, schien es, denn Adil Murad war ein reicher und angesehener Mann.

Einzelne Teile seiner aufsehenerregenden Kreationen, die er immer nur im erlesenen Kreis vorführen ließ, waren auch, so lange sich dafür noch kein Kunde gefunden hatte, sehr oft in Kunstausstellungen und Museen der jeweiligen Städte öffentlich zu besichtigen.

Seine Kleider vorführen zu dürfen war für die Mädchen der Branche ein absolut heißbegehrter Job, denn einige von ihnen hatten dadurch bereits einen beachtlichen Bekanntheitsgrad erreicht und konnten lukrative Verträge als Model an Land ziehen.

„Für die nächsten Auftritte der Kreationen Murads sind Paris und Salzburg zur Festspielzeit geplant", sagte Markovsky. „Eigentlich müsste er schon demnächst in Paris sein. Ich werde jetzt noch versuchen mich hinter die Eltern Irinas zu klemmen, vielleicht kann ich auch da noch etwas mehr erfahren."

„Ich verstehe nur nicht, wieso Murad seine Schöpfungen immer nur im intimen Rahmen vorführt", sagte Bernauer, „das spricht doch gegen jede Marktstrategie, schließlich gibt es überall gutbetuchte Kunden."

„Der Mann verkauft jedes Modell nur einmal und zwar an handverlesene Kundinnen, Prêt-à-porter lehnt er ab, das ist allgemein bekannt. Die Models, wenn sie nicht gerade anderweitig engagiert sind, begleiten ihn international und er behandelt und bezahlt sie gut. Der Tod Irinas hat ihm so

42

schwer zu schaffen gemacht, dass er sich mehr als eine Woche lang privat zurückgezogen hat, wodurch dann die Veranstaltung in Paris beinahe gefährdet war."

„Ganz offensichtlich ein weißer Rabe in dieser Branche", stellte Bernauer fest, „der selbst das größte Interesse an der Aufklärung dieses Falles haben müsste."

„Wird sich zeigen", sagte Markovsky, „Verbindungen dazu hätte er sicherlich genug, aber er scheut natürlich jedes Aufsehen. Zunächst ist er, wie gesagt, in Paris, aber Ende Juli, Anfang August steht Salzburg an."

„Das Model Irina war von einer ungewöhnlich sanften Schönheit, könnte es sein, dass Murad ein mehr als geschäftliches Interesse an ihm hatte?"

„Wäre natürlich auch möglich."

Bernauer dachte an das schöne, traurige Mädchen im Hochzeitskleid und kramte konzentriert aus seinem Gedächtnis das Bild Adil Murads hervor. Altersmäßig lag er vermutlich nahe bei Irinas Vater, war kultiviert aber undurchsichtig. Trotzdem wollte es Bernauer nicht recht in den Kopf, dass Irina vor Murad hätte fliehen wollen und dazu noch auf diese unorthodoxe Weise.

Bemerkenswert war auf jeden Fall wieder Markovskys Talent im Aufspüren schwieriger Einzelheiten gewesen.

Zwei Tage später erhielt Bernauer einen Anruf Josef Aigners, dem Vater Irinas, der um einen Termin zur persönlichen Vorsprache ersuchte. Dr. Markovsky von der Linzer Mordkommission habe ihn an ihn, Major Bernauer, verwiesen und so wurde der Besuch der Eltern für den nächsten Tag vereinbart.

Unter diesem Aspekt entschloss sich Bernauer nun doch, Hofrat Sassmann in das Gespräch mit Detlef König und die Recherchen Markovskys einzuweihen.

„Das hätten Sie mir nicht verschweigen müssen", sagte Sassmann mit leichtem Tadel in der Stimme, „Glauben Sie wirklich, ich hätte Sie unter so vagen Umständen überreden wollen, den jungen Mann in Gefahr zu bringen? Aber lassen wir das, vielleicht kommt durch die Aussprache mit den Eltern des Mädchens etwas mehr Licht in die Sache."

Irinas Eltern waren einfache, sympathische Menschen, deren Haltung müde und Gesichter grau waren vor Kummer und so saßen sie angespannt auf dem vorderen Rand der unbequemen Holzsessel vor Bernauers Schreibtisch.

„Was geschehen ist, tut mir sehr leid", eröffnete Joschi Bernauer das Gespräch, „und es ist mir sehr wichtig, Ihnen zu helfen wo ich kann."

„Danke", sagten die beiden leise, wie aus einem Mund.

Vorsorglich bot er den bedauernswerten Eltern, die schon Stunden unterwegs gewesen sein mussten um nach Salzburg zu kommen, Kaffee an, aber sie lehnten dankend ab, erbaten lediglich ein Glas Wasser und starrten ziemlich hilflos auf ihn.

„Wie Sie vermutlich bereits erfahren haben", begann Bernauer vorsichtig, „bin ich zwar nicht Zeuge der Tat selbst geworden, aber ich habe Ihre Tochter bei ihrem Auftritt gesehen und war unmittelbar nachher am Tatort."

„Sie war ein so schönes Mädchen und ein guter Mensch", flüsterte die Mutter, „helfen Sie uns, bitte."

„Ich werde alles tun, um den Tod Irinas aufzuklären."

„Irene", verbesserte die Mutter, „sie hat Irene geheißen."

44

„Aber", fragte Bernauer verwirrt, „der Name des Mädchens war doch Irina?"

„Das war ihr Künstlername", erklärte der Vater, „Irene ist für dieses Geschäft zu uninteressant, hat man ihr gesagt. Wir wissen natürlich auch, dass man einen Künstlernamen braucht bei einer großen Karriere, aber das war ja bei Irene noch gar nicht so sicher, wie sich inzwischen herausgestellt hat.

Wir haben nämlich überhaupt nur wenige Informationen bekommen und mit der Verständigung gibt es auch so arge Probleme, niemand will uns in deutscher Sprache Auskunft geben oder vielleicht können es ja die Beamtem auch nicht, wir wollen natürlich niemanden ungerecht beschuldigen."

„Also darüber brauchen Sie nicht nachzudenken", unterbrach ihn Bernauer", „Sie haben als Eltern das absolute Recht auf eine vollständige und verständliche Aufklärung."

Josef Aigners Blick richtete sich nun so hoffnungsvoll auf den ihm bisher unbekannten Polizeibeamten, dass Bernauer im Stillen alle Heiligen anrief ihm zu helfen, dass er diese bedauernswerten Eltern nicht zu enttäuschen brauchte.

„Als wir Irene identifizieren mussten", fuhr jetzt die Mutter fort, „gab es zwar einen Dolmetsch, aber er erklärte uns nur, dass man mit der Aufklärung noch nicht so weit wäre, aber man würde uns dann wieder verständigen. Er hat für uns die nötigen Schritte unternommen, dass wir Irene nach Freistadt überführen durften, aber trotzdem, wenn sich Dr. Markovsky unserer nicht angenommen hätte, wären wir schon verzweifelt."

In Bernauer stieg ein von ihm wenig gekanntes Gefühl kaum unterdrückbarer Wut auf.

45

Wie konnte es möglich sein, dass man Eltern, die eben ihr Kind unter diesen brutalen Umständen verloren hatten, im Ungewissen ließ und sich nicht einmal die Mühe machte, sie in verständlicher Weise zu informieren. Sogar der Vorname des Opfers war nicht richtig angegeben, die Akte lief unter Irina Aigner. War die Reputation dieses Geschäftsmannes so übermächtig, dass ein ordnungsgemäßes Vorgehen zweitrangig geworden war oder gaben seine Förderungsaktivitäten den Ausschlag. Bernauer hoffte jetzt nur, dass der wahre Grund für alle diese Missstände lediglich in der menschlichen Ignoranz der zuständigen Polizeiorgane bestanden hatte und nicht absichtlich gemauert worden war.

„Was hat man Ihnen denn überhaupt zum Tod Ihrer Tochter mitgeteilt?"
„Kaum etwas. Dr. Markovsky hat uns gesagt, dass es während einer Modenschau geschehen ist", sagte Josef Aigner „und dass der Sturz nicht die Todesursache war."
„Sie wussten also nicht, dass Ihre Tochter nicht als Verkäuferin in der Boutique angestellt war und alle möglichen Arbeiten angenommen hat, um in Prag über die Runden zu kommen?"
„Nein", sagte die Mutter, „wir dachten, sie hätte die Stelle und den Modelvertrag. Außerdem hat Irene erwartet, dass sich ihre Freundin, die jetzt bei Vogue oder so einer Agentur engagiert ist, für sie einsetzen würde."
„Das konnte nicht gut sein", musste sie Bernauer aufklären, „denn Vogue ist keine Agentur sondern eine Modezeitschrift und bucht ihre Models selbst über verschiedene Agenturen. Wie ist denn der Name dieser Freundin und woher kannte sie Ihre Tochter?"

46

„Den vollen Namen wissen wir nicht, Irene hat nur von Chantal gesprochen und sie sind zusammen aufgetreten bei Herrn Murad. Manche Mädchen haben dann eben Glück und werden entdeckt. Der Fotograf soll sehr gut sein, der beliefert auch die wichtigen Zeitschriften und die Modebranche mit kunstvollen Fotos der Mädchen, da haben die dann nämlich überall wirkliche Chancen."

„Hat Irene auch von einem jungen deutschen Fotografen erzählt, mit dem sie befreundet war?"

„Ja, Detlef", antwortete Josef Aigner, „er muss ein netter Bursche sein und hat sich sehr um Irene gekümmert, das hat sie immer wieder gesagt, deshalb war ich auch nicht beunruhigt, wenn wir oft längere Zeit nichts von ihr gehört haben."

„Sie haben oft längere Zeit nichts von ihr gehört?" Bernauer wurde hellhörig. „Wie lange zum Beispiel?"

„Manchmal mehrere Wochen nicht, wenn viel Arbeit vor einer Modenschau angefallen ist oder bei einer Abreise, denn die meisten Veranstaltungen finden ja in den großen Städten im Ausland statt und sie musste auch oft in letzter Minute einspringen, wenn sonst irgendwo ein Mädchen ausgefallen ist."

„Wieso sind Mädchen ausgefallen, wenn es doch so begehrt war, bei Herrn Murad auftreten zu dürfen?"

„Na, ja", erklärte ihm Hedwig Aigner, „manchmal ist einem Mädchen schon zwischendurch anderswo ein fixer Vertrag angeboten worden, dann ist ihm Herr Murad nicht im Weg gestanden. Er hat überhaupt immer sehr viel Verständnis für die jungen Frauen. Gelegentlich ist es auch vorgekommen, dass eine ausgeschieden ist, weil sie sich verheiratet hat. In diesen Kreisen ist jeder Mann eine sehr gute Partie", stellte sie fest und klemmte die Lippen zusammen. Bernauer sah förmlich vor seinem inneren Auge, wie Hedwig Aigner den verlorenen Chancen für ihre Tochter nachtrauerte.

„Sie hätte es besser haben sollen als wir einfachen Leute vom Land", sagte sie, „aber vielleicht haben wir damit selbst etwas falsch gemacht."

„Haben Sie nicht", antwortete Bernauer, „Sie haben das beste für Ihr Kind gewollt, für die Umstände können Sie nichts und Ihre Tochter war außerdem bereits erwachsen."

Mehr konnten die Eltern des ermordeten Mädchens zwar nicht mehr beitragen, aber Bernauer war nicht unzufrieden, denn neben den einzelnen Hintergrundinformationen hatten die beiden nicht nur Fotos von Irene Aigner mitgebracht, sondern auch eine finale Laufstegaufnahme, die zu machen es Detlef König gelungen war und dies zu einer Zeit, als auch Chantal die Truppe noch nicht verlassen hatte. Nur, welches der Mädchen war sie gewesen? Der Fotograf müsste es wissen und so griff Bernauer zum Telefon.

Leider hob in Detlef Königs Studio niemand ab und Bernauer beschloss jetzt, direkt zu Hofrat Sassmann zu gehen, um sich mit ihm zu beraten.

„Hören Sie", stellte Sassmann nun ärgerlich fest, „die Heimlichtuerei hat jetzt ein Ende, wir werden ein offizielles Schreiben an die tschechische Behörde schicken und um Amtshilfe ersuchen, schließlich handelt es sich bei der Toten um eine österreichische Staatsbürgerin und zweitens haben sich die Eltern des Mädchens ganz offiziell an uns gewandt und drittens waren Sie zur Tatzeit in derjenigen Boutique anwesend, in deren Räumen der Mord geschehen ist und damit steht unsere Dienststelle in unmittelbarem Bezug zu dem Fall. Die Aussage des Fotografen in die Sache miteinzubeziehen erachte ich aber, wie Sie, trotzdem vorderhand als unnötig, aber dass er das Mädchen auf dem Foto identifiziert, ist unvermeidlich."

„Es ist aber auch so ziemlich unser einziger Anhaltspunkt", bestätigte Bernauer.

„Schließen wir uns also auch mit der Polizeidirektion für Oberösterreich kurz", stellte Sassmann entschlossen fest, „Freistadt ist ja deren Bereich. Gut, dass Markovsky schon in Aktion getreten ist."

„Ein dicker Schachzug", grinste Markovsky, zwei Tage später, in einem informativen Telefongespräch mit Bernauer.

„Euer und unser Amtshilfeersuchen an die Polizeidirektion in Prag hat die Tschechen ganz schön in Zugzwang gebracht, sie ersuchen jetzt höflich auch um unsere Amtshilfe."

„Großartig", lachte Bernauer, „auch wir haben tschechische Post erhalten. Man wünscht nun plötzlich auch meine Mithilfe in der Sache."

„Liebe, Glück und Eierkuchen", witzelte Markovsky, „ein hehres Triumvirat auf dem Weg zur Gerechtigkeit."

„Aber erst nach einem Tritt in den Prager Allerwertesten", beendete Joschi Bernauer.

„Bernauer", meinte Hofrat Sassmann, als er das Amtshilfeersuchen aus Prag in Händen hielt, „man kann mit Pistolen nicht auf weite Entfernungen schießen, da muss man schon näher an das Ziel heran."

„Sie beziehen sich doch hoffentlich nicht auf meinen letzten Check mit der Waffe?" fragte Bernauer vorsichtig.

„O Gott nein, Top Gun sind Sie ja nun wirklich nicht, aber lassen wir das jetzt."

Er sah Bernauer prüfend an und räusperte sich dann:

„Ich hasse es, wenn man uns bagatellisiert, auch wenn man es jetzt tunlichst zu verschleiern sucht."

Er blinzelte listig.

„Sie haben doch sicherlich nach Ihrer Erbschaft mit der Betreuung Ihres kleinen Besitzes in Prag zu tun, also schlagen wir doch einfach zwei Fliegen mit einer Klappe, würde ich sagen. Eilen Sie sofort nach Prag und informieren Sie sich gründlich. Diese Chantal muss doch aufzufinden sein. Und dieser fabelhafte Kameramann Murads, ich sage Ihnen, einem Fotografen werden in der Branche oft mehr Geheimnisse anvertraut, als einem Psychiater."

„Ich bin natürlich dort, wohin die Pflicht mich ruft", grinste Bernauer, „und das ist morgen Prag für mich."

„Sie sprühen ja geradezu vor großartigen Einfällen", meinte Sassmann lächelnd.

„Nur keine Zeit verlieren, alter Sklaventreiber", dachte Bernauer und bewunderte wieder einmal Schwung und Tempo seines Chefs. Voll Eifer versuchte er immer wieder bei den Ermittlungen mitzuwirken, wie er es zu seiner Zeit als Leiter der Mordkommission getan hatte und bedauerte sichtlich, dass solche Tätigkeiten nicht mehr zu seinen dienstlichen Obliegenheiten zählten.

„Joschi", sagte Markovsky, „Ich bin dabei. Abgesehen davon, dass ich Deinen Palazzo in Prag unbedingt sehen möchte, kann es unserer Zusammenarbeit nur förderlich sein, wenn ich mir ebenfalls ein Bild von den Gegebenheiten mache. Wann fährst Du los?"
„Ich dachte, so gegen sechs, um halb Acht könnte ich Dich in Linz auflesen. Aber ich fahre abends noch nicht zurück."
„Darum möchte auch ich sehr wohl bitten."
„Also dann bis morgen Früh."

Die Fahrt nach Prag schien unter einem guten Stern zu stehen, denn der Regen, der in der vorherigen Woche kaum aufgehört hatte, war einem strahlenden Sonnenschein gewichen und so konnten die beiden an der tschechischen Grenze ihren Kaffee an einem der Stehtische vor der Tankstelle genießen.
Knapp nach der Abzweigung zwischen Krumau und Budweis donnerte eine Horde von Motorradfahrern an ihnen vorbei und zwang Bernauer bis hart an den Straßenrand auszuweichen.
„Kein Wunder", sagte Markovsky, „dass hier so viele Gedenkkreuze am Straßenrand stehen."

Bernauer und Markovsky kamen gegen Mittag in Prag an und bezogen ihre Zimmer im Hotel Josef, welches nicht nur den Vorteil hat, sich in der Stadtmitte zu befinden, sondern auch über einen Parkkeller im eigenen Haus verfügt.

„Und jetzt cafe~cafe", stellte Bernauer fest.

„Doppelten Kaffee?" fragte Markovsky verwirrt, „warum nicht?"

„Wenn Du möchtest, auch das", grinste Bernauer, „aber cafe~cafe ist ein großartiges Lokal."

„Allmählich meldet sich mein Magen ohnehin ziemlich ärgerlich", meinte Markovsky, „aber Du wirst uns schon an die passende Tränke führen."

Zehn Minuten später betraten sie dieses absolute In-Lokal in Prag, das cafe~cafe. Über einigen Stufen innerhalb des Lokals stand hinter einem Pult mit Reservierungsbuch eine bildhübsche Empfangsdame, die sie nach einer kurzen Beratung dem zuständigen Kellner übergab und schon wurden sie durch das ziemlich geräumige Kaffeehaus an ein Tischchen mit Blick auf die belebte Avenue hinter den riesigen Glasscheiben geführt.

Markovsky sah sich um. „Wow", sagte er nur, „hier stimmt einfach alles."

Bernauer lächelte erfreut. „Es ist nicht nur das Ambiente", antwortete er, „Du wirst gleich sehen, die Bedienung ist hervorragend und alles, was Du gedenkst zu Dir zu nehmen, ist es ebenfalls. Auch das Publikum hat Niveau."

Bevor sie noch die Bestellung aufgaben, setzte sich Bernauer mit der zuständigen Prager Mordkommission in Verbindung und sie vereinbarten, dass sich die beiden Österreicher in drei Stunden auf der Präfektur einfinden sollten.

„Drei Stunden werden wir ja kaum zum Essen benötigen", meinte Bernauer, „und ich möchte vorher, wenn es geht, auch noch gerne mit dem König reden."

Er wählte dessen Handynummer und wappnete sich bereits mit Geduld.

Diesmal meldete sich Detlef König zwar sofort, aber als ihm Bernauer erklärte, dass er sich zu einem Gespräch mit ihm treffen wolle, blockte er sofort ab, er sei nämlich krank und wäre daher auch nicht in der Lage sich außer Haus zu begeben.

„Ich könnte ja kurz bei Ihnen vorbeikommen", warf Bernauer ein, „und es dürfte auch für Sie von Wichtigkeit sein."

„Ich bin nicht zu Hause", flüsterte der Fotograf sichtlich geniert, „ich bin im Krankenhaus, lassen Sie mich doch in Ruhe."

„Was ist denn los mit Ihnen", fragte Bernauer beunruhigt.

„Ich hatte einen Unfall", sagte Detlef König abweisend.

„Was für einen Unfall?"

„Ich bin vor die Straßenbahn gefallen."

„In welchem Krankenhaus liegen Sie?"

„Und die Polizei erfährt nichts von Ihrem Besuch? Die richtige, meine ich."

„Auch die richtige nicht", sagte Bernauer grinsend, obwohl er nun in Prag für den gegenständlichen Fall zum ‚richtigen' Polizisten geworden war. Aber das wusste Detlef König nicht und er hätte sich in dem gesetzlichen Kompetenzdschungel auch nicht zurechtgefunden. Der einzige Erfolg, wenn er ihn jetzt aufklärte, wäre vermutlich gewesen, dass König sofort auch Bernauer misstraut hätte.

Nach einer kurzen Pause flüsterte König: „Es liegt in der U Vojenske nemocnice, das ist außerhalb der Stadt."

Bernauer überlegte kurz: „Ich komme etwas später."
Da hatte aber Detlef König die Verbindung bereits abgebrochen.

Das zwischenmenschliche Klima in der zuständigen Mordkommission in Prag hatte sich für Bernauer inzwischen wesentlich verbessert. Man empfing ihn und Markovsky mit gebührendem, kollegialem Respekt und legte plötzlich sogar einen verdächtig erscheinenden Wert auf seine Aussage und Beurteilung des Falles. Unter anderem erfuhr er auch von der Zeugenaussage des libyschen Geschäftsmannes Murad, dass Irina bei der letzten Anprobe hatte durchblicken lassen, es würde eine Überraschung geben. Die Mädchen hätten getuschelt und vermutet, dass es sich um einen Modelvertrag handeln könnte und er habe sie auch daraufhin angesprochen, aber Irina hätte nur geantwortet: „Tomorrow is out of sight."
Durch diese, ihm von Irina ungewohnte, gespreizte Ausdrucksweise vermutete Murad, dass die Überraschung im Zusammenhang mit einem Mann stünde und war beunruhigt. Junge Frauen wären leicht zu beeindrucken, meinte er, und er fühle sich bis zu einem gewissen Grad verantwortlich für das Wohl der Mädchen, die er beschäftige.
„Ich nehme sie schließlich auch auf meine Auslandsreisen mit", hatte er gesagt, „da ist Disziplin einfach unerlässlich und dazu muss ich vor allem auch in solchen Dingen Bescheid wissen."
Dieser Tatsache konnte man sich nicht verschließen und Bernauer ließ nun Markovsky in der Polizeidirektion zum

54

weiteren Informationsaustausch zurück. Dort sollte in Kürze auch der leitende Beamte der Prager Mordkommission eintreffen, er wäre noch überraschend zu einem wichtigen Termin gerufen worden, hatte er ihnen ausrichten lassen. Auch um ihn sollte sich Markovsky kümmern.

Bernauer programmierte seinen Navigator, kämpfte sich mit zusammengebissenen Zähnen durch den Verkehr bis vor das Krankenhaus, in dem Detlef König untergebracht war und fand unter tapferer Überwindung der Sprachschwierigkeiten das Zimmer, in dem der Fotograf sein kümmerliches Dasein fristete.

Sein normalerweise ohnehin schon ungesunder Anblick war jetzt schlichtweg nur mehr jämmerlich, wobei sich diese Wahrnehmung allerdings nur auf diejenigen Körperteile Königs bezog, die von ihm noch zu sehen waren. Er schien inzwischen noch dünner geworden zu sein, seine Augen noch tiefer zu liegen und die Augenringe gruben sich noch schwärzer in sein hageres Gesicht.

Zugedeckt bis zu den mageren Schultern blickte Detlef König aus dem Krankenbett, interessiert, aber doch ablehnend auf Bernauer. Seinen rechten Arm bedeckte ein starrer Gipsverband, aus dem lediglich der Ellenbogen herausstach und sein linker Fuß, ebenfalls im Gips, hing an einem Drahtseil, das über eine Rolle gezogen an einem Gestell über dem Fußteil des Bettes befestigt war, sodass er eher den Eindruck eines bewegungsunfähigen Käfers erweckte, als den der stets fahrigen Person, die er tatsächlich war.

„Haben Sie eine Zigarette für mich?" fragte das jämmerliche Häufchen begehrlich unter den Mengen aus Gips und weißer Bettwäsche und als Bernauer bedauernd die Schultern zuckte, flüsterte er schnell: „Im Kasten, in meiner Fototasche, habe ich eine Packung. Zünden Sie mir schnell eine an, bevor jemand kommt."

Bernauer sah zwar, dass die übrigen Betten im Raum abgezogen und nicht belegt waren, aber trotzdem lehnte er ab.

„Das darf ich nicht", sagte er, aber als der Fotograf murmelte: „Und Sie wollen von der Polizei sein!" und ostentativ die Augen schloss, holte er schnell die gewünschte Zigarette samt Feuerzeug aus der Fototasche, musste sie ihm aber, obwohl ihm dabei sehr unbehaglich zu Mute war, für jeden Zug selbst an die Lippen führen. Dabei hoffte er inständig, dass niemand hereinkommen würde.

Nach einigen tiefen Lungenzügen bekam Königs Gesicht ein wenig Farbe. „Danke", sagte er, „was ist denn jetzt wieder los?"

Bernauer atmete tief durch. Da lag der Mann, nachdem er vor die Straßenbahn gefallen war, schwer verletzt im Krankenhaus und fragte, was denn jetzt wieder los sei.

„Herr König", sagte er eindringlich, „wie ist denn dieses Unglück passiert?"

„Ich möchte darüber nicht mehr reden, ein Unfall eben."

Bernauer sah ihn scharf an.

„Es gibt zwei Möglichkeiten", hielt er ihm vor Augen. „Sie erklären mir jetzt, was wirklich passiert ist, oder ich werde die Schilderung, die Sie mir damals zum Tod Irinas gegeben haben, zu Protokoll geben."

Der Fotograf wurde wieder blass.

„Nun ja", begann er, „da gibt es nicht viel zu sagen. Ich kam mit einem Bekannten von der Kleinseite über die Karlsbrücke. Am Gehsteig vor den Schienen blieben wir stehen, da

56

von links die Straßenbahn schon ziemlich nahe herangekommen war und hinter uns sind inzwischen auch noch weitere Personen eingetroffen. Plötzlich entstand eine Bewegung, ich wurde nach vorne gedrückt, verlor das Gleichgewicht und stolperte auf die Schienen.

Die Straßenbahn war schon viel zu nahe, als dass sie mich nicht mehr erwischt hätte. Gott sei Dank bin ich aber nicht auf die Schienen gefallen, sondern dazwischen und wurde so nicht überfahren, nur beim Zusammenstoß wuchtig nach vorne geschoben."

Als Bernauer schwieg, grinste er schief und meinte: „Sie sehen ja, was dabei herausgekommen ist."

„Haben Sie gesehen, wer hinter Ihnen stand?" fragte Bernauer.

„Nein", gab König zur Antwort, „es waren eine Menge Leute, das weiß ich, aber angesehen habe ich sie mir natürlich nicht. Außerdem war ich in einer ziemlich bedeutenden Unterhaltung mit meinem Bekannten, darauf musste ich mich konzentrieren."

Sogar in dieser derzeit misslichen Lage trug er die Miene des perfekten Ausdrucks seiner absoluten Wichtigkeit als Gesprächspartner.

Doch darauf wollte Bernauer jetzt nicht eingehen.

„Könnte es sein, dass Sie gestoßen wurden?" fragte er.

„Ja, natürlich wurde ich angestoßen, aber das passiert doch ständig irgendwo. Glauben Sie denn im Ernst, dass mich jemand umbringen wollte?"

„Wenn Sie es nicht glauben, warum wollten Sie dann mit mir nicht darüber reden?" hielt ihm Bernauer vor.

„Ich habe jetzt alles gesagt, was ich weiß", sagte König, „ich bin müde."

„Wurden Sie von der Polizei nach dem Tod Irinas befragt?" wechselte Bernauer das Thema.

„Nein", flüsterte der Fotograf, „ich war ja nicht im Haus."

„Haben Sie mit jemanden darüber gesprochen?"

„Eigentlich haben alle darüber geredet."

„Es ist also bekannt, dass Sie vor dem Haus gestanden sind?"

„Wird schon so sein, ich hatte ja keine Ahnung von den Vorgängen im Haus und habe gewartet und gewartet, aber Irina kam einfach nicht. Als wesentlich später dann die Polizei angefahren kam, wollte ich natürlich wissen, was geschehen ist. Ob man auf mich geachtet hat, weiß ich nicht, aber schließlich bin ich doch ziemlich bekannt."

„Ich weiß", sagte Bernauer und zog aus seiner Aktenmappe die Laufstegaufnahme, die er von den Eltern des ermordeten Models bekommen hatte und hielt sie dem Fotografen dicht vor das Gesicht.

„Haben Sie diese Aufnahme gemacht?" fragte er.

Widerwillig sah der junge Mann auf das Bild.

„Ja", sagte er plötzlich, „das war ich, nach einer Generalprobe, eine großartige Arbeit. Sehen Sie, wie plastisch diese Mädchen aus dem Hintergrund treten? Ich habe ...."

Bernauer unterbrach ihn. „Wirklich bemerkenswert", sagte er schnell, „aber ich brauche die Namen dieser Mädchen."

Der Fotograf hob mühevoll seinen Kopf und betrachtete nun das Foto eingehend von der rechten und der linken Seite her und Bernauer, bereits leidgeprüft, befürchtete in weitere Details der Fototechnik eingeweiht zu werden.

„Ganz rechts, das ist Irina, sie trägt das Brautkleid", erklärte König versunken, „und daneben Patrizia in der phantastischen Abendrobe in dunkelgrüner Spitze auf Taft. Sehr,

58

sehr schwer das Wesentliche herauszuarbeiten. Man braucht dazu eine ganz spezielle Ausleuchtung."

„Ganz sicher, ich sehe es", unterbrach ihn Bernauer, der jetzt neuerlich Gefahr lief, eine weitere Einführung, diesmal in die schwierige Materie von Licht und Schatten, zu bekommen, womöglich samt einem Vortrag über die Einzigartigkeit und Beschaffenheit der einzelnen Kreationen.

Noch bevor Detlef König jetzt zu einer ausführlicheren Fortsetzung seiner Schilderung ansetzen konnte, fragte Bernauer schnell: „Und die anderen Mädchen, ihre Namen, wie heißen sie?"

„Die anderen Mädchen? Ach so, ja, ja die Namen, natürlich", erinnerte sich nun der Fotograf wieder an die ursprüngliche Frage.

„Also, hier in der Mitte, mit dem roten Samt-Cape..."

„Den Namen!" Bernauer spürte dabei ganz deutlich wie in seiner rechten Schläfe ein Nerv zu zucken begann und dieses Gefühl sich bereits langsam sägend in Richtung Ohr hin bewegte.

„Chantal", sagte König schnell, „und daneben Mirja und Eloise."

„Und wo finde ich diese Mädchen jetzt?" fragte Bernauer.

„Sie waren alle, außer Chantal, bei der Modenschau",

„bei der Irina umgebracht wurde", vollendete Bernauer.

Der Fotograf deutete ein leichtes Nicken an, aber seine Miene wurde wieder starr.

„Wo kann ich Chantal erreichen?"

„Fragen Sie Eloise. Sie ist auch ihre Freundin."

„Und wo ist Eloise?"

„Irgendwo in Prag. Manchmal im cafe~cafe. Sie werden sie schon finden."

Da war heute nichts mehr zu machen, erkannte Bernauer und stopfte die Fotografie samt den Aufzeichnungen in seine Mappe.

„Und Ihr Unfall, ist er von der Polizei aufgenommen worden?" fragte er noch abschließend.

„Logisch. Bei Personenschaden, da kommen die schon."

„Ja", sagte Bernauer, „da kommen die schon."

Noch während er sich von König verabschiedete klingelte Bernauers Handy. Es war Markovsky, der ihm berichtete, dass der Leiter der Prager Mordkommission, Dr. Jan Kapnic, sie beide zum Abendessen eingeladen habe. Wenn Bernauer keine anderen Pläne habe, könnte man sich vielleicht überhaupt gleich in dem vorgeschlagenen Restaurant treffen, es sei auch leicht zu finden.

„Das klingt gut", meinte Bernauer, „wie ist die Adresse?"

„Das kann es jetzt nicht sein", dachte Bernauer, als er vor der geschnitzten hölzernen Fassade eines Geschäfts stand, welches man von einer kleinen Passage aus, nach links hin, betreten konnte.

Als aber einige Personen in diesem Durchgang, ohne das Geschäft zu betreten, verschwanden, beschloss er, es ebenfalls zu versuchen. In gerader Richtung stand er nun vor einer angelehnten Holztür, durch die er in einen etwas breiteren Gang gelangte, an dessen Ende sich wiederum ein geöffnetes Tor befand.

Vermutlich war er also von der falschen Seite her gekommen und nur durch Zufall trotzdem an sein Ziel gelangt.

„Prag wird für mich noch längere Zeit die Stadt der Irrwege bleiben", dachte er, „dabei gehöre ich gewissermaßen jetzt auch schon zur Bürgerschaft."

Als er nun aus dem Tor in das enge Gässchen trat, hatte er plötzlich das Gefühl, in ein dunkles, gepflastertes Hafenviertel gelangt zu sein, ganz so, wie es ihm seine Phantasie schon immer vorgegaukelt hatte, in Marseille vielleicht oder Neapel. Beide Städte hatte er noch nie gesehen, lebte aber in der romantischen Vorstellung zwielichtiger Spelunken und dunkler Gestalten in abenteuerlichen Gassen und schmuddeligen Hauseingängen. Auch die ziemlich schwache Beleuchtung aus weit voneinander entfernten, an den Hauswänden baumelnden Blechlampenschirmen musste diese Atmosphäre noch geheimnisvoll vertiefen.

Wenige Meter von Bernauer entfernt stand bereits Markovsky und winkte ihn zu sich.
Als sie nun das Restaurant betraten, erhob sich ein eleganter Herr mittleren Alters an einem der Tische und kam freundlich lächelnd auf Bernauer zu.
„Guten Abend", sagte er, „Jan Kapnic mein Name" und reichte ihm die Hand, „freut mich, dass Sie meiner Einladung nachkommen konnten, Major Bernauer".
„Sehr gerne, guten Abend, Dr. Kapnic."
Dann konnte Bernauer nicht anders, er blieb stehen und sah sich fasziniert im Lokal um.
Die schweren geschnitzten Möbel wirkten sehr dunkel, die angedeuteten Gitterwände zwischen den großen Tischen bestanden aus Schmiedeeisen. Riesige Fender in glänzendem Kupfer hingen an schweren schwarzen Ketten, die sich von der Bar hin über mächtige Holzbalken bis nahe an den Fußboden zogen, während über den Tischen aus Totenkopfschirmen und Ankerkrallen geheimnisvoll rotglühendes Licht auf Gäste und Gedecke fiel.

„Eine Wahnsinnsatmosphäre", dachte Bernauer, „eine Mischung aus Luxuskogge und Piratenschiff, ich fass' es nicht."

Als er dann endlich Platz genommen hatte, stand der Kellner bereits mit zwei Speisekarten in deutscher Sprache bereit und meinte: „Heut' haben wir Hirschbraten, ganz frisch, mit Rotkraut und Preiselbeeren. Sehr zu empfehlen."

Auf Bernauers erstaunten Blick grinste er nur: „Deutsch, Englisch, Französisch. Wie es den Herrschaften beliebt. Sie können natürlich auch in tschechischer Sprache bestellen."

„Deutsch", meinte Markovsky, „wäre eine gute Basis."

„Es tut mir leid", sagte Dr. Kapnic, „dass ich Sie nachmittags nicht begrüßen konnte, aber ich wurde überraschend zum Bürgermeister unserer Stadt abkommandiert."

Er deutete eine Geste der Hilflosigkeit an: „Was soll man tun, wenn die Politik ruft", grinste er, „das ist höhere Gewalt."

Die bestellten Speisen wurden nach erstaunlich kurzer Wartezeit serviert und während man den ausgezeichneten Hirschbraten genoss, blieb der eigentliche Anlass des Besuches der beiden österreichischen Beamten unberührt.

Kapnic war, bevor er sich der Polizeiarbeit zugewandt hatte, im diplomatischen Dienst gewesen und hatte sich unter anderem einige Jahre in Wien aufgehalten.

„Das sind Erinnerungen", sagte er andächtig, „der Opernball und die Crème de la Crème."

Vor Bernauers innerem Auge erschien das Bild des fröhlichen Wiener Baumeisters, der Jahr für Jahr in Begleitung eines illustren Damenflors auf dieser gewaltigen Bühne seinen Auftritt telegen und kostenintensiv in Szene setzte.

„Ja", ergänzte er, „Crème de la Mörtel."

„Mörtel?" fragte Kapnic, dem im Moment offensichtlich doch die nötigen Sprachkenntnisse fehlten.

Markovsky reagierte augenblicklich: „Ein Mann, der die schönsten Frauen zum Ball mitbringt", sagte er und nickte dabei dem Tschechen aufmunternd zu.

„O ja", sagte nachdenklich Dr. Kapnic, „sehr schön, diese Wienerinnen, wirklich sehr schön."

Nun war allerdings der Zeitpunkt gekommen, an dem sie ihre Mahlzeit beendet hatten und das Gespräch zwangsläufig auf den ungelösten Fall des ermordeten Models Irina kommen musste.

„Glauben Sie mir, der Tod des Mädchens macht uns schwer zu schaffen", sagte Dr. Kapnic und sah Bernauer zweifelnd an. „Jetzt haben sich die Eltern des armen Kindes auch noch an Sie gewandt, was ich ja verstehen kann. Sie waren schließlich zum Zeitpunkt des Verbrechens nahe dem Tatort und könnten eventuell bei der Aufklärung der Sache hilfreich sein, hoffen zumindest die bedauernswerten Menschen, auch wenn es noch so unwahrscheinlich ist."

Daraufhin war Joschi Bernauer für einen Moment sprachlos. War das jetzt eine unglaubliche Anmaßung gewesen oder hatte sich Dr. Kapnic ohne Absicht nur so ungeschickt ausgedrückt.

„So unwahrscheinlich ist das gar nicht", mischte sich Markovsky ein, „denn ganz unbestreitbar ist in dieser Sache einiges schief gelaufen."

„Schief gelaufen?" fragte Kapnic.

„Nun ja", antwortete Bernauer, „die Eltern des Mädchens erhielten keine ausreichende Information zum Tod ihres Kindes. Man hat sich lediglich damit begnügt, ihnen die Benachrichtigung in tschechischer Sprache zukommen zu lassen und über die Umstände, so wie ich sie beispielsweise zu Protokoll gegeben habe, hat man sie überhaupt nicht informiert. Auch die Art des Gesprächs mit dem Dolmetsch lässt nur den Schluss zu, dass sie irgendwie abgefertigt wurden."

Dr. Kapnic sah Bernauer zweifelnd an.

„Das ist mir nicht bekannt." Er schüttelte den Kopf. „Sind Sie sicher? So etwas hätte nicht passieren dürfen."

„Bestimmt nicht", sagte Bernauer, „da solche Vorfälle nicht nur für die Betroffenen katastrophal sind, es macht zusätzlich auch die Ermittlungen schwieriger."

„Da haben Sie absolut recht", bestätigte Kapnic, aber Bernauer war völlig klar, dass sich dieses Eingeständnis in erster Linie darauf bezog, dass er selbst andernfalls von den Eltern des Opfers nicht kontaktiert worden wäre und man ihn dann in den Fall nicht hätte einbeziehen müssen, sodass die tschechischen Behörden nicht verstärkt unter Druck geraten wären. Man hatte das ganze vermutlich schon so gut wie ad acta gelegt, um nicht durch Recherchen jenen Staub aufzuwirbeln, der sich möglicherweise im Dunstkreis des angesehen Wohltäters Murad angesammelt haben mochte.

„Vermutlich wissen die Eltern auch nichts von dem makellosen Ruf des Hauses Murad und seiner Klientel", fuhr Kapnic nahezu beschwörend fort, „so dass unsere Ermittlungen so gut wie ausschließlich auf Außenstehende gerichtet sind. Derartiges erweist sich natürlich als besonders schwierig und findet erfahrungsgemäß auch wenig Verständnis."

„Also, Ermittlungen, die die Anwesenden ausschließen, sind meinen Erfahrungen nach nie wirklich zielführend", warf Bernauer ein und es fiel ihm jetzt wie Schuppen von den

Augen: Hier sollte der Libyer Murad mit allen Mitteln aus dem Fall herausgehalten werden, wahrscheinlich war sogar dieser ranghöchste Beamte der Mordkommission, Dr. Kapnic, wegen der Beiziehung ortsfremder Beamter am Nachmittag zum Bürgermeister von Prag bestellt worden, damit er den Schutz Murads, dieses geachteten Gönners der Stadt, persönlich in die Hände nahm. Eine Aufgabe, die Kapnic in eine äußerst unangenehme Lage brachte, da er dabei schließlich zwei professionellen Ermittlern gegenüber stand und wahrscheinlich war dies für ihn genauso unerfreulich als auch umgekehrt für Bernauer und Markovsky.

„Nun", gab Dr. Kapnic etwas zögernd zu bedenken, „praktisch gesehen ergibt sich ja auch kein logischer Zusammenhang. Die Gäste, der Hausherr und auch Sie befanden sich bei der Vorführung um den Laufsteg, wie von allen Anwesenden bestätigt worden ist. Ungesehen konnte sich da niemand entfernt haben."

Die Pause vor dem Defilee sowie das anwesende Personal spielte für die Polizei im Dunstkreis des Nobility offensichtlich keine Rolle, oder es war diese Argumentation ein eher kläglicher Versuch des tschechischen Beamten, irgendwie dem Auftrag des Bürgermeisters nachzukommen. Dass er sich dabei nicht wohl fühlte, war augenscheinlich, denn vermutlich hatte man einen Teil der Aussage Bernauers in die Bearbeitung erst gar nicht aufgenommen und es kam ihm nun voll zu Bewusstsein, wie schwierig seine Mitwirkung hier sein würde.

Wenn er den Fotografen König nicht in Unannehmlichkeiten bringen wollte, hatte er keinerlei zwingende Fakten vorzuweisen, die das Ausgrenzen der privilegierten Gesellschaft

65

aus jedem Verdacht verhindern konnten, wozu man aber hierorts ganz offensichtlich entschlossen war. Konkret betrachtet handelte es sich bei Bernauers Argumenten eigentlich nur um Mutmaßungen auf Äußerungen von Beteiligten hin, die allerdings bei Bernauer den Verdacht erhärteten, dass der Täter im Kreise der damals anwesenden Gesellschaft zu suchen sei.

Es war natürlich auch nicht bewiesen, dass der Fotograf absichtlich vor die Straßenbahn gestoßen worden war und die Behauptungen und Andeutungen, die er am Tag nach dem Mordfall zu Bernauer gemacht hatte, würde man sicher nur als abenteuerliche Phantasien eines besorgten, kopflos agierenden Freundes des Opfers abtun. Der einzige, leider unerwünschte Erfolg, der tatsächlich heraufbeschwört werden konnte, wäre, Detlef König wirklich in Gefahr zu bringen, denn zu eindeutig hatte sich gezeigt, dass Adil Murad mächtige Freunde hatte.

„Ich weiß nicht wie Du es siehst", meinte Markovsky, als er und Bernauer später den Weg in ihr Hotel antraten, „mir ist der Mann nicht unsympathisch, ich glaube nämlich, er fühlt sich absolut nicht wohl in seiner Rolle, offensichtlich ist ihm hier eine äußerst ungeliebte Vorgangsweise aufgezwungen worden."

„Ja, den Eindruck hatte ich auch", bekräftigte Bernauer, „wichtig wäre es daher, die Kopien des Aktes mit den einzelnen Aussagen zu bekommen. Ich möchte sie aber unbedingt in tschechischer Sprache haben, übersetzen lassen wir sie dann von unseren Leuten."

Nach dem Frühstück am nächsten Morgen wurde endlich die Neugierde Markovskys befriedigt, denn sie besichtigten nun das Haus, das Bernauer so überraschend geerbt hatte. Knapp an der Grenze zum Judenviertel lag es, schmalbrüstig an einer kleinen Nebenstraße, und hatte nach hinten hinaus einen gar nicht so winzigen Garten, wie man es in der Stadtmitte erwartet hätte.

Das Haus selbst erstreckte sich zwar über zwei Etagen, ergab aber im Gesamten nur eine einzige Wohnung. Haus und Grundstück befanden sich in gutem Zustand, allerdings ohne jeglichen modernen Komfort, dafür würden die antiken Möbel das Herz jedes Kenners höher schlagen lassen.

„Zukunftsmusik", kommentierte Bernauer und Markovsky feixte: „Jetzt weißt Du wenigstens, wie Du Dein fettes Beamtensalär anlegen kannst."

„Modisch, aber spartanisch", meinte Bernauer, „gerade so, wie es für mich noch leistbar ist."

„Du verkaufst einfach die Möbel", sagte Markovsky und lächelte mild, „dann reicht es auch noch für eine Buskarte nach Sparta. Dort sind, wie man hört, auch alle anderen pleite."

Beim anschließenden Besuch in ihrem mittlerweile zum Lieblingslokal gewordenen cafe~cafe holte Bernauer die Fotografie mit den fünf Models aus seiner Aktenmappe und überlegte, wie er es anstellen konnte, das Personal nach Eloise zu fragen, ohne dessen Widerstand herauszufordern. Freiwillig gab in solchen Dingen selten jemand Auskunft, noch dazu, wenn es sich um keine Landsleute handelte.

Markovsky erkannte das Problem und nahm ihm das Foto aus der Hand.

„Joschi", sagte er, „ich mach' das."

Bernauer war erleichtert."

Keine große Sache für Markovsky.

Schon das Fähnchen im Fenster kennzeichnete das Lokal als gay-freundlich, warum also sollte in männlich orientierten Kreisen Markovskys bemerkenswerte Erscheinung auf die gut aussehenden Kellner nicht ebenfalls ihre Wirkung tun? Ihm würde man wesentlich eher Auskunft auf diejenigen Fragen geben, die man sonst misstrauisch behandelt oder überhaupt nicht beantwortet hätte.

Markovsky studierte also eingehend die Speisekarte und winkte dann, liebenswürdig lächelnd, den Kellner herbei.

Bernauer, der bereits amüsiert beobachtet hatte, dass der junge Mann Markovsky laufend wohlwollend aus den Augenwinkeln betrachtet hatte, wartete nun gespannt darauf, ob Markovskys Charme auch in dieser Szene ankam.

Da am Tisch nebenan zwei weitere Personen eingetroffen waren und sich anschickten, auf der Bank, die an der Wand entlang lief, neben Bernauer Platz zu nehmen, nahm er höflich seine neben ihm liegende Lederjacke und hängte sie an den kaum zwei Meter entfernten schwarzen Kleiderhaken.

Nach drei Schritten wieder an den Tisch zurückgekehrt, wollte er seinen Augen nicht trauen.

Der Kellner und Markovsky hatten die Köpfe dicht über das Hochglanzfoto gesenkt und der junge Mann erklärte ihm ganz offensichtlich, welche Personen er auf dem Bild erkannt hatte. Ein Erfolg, der in dieser Geschwindigkeit nur bei Markovsky möglich war.

Zwei Mädchen hatte Pavel, so hatte er sich vorgestellt, benennen können, Irina und Eloise. Wo sie zu finden waren, wusste er zwar nicht, aber Eloise traf sich jeden Donnerstag vormittags gegen zehn Uhr, nach dem Besuch eines in der Nähe gelegenen Fitnessstudios, mit einer Freundin hier im Lokal.

„Donnerstag, das wäre ja morgen. Allerdings werden wir dann Prag nicht eher verlassen können", überlegte Bernauer, „wie sieht es bei Dir zeitmäßig aus?"

„Glaubst Du wirklich, ich lasse mich jetzt noch ausbooten?" fragte Markovsky streng und schnipste mit den Fingern.

„Hätte ich mir denken können, Wichtigtuer", antwortete Bernauer sarkastisch, „aber vorerst bestell Dir den vorzüglichen Krabbensalat mit Toast, denn der sucht wahrhaftig seinesgleichen."

Als sie das Lokal verlassen hatten meinte Bernauer nachdenklich: „Genau betrachtet haben wir immer mehr Erfolg, wenn wir uns weniger der offiziellen Wege bedienen" und als Markovsky bekräftigend nickte, klopfte Bernauer seinem Freund grinsend auf die Schulter und meinte in hinterhältigem Tonfall: „Außerdem bekommst Du dabei die seltene Gelegenheit, Dich in einer sicher interessanten neuen Gefühlswelt zu profilieren."

„Neid ist eine hässliche Eigenschaft, Du kommst eben dort nicht so an wie ich", bemerkte Markovsky boshaft, trat dabei aber vorsichtshalber einen Schritt zurück und kollidierte schmerzhaft mit einem Kinderwagen, worauf der Säugling sofort heftig zu brüllen begann.

„Dann nimm doch die Chance wahr", stichelte Bernauer gut gelaunt weiter, „so wie Du nämlich mit Kindern umgehst,

solltest Du Dein Verhalten nicht auf menschliche Reproduktion ausrichten. Soviel nur als Entscheidungshilfe von mir."
Langsam schlenderten sie nun durch das Judenviertel auf das Moldauufer zu und Markovsky blickte fasziniert auf das riesige Metronom, das auf der Bergkuppe über dem anderen Ufer seinen roten Arm beeindruckend und gravitätisch hin und her bewegte.
„Wenn Du es aus der Nähe sehen möchtest, gehen wir hinauf", regte Bernauer an, „dann zeige ich Dir auch den herrlichen Park mit den unglaublich schönen Teichen.
Zwei Stunden Fußwanderung, aber es zahlt sich aus."
„Interessant", nickte Markovsky, „gerne."
„Dort stelle ich Dir auch gleich ein ungewöhnliches Prager Original vor, einen Mann im Rollstuhl, ein wahrhafter Philosoph, sage ich Dir. Sitzt Tag um Tag dort oben und ist auf gütige Spenden angewiesen, aber trotzdem genießt er jeden Atemzug."
Um das Metronom hatten sich bereits einige Reisegruppen eingefunden, die sich dicht um die vortragenden Führer ihrer jeweiligen Sprachgruppe scharten.
Neben einer deutschsprachigen Gruppe bekamen sie amüsiert mit, dass ein gewaltiges Denkmal des gütigen Väterchen Stalins, das seinerzeit weithin sichtbar dort oben protzte und unter russischer Patronanz dem zum Jubeln verdonnerten tschechischen Volk geschenkt worden war, später nicht sofort gesprengt werden konnte, da man befürchtete, dass sonst der riesige Kopf Stalins einen Teil der Altstadt zerstören würde.
„Der Kopf Stalins hat bereits zu seinen Lebzeiten ein millionenfaches mehr zerstört", sagte Bernauer und einige deutschsprachige Touristen stimmten spontan zu.

70

Bernauer und Markovsky wanderten nun gemächlich dahin, vorbei an der Generali Arena zum herrlichen Stromovka Park, betrachteten die Schönheit der Anlagen und überließen ihre Gesichter gerne den wärmenden Sonnenstrahlen, die sie bei einer kurzen Rast auf einer Parkbank genossen.

Über den höchsten Punkt des Parks, begrenzt durch ein geradezu herrschaftliches Villenviertel, gelangten die beiden zu der Kiesfläche, wo der alte Mann im Rollstuhl so gerne saß.

„Komisch", sagte Bernauer, „er wird doch nicht seinen Platz gewechselt haben, jetzt, wo er die Sonne so richtig genießen könnte. Hoffentlich ist er nicht krank."

Wenige Schritte später standen sie vor der prächtigen alten Villa, in deren Garten Detlef König den Auftrag gehabt hatte, die beiden ungezogenen Kinder zu fotografieren.

„Eine Herrschaftsvilla", meinte Markovsky bewundernd. Bevor er sich weiter äußern konnte, trat ein Mann mit umfangreicher Fotoausrüstung aus der Tür, gefolgt von einer klobigen Gestalt in dunkler Kleidung, die ihm das Gartentor offenbar über ein Zahlenschloss öffnete. Bevor der Vierschrötige zurück in das Haus trat, sah er mit starrer Miene zu den beiden Fremden auf der gegenüberliegenden Straßenseite hinüber.

Der Mann mit der Fotoausrüstung hatte seine Geräte inzwischen in einer Jaguar XE Sportlimousine untergebracht und verließ das Gelände im vorgeschriebenen Schritttempo über die Privatstraße auf das tieferliegende Villenviertel zu.

„Schon wieder ein Fotograf", sagte Bernauer verwundert, „kürzlich war doch Detlef König damit beauftragt, hier die Kinder zu fotografieren."

71

„Vielleicht neureiche Angeber, die ihre Besitztümer nach allen Richtungen und um jeden Preis zeigen wollen."

Bernauer kramte aus seiner Jackentasche einen Kugelschreiber, fand eine Kaffeehausrechnung in der Brieftasche und notierte sich die Autonummer des eben verschwindenden Jaguars.

„Apropos Fotograf", sagte Markovsky, „wenn wir jetzt für den Rückweg die Straßenbahn nehmen, könnten wir vielleicht noch dem Fotografen Murads einen Besuch abstatten. Er soll sein Studio ohnehin nur zwei Häuser neben Murads Boutique haben und eigentlich müsste das in unserem heutigen Programm noch unterzubringen sein."

„Einfacher wäre es, wenn wir mit offenen Karten spielen könnten", stellte Bernauer fest.

„Vielleicht handelt es sich bei einem Großteil nur um Zufälle, aber, irgendwie scheint es immer wieder eine Verbindung zu geben, zum Beispiel der Unfall Königs und seine Behauptungen zum Tod Irinas und sein merkwürdiger Auftrag, die Kinder zu fotografieren, vielleicht lebt er wirklich gefährlich. Wenn uns wenigstens der ehrliche Standpunkt der tschechischen Behörden bekannt wäre und welches Ziel sie verfolgen!"

„Ein Rätselspiel, das mir bereits die längste Zeit durch den Kopf geht", bestätigte Markovsky.

Das Studio des gesuchten Fotografen war leicht zu finden gewesen, da es über ein elegantes Schild neben der Eingangstüre verfügte, dem zu entnehmen war, dass auch Filmprojekte in den Rahmen des Unternehmens fielen.

Nur waren Büro und Studio im Moment unbesetzt.

„Ich könnte den Notar anrufen", fiel Bernauer ein. „Wer weiß, ob sich nicht wenigstens er als hilfreich erweisen könnte."

Nach dem zweiten Klingelzeichen hatte Bernauer den Notar am Handy, begrüßte ihn, erklärte ihm, er sei mit seinem Freund unterwegs und fragte nach dem Austausch gebotener Höflichkeiten, ob ihnen der Notar freundlicherweise behilflich sein könnte, einen passenden Bridge-Club für den Abend zu finden.

Merkwürdiger Weise schien der Mann über die Anwesenheit Bernauers in seiner Stadt gar nicht überrascht zu sein und versicherte ihm, wie sehr er sich darüber freue, von dem frisch gebackenen Prager aus Salzburg zu hören.
„Warten Sie einen Moment", sagte er, „da hätte ich einen Vorschlag. Ich bin heute mit einem guten Freund und Mitglied des Stadtrates zum Abendessen im El Emir verabredet. Ein erstklassiges libanesisches Restaurant am Wenzelsplatz, das würde ich Ihnen und Ihrem Freund liebend gerne zeigen. Sie dürfen es mir schon im Hinblick auf unser gemeinsames Hobby nicht abschlagen."

Dies wäre ohnehin nicht in Bernauers Absicht gelegen, aber der Notar hatte auch noch einen weiteren Vorschlag parat.
„Da Mittwoch in keinem Prager Club gespielt wird, würde ich nachher, wenn es Ihnen recht ist, Sie beide und meinen Freund zu mir einladen und es könnte bei einem Rubber in meiner Wohnung noch richtig gemütlich werden. Mein Freund spielt ausgezeichnet Bridge, spricht zwar besser Englisch als Deutsch, hat aber sicherlich auch für einen jungen Hausbesitzer in Prag einige wertvolle Tipps parat."
Markovsky, der staunend mitgehört hatte, nickte sofort bekräftigend. Bernauer nahm an, bedankte sich höflich und ließ sich die Adresse des El Emir geben.

73

Da Bernauer und Markovsky noch zwei weitere Stunden bis zum Abendessen zur Verfügung standen, beschlossen sie ins Hotel zurückzukehren um sich für die abendlichen Aktivitäten vorzubereiten.

Man würde gemütlich zum Wenzelsplatz schlendern, das Angebot der Auslagen betrachten und überhaupt ein wenig Prager Flair und frische Luft schnuppern, denn der Abend versprach noch ziemlich lang zu werden.

Punkt achtzehn Uhr passierten sie dann die moderne Einkaufspassage, die vom Wenzelsplatz direkt zur eleganten gläsernen Front des El Emir führte, wo im Entree bereits eine Empfangsdame erfreulicherweise das Wohl der Gäste fürsorglich in die Hände nahm.

Im ersten Stock, direkt vor der gläsernen Fassade, hatte man einen Tisch vorbereitet, an dem bereits der Notar stand und jetzt seinen beiden Gästen entgegenging.

Sie hatten allerdings noch nicht Platz genommen, als hinter ihnen ein großer, eleganter, weißhaariger Herr den Raum betrat und auf den Tisch zusteuerte.

Dies, sagte der Notar, sei Architekt Miroslav Nowotny, Mitglied des Stadtrates und zuständig für Denkmalschutz und Rückführung von historischen öffentlichen Parkanlagen in ihren seinerzeitigen Zustand.

Nachdem man Platz genommen hatte, erbat sich der Notar den Vorzug, die Auswahl der Speisen treffen zu dürfen und Bernauer und Markovsky stimmten gerne zu. Da keiner von ihnen je ein libanesisches Restaurant betreten hatte und demzufolge in jede Richtung hin ahnungslos war, lehnten sie sich zufrieden und erwartungsvoll zurück. Während der

74

Notar mit dem Kellner alles nötige besprach, sahen sich die beiden interessiert im Lokal um.

Allein die exotische Ausstattung des Raumes versetzte den Betrachter unweigerlich in die Zauberwelt des Orients. Schwere rote Samtvorhänge und ebenso gepolsterte Sessel und Fauteuils wetteiferten mit riesigen, weit über die Tische hängenden Kristalllüstern und dem strahlenden Weiß der Tischwäsche in gediegener Eleganz und prunkvollem Luxus. Wohltuend und sorgsam war auch darauf geachtet worden, dass die Tische, trotz ihrer beachtlichen Ausmaße, wie Inseln der Abgeschlossenheit und Ruhe, scheinbar zwanglos im Raum verteilt lagen und erst als die Speisen auf riesigen Silberplatten serviert wurden, erfasste Bernauer auch die Notwendigkeit dieser umfangreichen Tische.

Das Angebot war überwältigend, denn offenbar war es in orientalischen Kreisen Sitte, die gesamte Mahlzeit in einem gemeinsamen Gang auf den Tisch zu bringen und da es unmöglich schien, das überreich Angebotene vollständig zu verzehren, bekam man erfreulicherweise die Möglichkeit, eine Auswahl nach persönlichem Geschmack zu treffen. Der Notar übernahm es dann, die einzelnen Gerichte zu erklären und so häuften sie Oliven, gefüllte Weinblätter, warmes, kaltes, saures und süßes Fleisch, Käsebällchen, Mandeln, Pistazien und jede Menge an wundervollem Obst auf ihre Teller. Dazu wurde warmes und kaltes Fladenbrot mit und ohne Honig gereicht und die sorgsam auf die Speisen abgestimmten Getränke rundeten die Mahlzeit perfekt ab, nur Bernauer blieb, so wie immer, dabei, sich ausschließlich auf sein Bier zu beschränken.

Markovsky lud sich noch eine Kugel aus gemischtem, körnigem Naturreis auf, aber sehr bald wurde beiden klar, dass sie die leider vorschnell aufgehäuften Portionen nicht bewältigen konnten.

Die Tafel wurde eben abgeräumt und Fingerschalen mit warmem Zitronenwasser bereitgestellt, als neuerlich ein weiterer, voll bedeckter Servierwagen herbeigerollt wurde. Dies, meinte der Notar erfreut, sei nun die Hauptspeise.

Eine Ankündigung, die Bernauer wie ein Schock traf. Keinen Bissen würde er jetzt noch zu sich nehmen können und Markovsky wurde sogar, glaubte Bernauer zu bemerken, reichlich blass unter seiner sonst eigentlich recht gesunden Gesichtsfarbe.

Diesmal war es der Kellner, der die einzelnen Speisen herumreichte und weder Bernauer noch Markovsky wagten es, von dem neuerlichen Angebot keinen Gebrauch zu machen, nahmen aber von allem nur noch wenige Bissen.

„Sehr klug", lobte der Notar, „etwas Platz für die Nachspeise muss schon noch bleiben."

Auch das noch. Jetzt wurde jeder einzelne Bissen zur Qual. Bernauer benötigte zur heroischen Bewältigung der Nahrungsaufnahme noch zwei weitere Pils und blickte besorgt auf Markovsky, der überhaupt nur mehr durch andauernde Weinbegleitung in der Lage, war zeitschindend Gekautes hinunterzuwürgen.

Inzwischen hatten sich die Tische rundum zum Großteil mit libanesischen Familien gefüllt, die fröhlich plaudernd über die gewaltigen Speisenmengen herfielen, zusätzlich Brot verlangten und offensichtlich auch in der Folge keineswegs den gesunden Appetit verloren.

„Die Libanesen in Prag sind im allgemeinen gutbetuchte Geschäftsleute", sagte der Notar, der Bernauers Blicke beo-

76

bachtet hatte, „und hier essen die meisten dann zu Abend."
„Aber", fragte Bernauer, „ist es nicht so, dass gläubige Muslime keinen Alkohol trinken dürfen? Einige hier scheint dies nämlich überhaupt nicht zu kümmern."
„Ich bitte Sie", antwortete der Notar mit feinem Lächeln, „warum glauben Sie lässt Allah Rotwein so ähnlich aussehen wie Cola, haben Sie sich das schon einmal gefragt?"
Selten hatte Bernauer einen etwa zehnminütigen Fußmarsch so genossen, wie den Weg zur Wohnung des Notars, denn Bewegung und frische Luft brachten ihn nach der vergangenen Völlerei wieder einigermaßen ins Gleichgewicht.
Während der Notar die notwendigen Utensilien für die kleine Bridgerunde vorbereitete, unterhielten sich Bernauer und die beiden anderen über seine unerwartete Erbschaft in Prag.
Ärger mit dem Denkmalschutz würde es nicht geben, versicherte Stadtrat Nowotny beruhigend, sofern Bernauer eventuell einige Änderungen geplant habe.
Er selbst, sagte er, habe da nämlich seinerzeit echte Schwierigkeiten gehabt, als er seine Villa restauriert habe, dabei sei er es doch selbst, der für diese Dinge zuständig sei.
„Ich würde auch nur mit äußerstem Unbehagen gegen mich selbst ermitteln", lachte Bernauer, „da käme ich sicher in den Verdacht, dass ich mich, in geheimer Absprache mit mir selber, zu begünstigen versuchte."
Nowotnys Mundwinkel hoben sich eine Spur zu einem sichtlich bereits im Ansatz steckengebliebenen Versuch zu lächeln.
„Stadtrat Nowotny hat eine recht passable Villa am Ende des Stromovkaparks", erklärte jetzt hilfreich der Notar seinen

österreichischen Gästen „in einem sehr schönen alten Garten."

Bernauer und Markovsky sahen gleichzeitig auf. Sollte es sich hier möglicherweise um diejenige Villa handeln, aus der sie nachmittags den Fotografen hatten kommen sehen und in deren Garten König den Auftrag hatte, die beiden Kinder zu fotografieren?

Jetzt war Vorsicht geboten.

„Einen schönen alten Garten?" reagierte Bernauer nun absichtlich gemütsbetont, „den hatten meine Großeltern auch, ich habe da wundervolle Erinnerungen an meine Kindheit."

„Haben sie Kinder?" wandte er sich in wohlwollendem Ton dem Architekten zu.

„Ja, zwei", kam knapp und irgendwie abwehrend die Antwort.

Mit beinahe hundertprozentiger Gewissheit waren Bernauer und Markovsky heute vor diesem Haus gestanden, aber beide einigten sich mit einem schnellen Blick, diese Vermutung hier nicht anzubringen. Dass allerdings der Notar diese Villa als passabel bezeichnet hatte, war der Abgrund der Untertreibung gewesen. Oder hatte man sie beide vielleicht doch gesehen und erkannt? Dies wäre allerdings die Erklärung dafür, dass der Notar am Nachmittag von Bernauers Anwesenheit in Prag so gar nicht überrascht gewesen war.

Der weitere Abend verlief noch äußerst harmonisch, sowohl der Notar als auch Stadtrat Nowotny spielten gutes solides Bridge, aber da man sich dann doch dafür entschieden hatte, die einzelnen Spielergebnisse nach dem System Chicago auszuwerten, kam es zusätzlich auf die bessere Kartenlage an und Bernauer und Markovsky mussten sich geschlagen geben.

Gegen ein Uhr beendeten sie ihr Spiel und nun kam, wie zu erwarten war, das Gespräch noch einmal auf Bernauers Erbschaft in Prag und, unausbleiblich, auf den Tod des Models Irina.

Unter normalen Umständen hätten sich die beiden österreichischen Beamten gegenüber jeder Zivilperson absolut bedeckt gehalten, doch im Hinblick auf die merkwürdige Episode vor dem Haus Stadtrat Nowotnys schien es jetzt eher tunlich zu sein, sich auch außerdienstlich weniger zugeknöpft zu geben.

„Momentan", sagte Bernauer, „kann ich mich um meinen hübschen Prager Wohnsitz ohnehin noch nicht kümmern, denn vordringlich ist die Lösung des Mordfalles in der Boutique Adil Murads.

„Unglaublich", meinte Markovsky, „ein Model wird ermordet aufgefunden, beinahe neben dem Catwalk eines Top-Designers, das ist doch wirklich unglaublich."

„Was soll daran so unglaublich sein?" fragte Nowotny, „ein ehrgeiziges kleines Ding wurde umgebracht und sicherlich gibt es da noch unzählige, die dies liebend gerne mit ihren Konkurrentinnen tun würden. In diesen Kreisen ist man nicht gerade zimperlich."

Bernauer glaubte nicht recht zu hören. Die honorige Kundenschicht Murads stand offensichtlich auch hier, genau so wie bei Dr. Kapnic vom Morddezernat, völlig außer Betracht.

„Glauben sie mir, Stadtrat Nowotny", sagte er, „in meinem Beruf spielt die gesellschaftliche Zuordnung lediglich dahingehend eine Rolle, dass sich die gehobenen Schichten als über dem Gesetz stehend betrachten und leider leichter in der Lage sind, ihre Taten zu verschleiern."

„Mein Freund meinte", mischte sich jetzt sichtlich nervös geworden der Notar ein, „dass in diesem Fall von unserer Polizei zu wenig in die Richtung des sozial bescheideneren Milieus ermittelt worden ist. Das Mädchen hatte in der Szene definitiv nicht nur Freundinnen, auch wenn sie das selbst glaubte. Das Konkurrenzdenken ist unglaublich hoch und die übrigen Kontakte, die dieses Völkchen pflegt, kommen erschwerend hinzu. Über eine derartige Kluft hinweg gibt es kein Bindeglied, diese Schichten stehen mit den Kunden Adil Murads in keinerlei Beziehung."

War das nun wieder die unglaubliche Arroganz der betuchten Klasse, oder der ungeschickte Versuch dem Gespräch die Spitze zu nehmen?

„Und trotzdem dürfte Herr Murad ein äußerst offenes Haus führen", setzte Bernauer boshaft nach, „einerseits bewegt sich seine hochbetuchte Kundschaft im elitären Rahmen der eigenen Gesellschaft, andererseits wird Unbekannten der Zutritt zum Haus gestattet, in dem sie dann ungestört tun können, wonach ihnen der niedrige Sinn steht, bevor sie sich auf gleichem Weg wieder entfernen. Habe ich das jetzt richtig verstanden?"

Der Notar sowie Miroslav Nowotny zogen peinlich berührt die Schultern hoch und schwiegen.

„Haben Sie das tote Mädchen gekannt?" fragte Bernauer nun ganz harmlos den Architekten.

„So viel ich mich erinnern kann, nein, und auch niemand aus seinem Umfeld. Ich spiele nicht gerne den Mäzen und dies wäre eine der unausbleiblichen Folgen."

Also war ihm, seiner Rede nach, auch Detlef König, obwohl er damals den Auftrag hatte, Nowotnys Kinder zu fotografieren, unbekannt. Jetzt wurde es für Bernauer zur Gewissheit, dass der Stadtrat einiges zu verbergen hatte. Was wusste er wirklich? Oder wie weit mochte er an der Sache beteiligt sein?

Wie im geheimen Einverständnis ließ man daraufhin dieses Thema fallen und wandte sich wieder der Erbschaft Bernauers zu, wobei Nowotny die Unterhaltung mit einer Menge wertvoller Tipps im Bezug auf die Umgestaltung des Hauses, sowohl in rechtlicher als auch in eventuell bautechnischer und kostengünstiger Hinsicht, bereicherte.

Am nächsten Vormittag schlenderten Bernauer und Markovsky zum cafe~cafe, nahmen an einem Tischchen vor den geöffneten Terrassentüren Platz und belegten den freien Tisch daneben mit ihren Sakkos, sodass auch dieser Tisch besetzt erschien, denn der kleine Straßengarten begann sich zunehmend zu füllen. Jetzt hofften sie nur noch, dass Eloise nach ihrem Fitness-Training hier erscheinen würde.

Die bestellten Getränke servierte elegant balancierend der überaus gutaussehende Kellner vom Vortag.

Einige Minuten später trafen zwei junge Frauen mit geschulterten Trainingstaschen vor dem Lokal ein und sahen sich nach einer Sitzgelegenheit im Freien um.

Daraufhin nahm Bernauer die Kleidungsstücke von den Sesseln des Nebentisches und bot ihn den beiden mit höflicher Geste an.

Die Mädchen nickten erfreut, stellten ihre Taschen ab, ließen sich auf den zierlichen Stühlen nieder und nur wenig später bekamen sie schon ihre bunten Mixgetränke serviert. „Maidli", sagte plötzlich Eloise, die Bernauer, auch ohne die mondäne Aufmachung, sofort erkannt hatte, und zog einen Selleriestängel samt Orangenscheibe aus dem Glas, „das isch ja heute wieder ein Gmüsebündli für Lüschtlinge."

„Ischt a guat für Di", lachte das „Maidli", „Dein Füdle setzt sowieso schon Bäckli an."

„Das sind Schweizerinnen", flüsterte Bernauer.

Markovsky nickte, nahm die Menage, die noch auf dem Tisch vor ihnen stand und bot sie den Mädchen am Nebentisch an: „Benötigen die Damen vielleicht Salz und Pfeffer für das Gemüse?"

Die beiden lachten. „He", sagte Eloise, „Ihr müsst Österreicher sein."

„Wieso denn Österreicher, wie wäre es zum Beispiel mit Deutschen?" fragte Markovsky amüsiert.

„Nein, nein", grinste Eloise, „wenn Deutsche miteinander reden, hat man ständig das Gefühl, sie unterhalten sich mit den Pferden" und setzte dann erklärend hinzu: „Viel zu zackig und militärisch für unsere Ohren."

„Darf ich dann vielleicht auch Sie um sprachlichen Unterricht bitten?" fragte Bernauer, „das soll aber weiß Gott jetzt nicht unverschämt klingen."

„Wieso denn?" ermunterte ihn Eloise, „wir geben gerne kulturelle Auskünfte, fragen Sie nur."

„Was, bitte, ist denn bei Ihnen das Füdle?"

Jetzt verzogen sich die Gesichter der Mädchen zu einem hinterhältigen Grinsen.

„Ich weiß nicht was Ihnen in Österreich dabei so vorschwebt", belehrte ihn Eloise mit ernster Miene, „aber Füdle ist im Schwyzerdütsch der ausladende, hintere Körperteil,

82

den Sie, wenn Sie sich vornehm ausdrücken möchten, mit Gesäß bezeichnen würden."

„Dachte ich mir, dass Sie das fragen würden", grinste das Maidli und kniff ein Auge zu.

Jetzt hielt Bernauer den Zeitpunkt für gekommen, die Karten auf den Tisch zu legen.

„Ich möchte nicht lange herumreden", sagte er, „wir beide sind österreichische Polizisten und haben Sie hier erwartet um Ihnen einige Fragen zu stellen, es geht um den Mord an Ihrer Kollegin Irina."

Erschrocken blickten ihn die Mädchen an und schienen merklich in den Stühlen zu schrumpfen.

„Wer sind Sie?" fragte Eloise misstrauisch.

„Kein Grund zur Besorgnis", sagte Bernauer beruhigend, „ich bin Polizeibeamter, genaugenommen von der Mordkommission in Salzburg und das ist mein Kollege Markovsky von der Mordkommission in Linz."

„Was wollen Sie denn dann hier von uns?" Eloise schien zwar beunruhigt, aber die Neugier überwog ihre Bedenken. „Ich habe Sie doch schon irgendwo gesehen."

„Richtig", erklärte Bernauer, „ich bin der Österreicher, der seinerzeit die Modenschau besucht hat, auf der Irina gelaufen ist und dann umgebracht wurde."

„Aber trotzdem", meinte Eloise, „der Fall wird doch von der tschechischen Polizei bearbeitet und da habe ich schon ausgesagt."

„Wir beide wurden von der Mordkommission in Prag zur Klärung des Falles beigezogen, wie Sie ja wissen, war Irina Österreicherin. Von den Eltern Irinas habe ich erfahren, dass sie mit Chantal befreundet war, die Irina versprochen haben soll, ihr bei der Suche nach hochwertigen Engagements behilflich zu sein. Natürlich ist es jetzt sehr wichtig, dass ich so bald wie möglich mit Chantal sprechen kann."

Und zu Eloise blickend sagte er: „Sie sollen ja, wie ich erfahren habe, ebenfalls mit ihr in freundschaftlichem Kontakt stehen."

Eloise nickte schwach.

„Ja, wir telefonieren häufig miteinander und gelegentlich treffen wir uns bei Veranstaltungen, seltener auch privat. Chantal lebt schon einige Jahre in Paris und arbeitet primär in der Agentur ihres Freundes. Es ist eine Schauspieler- und Modelvermittlung, so einschlägige Sachen eben und sie steht damit jetzt recht gut da. Die hat es nicht mehr notwendig Klinken zu putzen für einen Modelauftrag oder die Schweißhände ekeliger Lustmolche zu ertragen."

„Muss man denn das tun?" fragte Bernauer unangenehm berührt.

„O Gott", sagte sie ernst, „manche Kerle sind wie alte Teflonpfannen, schmuddelig, aber sie lassen nichts anbrennen. Man muss halt immer sehen, wie man zurecht kommt, bis man den Status von Kate Moss erreicht."

Trotz dieser aufgezählten unappetitlichen Hindernisse schien Eloise sichtlich keinen Zweifel daran zu hegen, dass sie sich bereits auf dem Weg in die Sphären dieser Supermodels befand, denn Kate Moss war sogar für Bernauer ein Begriff.

„Und Sie sind wirklich von der Polizei und dürfen uns ausfragen?" vergewisserte sie sich noch einmal.

„Ja", gab Bernauer zur Antwort, „dürfen schon, aber müssen nicht. Ich könnte Sie natürlich auch vorladen lassen."

Nun mischte sich das Maidli, das inzwischen zur bürgerlichen Leni geworden war, ins Gespräch.

„Also, wenn Chantal Irina versprochen hat, sich für sie zu verwenden, dann hätte sie es auch getan. Sie ist in der Branche der netteste Mensch den ich kenne und immer hilfsbereit und verlässlich, nicht so wie die anderen egoistischen, arroganten Arschlöcher."

Eloise sah bei diesem Kraftausdruck etwas geniert auf die beiden Herren, aber Leni, die den Blick bemerkt hatte, zuckte nur mit den Achseln und sagte lakonisch: „Na weil's doch wahr ist."

Bernauer zweifelte keineswegs am Wahrheitsgehalt ihrer Worte.

„Ja, das stimmt", bestätigte Eloise, „Chantal kennt eben auch die ganze Schinderei aus eigener Erfahrung und sogar Leni verdankt ihr bereits eine ganze Menge."

„Chantal arbeitet also nicht mehr am Laufsteg?"

„Nur mehr gelegentlich, auf dringenden Wunsch aus der Branche oder wenn es ihr gerade Spaß macht und vielleicht die jeweilige Stadt für sie interessant ist, aber meistens dann, wenn es sich mit geschäftlichen Terminen koppeln lässt. So sehen wir uns dann eben auch immer wieder."

„Termine für die Agentur in Paris?"

„Nicht nur, Chantal kümmert sich auch weiterhin um die Mädchen, die sie vermittelt hat und überzeugt sich davon, dass sie keine Dummheiten machen oder ausgenutzt werden."

„Und Chantals Freund?"

„Jul? Der ist überglücklich, dass er sie gefunden hat. Schließlich hat er sie Karel ausgespannt."

Eloise blickte verträumt ins Leere. „Ach Gott, Paris! Ein Traum, vielleicht New York, alles wäre da offen. Aber, man darf nicht unbescheiden sein, bei Murad hat man ohnehin die besten Chancen und das Publikum ist auch erste Sahne. Manche Mädchen haben auch schon reich geheiratet, sehr reich. Ich möchte aber zuerst Karriere machen."

„Das kommt schon noch", erklärte Leni überzeugt, „Jennifer Lopez war auch zuerst Putzfrau und die Streisand hat Klomuscheln gescheuert."

Bernauer sah auf das strahlende junge Mädchen, das schlank, blond und hellhäutig den absoluten Traum des deutschen Fräuleinwunders verkörperte, aber tatsächlich Schweizerin war, und fragte neugierig: „Arbeiten Sie denn auch als Model, gesehen habe ich Sie auf der Modenschau glaube ich nicht?"

„War ich auch nicht", antwortete Leni, „ich bin Tänzerin. Im Moment leider nur Background oder im Unterhaltungsteil von Veranstaltungen."

„Und Chantal hat sich auch Ihrer angenommen?" Bernauer fehlte hier eindeutig der Zusammenhang.

„Ja", erklärte sie. „Als Herr Murad eine Modeschau in einem Raum des Kunstmuseums in Zürich vorbereitete, wurde ihm Eloise, die gelegentlich Führungen in tschechischer Sprache gehalten hat, für administrative Zwecke zugeteilt.

Er war von ihr begeistert und hat sie, da sie bereits Erfahrung auf dem Laufsteg hatte, engagiert. Ich hatte zu der Zeit über Vermittlung von Eloise nur einen Job als Mädchen für alles im Museum, da tritt man nicht groß in Erscheinung, aber eine Tänzerin wäre bei Herrn Murad ohnehin nicht gefragt und gelernte Dekorateure, wie mich, gibt es mehr als Zürich beschäftigen kann oder will.

Gott sei Dank habe ich bei dieser Veranstaltung Murads durch Eloise Chantal, die zu seinem Stammkader gehörte,

86

kennengelernt. Wir haben uns unterhalten, ich habe von meinen Problemen gesprochen und als sie erfahren hat, dass ich eine Ballettausbildung habe und Tänzerin werden möchte, hat sie versucht, mich irgendwo in der Szene unterzubringen. Theater oder vielleicht zwischenzeitlich Modebranche, da baut man auch oft die besten Connections auf."

„Das ist aber sehr kompliziert", sagte Bernauer, „und wenn so was schief geht?"

„Dann kann ich immer noch in den Polizeidienst gehen", grinste sie, „ich dekoriere die verstaubten Büros um und bereite mich auf die Pension vor."

„Dann verabschieden Sie sich am besten schon jetzt von den Designer-Klamotten", hielt ihr Markovsky vor Augen und wies mit dem Zeigefinger auf ihre elegante Sportausrüstung.

„Dann heirate ich lieber", gab Leni kess zurück, „natürlich keinen Beamten, auch nicht bei garantierter Witwenpension."

Dann wurde sie wieder ernst und kaute nachdenklich an ihrem Strohhalm:

„Nein", sagte sie, „darüber mache ich mir auch gar keine Gedanken, es läuft ja gar nicht so schlecht.

Durch die Intervention von Chantal hat mir Karel, der Fotograf Murads, mit dem sie sehr befreundet ist, an kleineren Bühnen in Prag einige Aufträge zugeschanzt, mit einem Fuß bin ich sogar schon beim Ballett im Theater des Volkes und man kennt mich auch bereits an wichtigeren Stellen. Wenn es Karel gelingt, könnte ich vielleicht sogar gelegentlich bei Murads Modeschauen einspringen, das bringt Bares und seine Kunden sind nur Leute von ganz oben und mit erheblichem Einfluss."

Bernauer war zwar nicht ganz sicher, ob er den Zusammenhang richtig erfasst hatte, aber es schien ihm in der Welt des Showbusiness ohnehin alles ziemlich unschlüssig. Dass allerdings Persönlichkeiten mit dem nötigen Einfluss eine hübsche Backgroundtänzerin im Showgeschäft unterbringen konnten, war nicht von der Hand zu weisen, es fragte sich nur, ob nicht auch hier die Gruppe der Teflonbeschichteten eine entscheidende Rolle spielen würden.

„Dieser wichtige Fotograf", fragte Bernauer und gab sich uninformiert und neugierig, „das ist doch nicht der nette junge Mann mit dem Irina oft zusammen war, der Deutsche von dem Irinas Eltern gesprochen haben?"
Beide Mädchen lachten auf.
„Nein, um Gottes Willen nein, der doch nicht", schüttelte Eloise den Kopf. „Das ist Detlef. Zweifellos sehr begabt, ein lieber netter Kerl und sehr hilfsbereit, aber immer irgendwo in den Wolken mit seinen Gedanken. Der stolpert über seinen eigenen Schatten."
„Neulich ist er sogar vor die Straßenbahn gefallen, liegt im Krankenhaus und hat unglaubliches Glück, dass er überhaupt noch lebt", vollendete Leni die Schilderung des sympathischen Chaoten.
„Vegetiert wäre da wohl der bessere Ausdruck", relativierte Bernauer im Stillen und hatte vor seinem geistigen Auge das jämmerliche Etwas von Mensch, wie es das Weiß der Krankenhausbettwäsche vorwiegend mit weißem Gips vervollständigte, denn körperliche Substanz hatte der Fotograf leider verschwindend wenig.
„Haben Sie ihn kennengelernt?" fragte Eloise.
Hier traf Bernauer ein warnender Blick Markovskys.

88

„Viel zu sagen wird er ja nicht haben", sagte Bernauer vage, „vielleicht möchte er auch gar nicht darüber sprechen."
„Was sollte er denn schon groß wissen", meinte Eloise, „Murads geheiligte Hallen waren für ihn tabu, er durfte lediglich eine einzige Laufstegaufnahme machen und das war bei einer Generalprobe. Karel war verhindert, er hatte, glaube ich, einen anderen wichtigen Termin, aber Murad benötigte unbedingt dieses Foto."

Diese einzige Laufstegaufnahme musste diejenige sein, die Bernauer von Irinas Eltern bekommen hatte.
„Wer ist eigentlich Karel?" fragte Markovsky, der sich bisher wenig in das Gespräch eingemischt hatte.
„Karel? Also, das ist der Fotograf bei Murad. Er war früher mit Chantal zusammen. Ist eine große Nummer auf seinem Gebiet, dreht auch Werbespots und künstlerische Filme, für die er sogar schon mehrere Auszeichnungen erhalten hat."
„Hat er auch einen Nachnamen oder ist er schon so weit oben, dass jeder weiß, wer Karel ist?"
Ein weiteres Gekicher der Mädchen war die Folge.
„In der Branche kennt ihn jeder", sagte Eloise sehnsüchtig.
Daher wehte also der Wind.
„Meston", sagte jetzt Leni, „das ist sein Nachname, den verwendet aber eigentlich nie jemand. Sein Atelier ist zwei Haustüren neben Murads Boutique."
„Ich möchte Sie beide jetzt nicht länger aufhalten, aber könnten Sie mir eine Telefonnummer geben, unter der ich Chantal erreichen kann?" fragte Bernauer Eloise.
Sie nickte und schrieb ihm eine Handynummer auf die Serviette.
„Und wie kann ich Sie wieder erreichen?"

Eloise notierte ihm ihre Nummer ebenfalls und meinte dann wichtig: „Aber schon morgen geht es mit Herrn Murad ab nach Paris und anschließend nach Salzburg."
„Sind Sie auch mit dabei?" fragte er Leni.

„Nein, leider", bedauerte Leni, „da ist Karel noch am Arbeiten, aber ich habe inzwischen einige kleinere Engagements, die er mir besorgt hat."
Bernauer nahm Eloise noch das Versprechen ab, ihn bei ihrem Eintreffen in Salzburg unbedingt zu kontaktieren und sie erklärte sich erfreut damit einverstanden. Er sah ja auch wirklich gut aus, wieso sollte sie sich also dieses Vergnügen entgehen lassen?

„Sollten wir jetzt nicht aufbrechen und versuchen den wundervollen Karel in seinem Büro zu erwischen? Wäre gut, wenn wir die Sache ein wenig straffen könnten", meinte Markovsky.
„Und ich versuche Chantal zu erwischen", sagte Bernauer und tippte die Telefonnummer in sein Handy.
Die Nummer war zwar nicht besetzt, aber es meldete sich niemand und offensichtlich gab es auch keine Mobilbox.

Erfreulicherweise geruhte der Meister jetzt im Büro anwesend zu sein und die beiden Beamten, nach eingehender Befragung durch eine androgyne Gestalt, die sich dabei mühelos der deutschen Sprache bediente, zu empfangen.
Bernauer kostete es Mühe sich zu konzentrieren.
„Diese Person verleitet mich doch tatsächlich zu sinnlosen Hirngespinsten", dachte er, aber sich mit diesem Wesen näher zu beschäftigen blieb jetzt keine Zeit, denn der Fotograf

Karel Meston, ebenso gekleidet wie er aus dem Haus Stadtrat Nowotnys gekommen war, mit schwarzem T-Shirt unter gleichfarbigem Anzug, begrüßte die beiden Beamten in englischer Sprache und man einigte sich darauf, die Unterhaltung auch weiterhin englischsprachig zu führen, auch die Sekretärin stünde nötigenfalls zur Verfügung.

Bernauer nahm zur Kenntnis, dass damit der weibliche Status des Vorzimmerwesens ausreichend geklärt worden war. Hatten Bernauer und Markovsky eine Art berufsnahes Büro mit gewissen Annäherungen an ein Fotostudio erwartet, so sahen sie sich darin gründlich getäuscht.

Hier herrschte nur unendliche optische Stille. Die Wände des großen, hohen Raumes traten zurück in mattem Weiß, der Stuhl vor dem gläsernen Schreibtisch bestand aus fleckenlosem weißem Leder so wie auch die beiden Stühle mit ihren Lehnen in Form starrer venezianischer Masken, vor einem niedrigen gläsernen Tisch. Ebenso weiß war die breite Holzschiene, die mittig über die Decke lief und in der unzählige kleine Beleuchtungskörper eingelassen waren.

Die einzige Unterbrechung dieser Symphonie in Weiß bildeten Fotografien und Kataloge, die auf einer gläsernen Wandkonsole, die über die gesamte Länge einer Wand bis zum Fenster hin lief, verteilt lagen.

Und natürlich, Karel Meston selbst. Würde er, durch das Tageslicht hinter seinem Rücken magisch verdunkelt, in dieser einschüchternd strengen Atmosphäre am Schreibtisch vor dem schönen alten Fenster sitzen, musste die Szenerie auf diejenigen, die in den Raum traten, eine unglaublich beeindruckende Wirkung ausüben, denn der Magier der Fotolinse inszenierte sich unzweifelhaft diabolisch.

Meston bat die beiden Beamten in den Maskenstühlen Platz zu nehmen und beinahe zeitgleich trat die Sekretärin wieder in den Raum. Diesmal trug sie ein Tablett, auf dem eine gefüllte Wasserkaraffe, samt entsprechenden Gläsern natürlich, und unendlich teuer aussehende Porzellantassen standen. Mit ihr in den Raum zog eine wundervolle Duftwolke, aber es waren weder Zucker noch Milch vorhanden, nur die obligatorischen, silbernen Kaffeelöffel auf den Untertassen.

Sowohl Bernauer als auch Markovsky tranken ihren Kaffee prinzipiell schwarz ohne jegliches Beiwerk, es stellte sich nur die Frage: War dieser Umstand hier bekannt?

Handelte es sich um ein Versehen?

„Nein", dachte Bernauer, „nicht bei dieser auffällig zur Schau getragenen Perfektion."

Wollte man ihnen zum Beispiel durch das Auflegen der hier völlig unnützen Kaffeelöffel zeigen, dass man umfassend Bescheid wusste und durch nichts zu überraschen war? Und wenn ja, sollte es eine Drohung sein, oder machte man sich lediglich lustig über die beiden österreichischen Beamten?

Bernauer sah forschend auf Markovsky, aber der nahm eben mit Genuss einen Schluck aus seiner Mocca-Tasse und schien damit ausreichend beschäftigt zu sein.

Bernauer wandte nun seinen Blick wieder dem Fotografen zu und es schien ihm, als wäre gerade noch der Rest eines Grinsens aus seinen Mundwinkeln verschwunden.

„Vielleicht bin ich auch schon etwas überreizt", dachte er, „versuche ich mich doch bereits tagelang ergebnislos in diesem Mekka der Kreativität und Kunst zurechtzufinden."

Manche konnten ihre Suppe nicht bezahlen und andere trugen Kleider, um deren Kaufpreis man ein Jahr lang ganze Stadtteile hätte ernähren können.

Aber alle wollten sie mit dabei sein, selbst die wirklich aussichtslosen Hungerleider wehrten sich mit Händen und Füßen dagegen, ein vernünftigeres Leben zu führen und buhlten um die winzigste Chance oder Anerkennung in diesem Hamsterrad der Eitelkeiten. Die einzig wirklich ernstzunehmenden Künstler dieser merkwürdigen Population schienen ihm die Sprayer zu sein. Hier entstand Kunst, jenseits allen Profitdenkens, die nur der schöpferischen Lust entsprang, mit dem einzigen Zweck des befriedigenden Gefühls bei der Entstehung des Werkes.

Inzwischen war Markovsky mit Karel Meston ins Gespräch gekommen und betrachtete interessiert die Fotografien, die er vom Wandregal genommen hatte. Bernauer trat zu ihnen um ebenfalls einen Blick auf die beachtliche Sammlung der Schwarz-Weiß-Bilder vom Format eines größeren Schulheftes zu tun.

Diese Aufnahmen, erklärte Meston, kämen noch aus seinen früheren Berufsjahren, er habe sie bei verschiedenen Einsätzen gemacht und arbeite das Material jetzt, wo er es sich leisten könne, langsam auf.

Bereits der erste Blick auf die Bilder jagte Bernauer die Gänsehaut über den Rücken, es handelte sich ausschließlich um Dokumentationen brutaler Gewalt und fürchterlicher Katastrophen.

Karel Meston, dem solche Reaktionen offensichtlich nicht fremd waren, warf nun erklärend ein, dass es sich um Kriegsschauplätze und solche ziviler Massaker gehandelt habe, denn er sei als Mitarbeiter im Zeitungswesen mit einem Team zu Reportagen nach Mittelamerika und dann nach Libyen gegangen.

Dort, sagte er, lerne man das Leben, wie es sich in zivilisierten Ländern niemand vorstellen könne, hautnah kennen und dabei sei die Gefahr, auch selbst den Gräueltaten zum Opfer zu fallen, allgegenwärtig.

Bernauer legte die Bilder weg, er wollte sie nicht ansehen, nicht einmal mehr berühren, obwohl er geglaubt hatte, durch seine berufliche Praxis gefühlsmäßig schon einiges an Grausamkeiten ertragen zu können. Aber, dies hier war die Hölle.

Die ausgelegten Kataloge wirkten dagegen beinahe versöhnlich, sie waren nicht nur überaus kunstvoll sondern auch von den Motiven her sehr schön. Zum Großteil handelte es sich um Aufnahmen aus Karel Mestons Filmen, für die er auch bereits einige Kunstpreise gewonnen hatte.

Sie wurden allerdings nie zu Kassenschlagern, da sie nur bei Insiderveranstaltungen mit ausgewähltem Publikum gezeigt wurden, welches auch den notwendigen Sachverstand zur fachlichen Beurteilung mitbrachte. Breitenwirkung hatten diese Kunstwerke nicht.

Zur Mode und seiner sonstigen gegenwärtigen Arbeit, sagte Meston, sei er allerdings durch mehrere Hiebe mit einem Gewehrkolben in Libyen gekommen, die sein Rückgrat so bleibend verletzt hatten, dass für ihn die anstrengende körperliche Art der fotografischen Kriegsberichterstattung unmöglich geworden war.

„Aber immerhin hält mich jetzt ein solides Stahlgerüst im Inneren meiner Wirbelsäule permanent aufrecht", beendete er seine Schilderung und betrachtete mit Genugtuung die geschockten Gesichter seiner Zuhörer.

Was er nun für die Polizei tun dürfte, fragte er dann höflich, nachdem man wieder Platz genommen hatte und er seinen Stuhl hinter dem Schreibtisch hervor geholt und sich neben Bernauer und Markovsky gesetzt hatte.

Und wieder beschlich Bernauer das unangenehme Gefühl, dass der Mann zwar genau Bescheid wüsste, sich aber genüsslich von ihnen aufklären lassen wollte, um sie vergnüglicher Weise im Leerlauf zu bewegen.

Über Irina, sagte der Fotograf, könne er nur das beste sagen. Sie sei ein sehr hübsches Mädchen gewesen, ruhig und friedfertig, aber ein sehr einfacher Charakter. Das typische Mädchen vom Land, das sicher noch vor Beginn einer richtigen Karriere geheiratet und dann eine perfekte Ehefrau abgegeben hätte. Er habe sich dann und wann ihrer angenommen, wenn ihr Dinge über den Kopf gewachsen seien, die etwas mehr Standfestigkeit erfordert hätten.

In letzter Zeit habe er aber das Gefühl gehabt, dass sie irgendetwas beschäftigt hätte. Entweder hatte sie sich verliebt, oder ein interessantes Angebot im Auge gehabt. Es sei zumindest seine erste Annahme gewesen.

Diese Version erinnerte Bernauer allerdings zu stark an die Aussage des Boutique-Besitzers Murad und war damit für seinen Geschmack sofort suspekt.

„Sie haben doch sicher auch während der Pause vor dem Defilee Aufnahmen gemacht", fragte er jetzt, „das Material müsste eigentlich noch zur Verfügung stehen, wenigstens in Form der Negative, falls die Originale zu den Akten der Polizei gelegt wurden?"

Tatsächlich hatten weder Bernauer noch Markovsky in den Polizeiakten auch nur ein einziges Foto gesehen, wenn man von den Aufnahmen am Tatort absah, die die Leiche des Mädchens zeigten.

Karel Meston schien zu überlegen.

„Ja", sagte er dann, „da kann ich Ihnen tatsächlich behilflich sein, denn ich habe einen weiteren Satz meiner Aufnahmen für eigene Zwecke in meinem Studio."

Er griff zum Telefon, gab eine kurze Anweisung und gleich darauf erschien das undefinierbare Faktotum aus dem Vorzimmer des Meisters und reichte ihm wortlos eine graue Flügelmappe.

Bernauer konnte nicht anders, er starrte auf die lediglich funktionell wahrnehmbare Frau, während sie ohne weitere Regung gemessen und in aufrechter Haltung das Zimmer verließ.

„So muss der perfekt gegenderte Mensch aussehen, sollte sich eines Tages der faschistoide Flügel der Frauenbewegung endgültig durchsetzen", dachte er.

Die positive Folge wäre dann allerdings, dass der Tatbestand der Vergewaltigung, mangels naturgewollter Anreize, automatisch aus dem ohnehin schon ziemlich strapazierten Rahmen des Gesetzes fiele.

Als sich die Tür hinter ihr geschlossen hatte, ließ er den Gedanken fallen, konzentrierte sich wieder auf den Grund seiner Anwesenheit und schob die Betrachtung dieses mysteriösen Schauspiels und dessen skurrile Auswirkung auf ihn selbst weit von sich.

Der Fotograf hatte jetzt die Mappe geöffnet und bat Bernauer und Markovsky sich zu bedienen.

Beide nahmen nun die einzelnen Fotos auf um sie zu betrachten und genau zu diesem Zeitpunkt, wie durch Zauberhand, schaltete sich die Deckenbeleuchtung ein und unzäh-

96

lige feine Leuchtkörper schickten ihr strahlendes Licht, wie vom Sternenhimmel aus, auf die kleine Gruppe um den dicht belegten Glastisch.

Die Steuerung konnte allerdings nur von außen her gekommen sein, denn der Fotograf war mit Ihnen am Tisch gesessen und hatte sich nicht bewegt.

Dass die Sekretärin von ihrem Zimmer aus zur besseren Sicht im Chefbüro das Licht eingeschaltet hätte, wäre unter anderen Umständen nicht so ungewöhnlich gewesen, aber dieses wiederum absolut punktgenaue Timing bildete eine weitere Nuance in Bernauers Misstrauen. Befand sich hier einfach alles in einem lückenlosen Überwachungszustand? War möglicherweise auch Detlef König einem solchen Umstand zum Opfer gefallen?

Markovsky hatte nun begonnen die Bilder zu sortieren, sodass sich ein größerer Stapel an Aufnahmen bildete, die auf und um dem Laufsteg entstanden waren, während derjenige, der die Pause vor dem Defilee dokumentierte, vergleichsweise sehr mager ausgefallen war.

Tatsächlich gab es zwar Aufnahmen vom überaus dekorativen Buffet, aber die wenigen Anwesenden, die man darauf erkennen konnte, befanden sich irgendwo im Hintergrund.

Waren nun diese Bilder bereits mit System aussortiert worden oder galt in derart erlauchten Kreisen ein abgezirkelter Code der Zurückhaltung für Fotografen? Jedenfalls war dem gesichteten Material nicht im mindesten zu entnehmen, wer sich während der Pause wo befunden oder vielleicht sogar den Saal oder das Gebäude verlassen hatte.

Bernauer wechselte das Thema.

„Herr Meston", sagte er, „ich glaube mich an einige der Personen auf den Bildern zu erinnern, aber ich vermisse gänzlich den großgewachsenen, grauhaarigen Herrn, der einen längeren Kaschmirmantel trug, er müsste doch hier irgendwo zu sehen sein."

Der Fotograf sah ihn irritiert an.

„Ein Herr im Kaschmirmantel, bei dieser Witterung?" fragte er und lächelte nachsichtig.

„Für die Klientel Adil Murads ist dies allerdings ein ganz alltägliches Kleidungsstück und dieser Herr wird seinen Mantel eben abgelegt haben, dafür steht natürlich das Personal bereit."

„Möglich", erwiderte Bernauer, „aber ich hätte ihn auch ohne Mantel, lediglich im Smoking wiedererkannt. Er war auffallend groß und ohne Begleitung."

„Nun, ja", sagte der Fotograf abwehrend, „ich habe mich natürlich an die verschiedenen Wünsche der Eingeladenen zu halten, wenn sie mir vor der Veranstaltung zugehen, aber die gesamte Gästeliste ist mir trotzdem nicht bekannt. Woher wissen Sie denn so sicher, dass dieser Mann zur Modeschau gekommen ist?"

Bernauer log ungeniert weiter: „Wir sind beide vor dem Eingang gestanden."

Überrascht sah ihn Karel Meston an: „Und Sie haben dann auch zusammen das Haus betreten?"

„Betreten nicht", sagte Bernauer, „denn er war noch dabei seine Zigarette auszudrücken."

„Dann kann er doch noch ganz woanders hingegangen sein."

Der Fotograf wirkte jetzt wieder vollkommen gelöst.

„Ist auch nicht so wichtig", wechselte Bernauer das Thema,

„es geht mir ohnehin mehr um die Freundin Irinas, das Mädchen Chantal. Sie haben ja, wie ich gehört habe, sehr guten Kontakt zueinander."

„Sie haben gehört, dass wir ein Verhältnis hatten", unterbrach ihn Meston zurechtweisend, „reden wir nicht um den heißen Brei herum, ich war es auch, der sie Murad seinerzeit empfohlen hat."

„Ja, das habe ich auch gehört", bestätigte Bernauer kühl und ohne höfliche Abschwächung, „wenn dieser Klatsch für Sie von Bedeutung ist, mich interessieren lediglich die faktischen Zusammenhänge der Angelegenheit."

Jetzt begann Karel Meston offensichtlich erstmals zu begreifen, dass die Trümpfe nicht unbedingt nur auf seiner Seite lagen und damit erkannte er auch die Gefahr, leichtsinnig sein ihm unbekanntes Gegenüber zu unterschätzen.

Geschickt, die neugewonnene Erkenntnis umsetzend, verlieh er seiner unterschwellig arroganten Haltung eine bedeutende Wendung.

„Ich weiß Diskretion in Dankbarkeit zu schätzen."

„Dann kommen wir endlich auf den richtigen Weg", dachte Bernauer.

„Sie helfen jetzt auf Chantals Empfehlung hin auch einem Mädchen aus Zürich als Tänzerin Fuß zu fassen, wofür sie Ihnen, wie man hört, auch ungeheuer dankbar ist. Geschieht dies auf privater Basis aus Gefälligkeit oder sind Sie auch sonst im Agenturbereich tätig?"

Der Fotograf schluckte auch diese Keule ohne mit der Wimper zu zucken.

„Reine Gefälligkeit", erklärte er, „ich mag diese tüchtigen schönen Mädchen und wenn ich meine Verbindungen spielen lassen kann, helfe ich ihnen auch gerne. Bei Chantal ist dies allerdings für mich etwas anstrengend, denn sie will alle Menschen, die sie kennt, glücklich machen und in dieser Branche bin ich leider ihr erster Ansprechpartner."

„Versucht sie sehr oft Sie in Anspruch zu nehmen?"

„Es geht", sagte Meston, „inzwischen ist ihr nämlich klar geworden, dass sie mich nicht überbeanspruchen darf."

„Gab es bereits Ärger deswegen?"

„Wie man es sehen will. Ich habe tatsächlich einige Male abgelehnt, denn was zu viel ist, ist zu viel, auch wenn unsere kleine Menschenfreundin dann einige Zeit im Schmollwinkel sitzt."

„Was macht Chantal eigentlich in Paris?"

„Sie leitet die Künstleragentur ihres Freundes. Schade um diese außergewöhnliche Schönheit, die ich nun nur mehr ganz selten vor die Linse bekomme."

„Ganz selten?"

„Ja, manchmal für Studioaufnahmen. Murads Modelle führt sie nur noch vor, wenn er sie ganz dringlich darum bittet. Es gibt da nämlich überaus vermögende Kunden, die nur dann kaufen wollen, wenn Chantal die Kleider präsentiert."

„Du liebes Lieschen", dachte Bernauer, „diese Menschen haben Kapricen."

Ein Blick auf Markovsky ließ ihn ahnen, dass dieser so ungefähr das gleiche dachte und unvermutet mischte der sich jetzt ein: „Wurden Sie von Chantal auch um Protektion für einen jungen Fotografen gebeten? Einen gewissen Detlef König, sie soll auch mit ihm befreundet sein."

Eine absolute Provokation.

Karel Meston hielt sichtlich die Luft an, fing sich aber schnell und sagte in wohlwollendem Ton: „Detlef König? Ach ja. Ein

100

netter Bursche, rudert immer irgendwo in der Szene herum. Doch er hat Talent, denke ich, muss sich aber beruflich noch die Hörner abstoßen. Nein, da war nichts. Seinetwegen hat mich niemand kontaktiert, auch nicht Chantal."

„Dass er einen schweren Unfall hatte, wissen Sie aber schon?" fragte Bernauer.

„Ich habe davon gehört", sagte Karel Meston, „diese jungen Leute haben einfach zu viele Grillen im Kopf, ein Wunder, dass nicht gelegentlich mehr passiert."

„Diese jungen Leute", dachte Bernauer, „wie alt mochte Karel Meston sein?" Er war für ihn kaum schätzbar. Meston war schlank und körperlich sichtlich trainiert, mit vollem grauem Haar und tiefgebräuntem Gesicht, das wie gegerbt vom Aufenthalt in grellem Sonnenlicht schien, aber seine Hände waren von enormer Sensibilität, lang und zartgliedrig bis in die gotisch zulaufenden Fingerspitzen.

„Also, alles hätte ich erwartet, nur nicht diesen Bühnenzauber", sagte Bernauer, als er und Markovsky wieder auf der Straße standen, „oder war das ganze eine Halluzination?"

„Keinesfalls", grinste Markovsky, „dieser Theaterdonner war echt."

„Hast Du es auch so empfunden?"

„Natürlich, aber es hat ihm sicherlich schon eine Menge Erfolg gebracht", fuhr Markovsky fort, „der Mann ist der Prototyp eines Egomanen, knallhart, aber dadurch auch manchmal leichter zu durchschauen."

„Diese Menschen lügen oft so schlecht, weil sie von sich selbst zu eingenommen sind", pflichtete ihm Bernauer bei, „und Meston will um keinen Preis von seinem hohen Ross herunter. Ich wäre wirklich neugierig, ob er von unserer heutigen Anwesenheit vor der Villa Nowotnys weiß."

„Keine Ahnung, aber möglich wäre es, dass er sich lediglich nichts anmerken lässt."

„Und uns den Biedermann vorspielt?"

„Ja, direkt rührend, wie er den barmherzigen Samariter gegeben hat", stellte Markovsky fest, „es widerspricht nur schlicht und einfach seiner Natur. Der hilft lediglich sich selbst, zu allem anderen ist er zu abgebrüht und von den Abscheulichkeiten, die er bereits erlebt hat, geprägt. Und zwar freiwillig, das steht fest, denn der Mann ist aus Abenteuerlust und um Karriere zu machen in diese Länder gereist. Einer wie er mutiert nicht plötzlich vom Saulus zum Paulus und putzt die Rotznasen kleiner Möchtegerndiven."

„Und er hat auch keine Fragen über den Zusammenhang zwischen Detlef König und Irinas Tod gestellt. Irgendwie habe ich den Eindruck gewonnen, der weiß, dass Du Dich seinerzeit mit König im Park getroffen hast, womöglich hat man euch sogar zusammen gesehen?"

„Unwahrscheinlich", überlegte Bernauer, „dass mich König nach Irinas Tod im Hotel angerufen hat, konnte niemand wissen und daher auch nichts von unserer Verabredung. Also haben wir uns dem Anschein nach wie zwei Unbekannte zufällig zwischen den Touristen getroffen und eine kleine Unterhaltung geführt. Zugehört konnte uns dabei auch niemand haben und Tatsache war es jedenfalls, dass ich von Detlef Königs Existenz bis zu seinem Anruf keine Ahnung hatte."

Markovsky überlegte:

„Vergiss nicht, dass man König bestimmt nicht ohne Grund in die Villa im Park bestellt hat, dieses Fotografieren der Kinder erschien mir ohnehin äußerst merkwürdig, es war doch weder Muttertag noch Erstkommunion. Vielleicht wollte

102

man König aushorchen und hat ihn überwacht, sollte man Dich dann erkannt haben, konnte niemand mehr an eine zufällige Begegnung glauben. Nur, warum hätte man sich derart für diesen Burschen interessieren sollen? Er war doch nicht einmal im Haus Murads, als Irina ermordet wurde, also, was sollte er schon bedeutendes wissen?"

Da war Bernauer nicht so sicher.

„Einiges könnte König, da er oft mit Irina zusammen war, schon gewusst haben und ich bin überzeugt, dass er mir noch eine ganze Menge verschwiegen hat. Der schwankte von Anfang an zwischen seiner Rechtschaffenheit und einer nicht unberechtigten Angst. Außerdem bin ich sicher, dass er schon in Mestons Büro gewesen ist, denn dort hat er die Fotos aus den Kriegsregionen gesehen und sie haben ihn massiv beeindruckt, wie sonst käme er auf die Idee eine so gegensätzliche Karriere als Modefotograf oder Kriegsberichterstatter anzustreben. Den beeindruckt Mestons Luxus und er wünscht sich nichts sehnlicher als in seine Fußstapfen zu treten. Der Status dieses erfolgreichen Fotografen ist alles, wovon der junge Mann träumt."

Bernauer spann seinen Gedanken weiter:

„Wenn man uns zusammen im Park gesehen hat, könnte dies unter Umständen ein Grund dafür gewesen sein, König vor die Straßenbahn zu stoßen", überlegte er.

„Was hältst Du davon, wenn wir heute noch einmal den Unglückswurm im Spital aufsuchen. Wir könnten jetzt viel gezielter mit ihm reden?"

„Wenn ihn bei meinem neuerlichen Auftauchen nicht der Schlag trifft, können wir es ja versuchen."

„Aber sicherlich ist das für ihn ungefährlicher als der Sturz vor die Straßenbahn", stellte Markovsky ungerührt fest.

Wieder wählte Bernauer die Telefonnummer Chantals und hatte genauso wenig Erfolg wie beim ersten Mal.

Der triste Anblick Detlef Königs in Gips hatte sich inzwischen nicht verbessert, vermutlich hätte ihn nicht einmal Michelangelo selbst ansehnlicher gestalten können.
Als sie in das Zimmer traten, hatte er die Augen geschlossen und gab sich offenbar ganz der Musik hin, die aus dem am Nachtkästchen liegenden Notebook kam.
Durch die zufallende Tür aufmerksam geworden sah er auf.
Er erblickte Bernauer, der zuerst an sein Bett trat und grinste dann unerwartet und beinahe erfreut.
Bernauer verzeichnete erstaunt den Sinneswandel und stellte seinen Kollegen Markovsky vor.

Der junge Mann ließ alles mit stoischer Ruhe über sich ergehen, nur als Bernauer zur Sache kommen wollte deutete er leicht mit dem Kopf in Richtung Kasten und sagte leise: „Zigarette."
Markovsky blickte verwundert und amüsiert auf Bernauer, der sich unzweifelhaft sogar den schwächsten Versuch versagte, dem Erpressungsversuch Königs standzuhalten.
Bernauer holte wiederum die Zigarette aus der Fototasche im Schrank und ließ notgedrungen eigenhändig den Patienten einen tiefen Zug um den anderen tun.
„Geh an die Tür", sagte er zu Markovsky, „wir dürfen uns so nicht erwischen lassen, öffne das Fenster und stell bitte das Gedudel ab."

Kaum war die Gefahr einer Entdeckung vorüber und König nach genussvollen Lungenzügen sozusagen wieder zum

Leben erwacht fragte er: „Wollen Sie alles noch einmal hören? Mir ist dazu nichts weiter eingefallen."

„Vielleicht", sagte Bernauer, „haben sich inzwischen die Dinge etwas geändert, nachdem wir jetzt auch Karel Meston und Eloise kontaktiert haben?"

„Spiele ich dabei eine Rolle?" fragte König.

„Nun ja", antwortete Bernauer, „womöglich sogar eine gar nicht so unbedeutende."

„Was wollen Sie damit sagen?"

„Dass Sie Karel Meston doch etwas besser kennen müssen als Sie zugegeben haben."

„Wenn ich mich recht erinnere haben Sie nur danach gefragt, mit wem Irina noch Kontakt gehabt hat und nicht, ob ich ihn kenne."

Bernauer fuhr fort:

„Ich weiß, aber wir haben in seinem Büro die Aufnahmen aus Südamerika und Libyen gesehen und Sie hatten bei unserem ersten Gespräch erwähnt, dass Sie eventuell gerne auch als Kriegsberichterstatter arbeiten würden. Das kann doch kein Zufall sein."

„Nein", sagte König zögernd, „ich kenne die Fotos, weil ich in seinem Büro gewesen bin. Natürlich war ich beeindruckt, ein harter Job aber weit über dem Durchschnitt" und dann sehnsüchtig: „So was kommt an."

Bernauer konnte nicht anders, der Bursche war im sympathisch. Obwohl er voller Tatendrang steckte, war er dabei so schrecklich naiv.

„Was wollten Sie denn in seinem Büro?" fragte jetzt Markovsky, der zur Gefühlswelt Königs nicht den schon eher vertrauten Zugang Bernauers hatte.

König erstarrte.

„Ganz ruhig, Herr König", mischte sich Bernauer ein, „Sie werden in keiner Weise verdächtigt, wir können also ganz unter uns reden."

Der Fotograf überdachte nachhaltig seine Situation und entschloss sich dann endlich in der Sache zu kommunizieren.

„Ich habe ihn zur Rede gestellt", sagte er, „er hat nämlich Irina ein Angebot gemacht, ein absolut schäbiges. Er würde sie groß herausbringen, wenn sie bereit wäre, in einem seiner Filme mitzuwirken."

„Was ist denn an Kunstfilmen so unzumutbar? Nicht viel Publikum habe ich gehört, wahrscheinlich auch keine große Werbewirkung, aber schäbig?" wunderte sich Markovsky.

„Ha, Kunst", schnaubte König, „da ging es um ganz anderes, nämlich Sexfilme und so Zeug. Wahrscheinlich habe ich einen dieser Interessenten sogar selber gesehen. Ihr Kollege weiß Bescheid."

„Sie denken an den Mann im Kaschmirmantel", sagte Bernauer.

„Hat er Irina bedroht oder ihr gewisse Anträge gemacht?" fragte er.

„Das weiß ich nicht."

„Aber sie wollte während der Modenschau flüchten. Seinetwegen? Und warum ausgerechnet zu diesem Zeitpunkt?"

„Ich weiß es nicht."

„Gut, Sie sagten, Sie hätten ihr bei der Flucht geholfen weil sie große Angst hatte, obwohl Sie selbst keine Ahnung hatten, was dann aus ihr werden sollte?

Detlef König starrte einige Sekunden an die Decke.

„Doch, sie besprach sich ja mit ihrer Freundin Chantal, sie wollte nach Paris. Zu ihren Eltern wäre sie ganz sicher nicht gefahren, die hatten ja gar keine Ahnung von der wirklichen Situation."

Darüber wusste Bernauer allerdings bestens Bescheid.

„Wenn Sie also Meston wegen Irina zur Rede gestellt haben, wird er ärgerlich reagiert haben. Da werden Sie doch kaum dazu gekommen sein, seine Aufnahmen auf der Ablage anzuschauen?"

„Ärgerlich war er weniger, höhnisch war er, ja, höhnisch, genau.

‚Kümmere dich um deinen eigenen Kram', hat er gesagt, ‚aber schau dir vorher die Fotos an, die ich gemacht habe. Die einen sterben und die anderen leben davon, man muss nur auf der richtigen Seite stehen. Lass dir ruhig Zeit.'

Da habe ich natürlich die Gelegenheit genutzt. Glauben Sie, das war nicht richtig von mir?"

„Doch", sagte Bernauer beruhigend, „das war berufliches Interesse."

König strahlte: „Ja, genau, das war berufliches Interesse."

Bernauer hatte gehört was er bereits vermutet hatte, Meston selbst hatte König die abschreckenden Bilder gezeigt, leider dürfte bei dem naiven Burschen die Botschaft nicht angekommen sein, denn der junge Mann hatte die Drohung, die in den Bildern lag, nicht erkannt. Er schwenkte um: „Haben Sie irgendwo erwähnt, dass Sie mich damals angerufen haben, um sich mit mir im Park zu treffen?"

„Nein", stieß König hervor, „um Gottes Willen."

„Und die Kinder, wann haben Sie den Auftrag bekommen sie zu fotografieren?"

„Das war am Morgen nach dem Tod Irinas, an dem Tag, an dem wir uns getroffen haben. Den armen Teufel im Rollstuhl haben Sie ja noch kennengelernt. Das war an diesem Tag, ja genau."

„Was ist denn geschehen mit dem Mann im Rollstuhl", fragte Bernauer alarmiert.

„Er hatte einen Unfall", sagte König bedauernd, „schade, er war wirklich ein Prager Original und sehr beliebt."

„Was für einen Unfall?"

„War zu schnell, hat sich das Genick gebrochen. Er ist im Park an einen Baum gefahren. In einer steilen Kurve."

„Wann?"

„Kurz nach meinem Sturz vor die Straßenbahn."

„War er allein?"

„Ja leider, man hat ihn erst am nächsten Morgen gefunden."

„Wissen Sie mehr über diesen Unfall, war die Polizei dort?"

„Ich habe keine Ahnung. Ich bin hier natürlich nur auf den Klatsch angewiesen, den man mir zuträgt, aber bei alten Leuten macht man sowieso kein großes Aufheben, da passieren schon öfters mal solche Sachen."

„Oder bei dir, du Ahnungsloser", dachte Bernauer.

„Man sollte den Park überhaupt sperren", sagte König tiefsinnig, „von dort her kommt nichts Gutes. Voriges Jahr ist ein Mädchen in einem der Teiche ertrunken."

„In welchem Teich?"

„Dem großen, gleich unter der Kurve, in der jetzt der Gelähmte verunglückt ist."

„Wer war das Mädchen? Kannten Sie es? Wurde festgestellt, wieso es ertrunken ist?"

„Keine Ahnung. Es ist ohnehin verboten in die Teiche zu steigen, aber es halten sich immer wieder bekiffte oder betrunkene Jugendliche nicht an die Regeln."

„War das Mädchen betrunken?"

108

„Weiß ich nicht."
„Und Sie haben auch nicht versucht ein Foto von dem Unglück zu erhaschen?"
„Glauben Sie wirklich, man hätte da nach mir gerufen?"
Bernauer und Markovsky schüttelten in stiller Übereinstimmung die Köpfe.

Nachdem Bernauer Chantal zum dritten Mal erfolglos zu kontaktieren versucht hatte rief er bei Eloise an. Hier konnte er wenigstens auf der Mobilbox die Nachricht hinterlassen, dass Chantal nicht zu erreichen war.

„Jetzt kracht mein Magen aber schon ordentlich", stellte Bernauer fest, als sie nach vier Stunden durchgehender Autofahrt Linz erreicht hatten.
„Wir gehen zu Michi in die alte Metzgerei", sagte Markovsky und suchte im Internet nach der Speisekarte, die Stefan, die wichtigste Stütze des Betriebes, jede Woche anschaulich auf Facebook veröffentlichte.
„Rollbraten mit Knödel und Kraut, das heutige Tagesangebot", schlug er vor.
„Gekauft", sagte Bernauer.
Da die Mittagszeit längst vorüber war, fand sich für die beiden ein freier Tisch vor dem Lokal, an dem sie dann in Gemütsruhe ihren Braten verspeisten.
„Glaubst Du", sagte später Bernauer, „dass es noch länger möglich ist, die Aussagen Königs aus den Ermittlungen herauszuhalten?"
„Ehrlich gesagt, ich glaube nicht, sonst können wir auch die beiden Todesfälle im Park nicht mit einbeziehen, da sie ja in keinerlei Zusammenhang zu Irinas Tod zu stehen scheinen.

Du hast zwar Karel Meston mit Deiner Flunkerei vom Mann im Kaschmirmantel aufgeschreckt, nur, wie er reagieren wird, können wir leider nicht feststellen. Ich kann hier die Guten nicht mehr von den Bösen unterscheiden."

„Lassen wir zuerst die tschechischen Originalprotokolle des Mordfalls Irina von unserem eigenen Dolmetsch übersetzen, dann werden wir weitersehen."

„Wie war es denn so in Prag?" fragte jetzt Stefan, der Bernauer die gewünschte Rechnung brachte.

„Natürlich großartig", antwortete Markovsky, „wenn wir nicht im cafe~cafe gesessen sind haben wir im geerbten Palazzo geschuftet wie die Wahnsinnigen."

„Und anschließend zu Maniküre und Ölbad", insistierte Stefan mit einem Blick auf die gepflegten Hände der beiden, kassierte und verschwand wieder im Lokal.

„Was höre ich da, Du hast einen Palazzo in Prag geerbt?" fragte daraufhin eine Stimme hinter Markovsky.

Er sah sich um.

„Hallo Hatto, alter Haudegen, Du schleichst Dich an und spionierst wie immer geheime Geheimnisse aus", grinste er.

„Prager Geheimnisse sind mein Metier und Paläste geradezu meine Spezialität", sagte Hatto.

„Bleib bitte am Teppich", meinte Markovsky, „es handelt sich lediglich um ein älteres Haus in der Innenstadt und geerbt habe nicht ich, sondern mein Freund."

Er stellte die beiden einander vor.

„Hatto Cornelius", erklärte er, „ist ähnlich wie Sean Connery, so eine Art österreichischer James Bond auf tschechischem Boden, man weiß zwar nie so richtig, worin er gerade wieder

110

seine Pfoten hat, aber er weiß alles und kennt jeden, auf den es ankommt."

„Prag ist auch ganz was anderes", meinte Hatto, „aber weiß ich zum Beispiel in Linz, wo sich heute wiederum mein fleißiges Weibchen herumtreibt und mein letzter Zaster sich in Klamotten und Schuhe verwandelt, während ich hier verzweifelt versuche, das Mysterium der Verdunstung in meinem Weinglas zu lösen?"

„Mach mich nicht traurig", sagte Markovsky.

„Aber ganz im Ernst, Joschi, Hatto hält sich sehr viel in Prag auf, geschäftlich und auch privat, glaube ich."

„Das sind wieder meine geheimsten Geheimnisse", gab Hatto Cornelius hoheitsvoll zurück, „aber Du kannst schon beruhigt davon ausgehen, dass ich dort über gewisse Kenntnisse verfüge."

Er legte beide Handflächen auf die Tischkante und nickte bekräftigend.

„Wenn ich zum Beispiel ‚älteres Haus in der Innenstadt' höre, fällt mir dazu ein Architekt ein, der von unschätzbarem Nutzen ist, wenn man den Denkmalschutz am Pelz hat."

Bernauer und Markovsky sagten wie aus einem Mund: „Ein Architekt?"

„Ja", meinte Cornelius, „er sitzt im Stadtrat und ist zuständig für Denkmalschutz. Einer der wenigen, die für ihr Geld auch Fachwissen mitbringen."

„Ich glaube", sagte Markovsky gedehnt, „wir haben ihn schon kennengelernt."

Hatto Cornelius blickte erstaunt: „Es ist also schon so weit, Ihr habt bereits den dornigen Amtsweg beschritten?"

„Nein", wehrte Bernauer ab und schmunzelte, „wir verkehren bisher nur auf Bridgeebene mit ihm, undercover sozusagen."

„Typisch Polizei", mischte sich von hinten her Michaela, die Chefin, ein, „Ihr habt doch sofort überall die Nase drin."

„Und das ist meistens dort, wo es am meisten stinkt", sagte Joschi Bernauer und hatte dabei den freundlichen alten Mann im Rollstuhl vor Augen, der vermutlich seine eigene neugierige Nase zu dicht in eine für ihn gefährliche Angelegenheit gesteckt hatte.

Nur, noch war es nicht bewiesen.

Langsam wurde es Zeit für Bernauer und er verabschiedete sich ziemlich rasch, um die Heimfahrt in Richtung Salzburg anzutreten.

„Schade", dachte er, „dieses Lokal hätte ich in Salzburg auch gerne um die Hausecke gehabt."

Als Bernauer am nächsten Morgen zu Hofrat Sassmann kam, hatte er dessen volle Aufmerksamkeit, denn sein Chef scharrte geradezu voller Neugier und Tatendrang mit neuen eleganten Stiefletten in den sozusagen dienstlichen Startlöchern. Solcherart kostspielige Fußbekleidungen wurden ihm seit Jahren von seinem Schuhmacher unter Aufbietung dessen gesamter Nervenkraft handgefertigt, denn es kam jedes Mal wieder zu unzähligen aufwendigen Anproben.

Bernauer sah unter dem Schreibtisch auf die solide glänzende Schuhpracht, entschloss sich aber dann, diese nicht zu erwähnen, da sie zweifellos gnädig das düstere Geheimnis der komplizierten Gehwerkzeuge seines Chefs verbarg. Und dabei sollte es auch bleiben.

„Was ist Bernauer, reden Sie", feuerte ihn Hofrat Sassmann an, „Sie waren ja eine Ewigkeit unterwegs."

112

Bernauer wusste, dass er jetzt ausführlich Rede und Antwort zu stehen hatte, denn sein Chef bohrte gnadenlos nach, wenn er glaubte, es entginge ihm auch nur eine einzige, winzige interessante Kleinigkeit. Und das konnte mühsam werden.

„Grundsätzlich glaube ich", sagte Bernauer, „können wir den Tod des Models nicht mehr isoliert betrachten."

„Und uns steht eine umfangreiche Zusammenarbeit mit den tschechischen Behörden bevor?"

„Darauf müssen wir gefasst sein."

Hofrat Sassmann bat Bernauer zu einem Sessel an seinem Besprechungstisch.

„Schildern Sie mir die Wasserader auf die Sie gestoßen sind", brummte er, „aber ausführlich und möchten Sie Kaffee?"

Bernauer dankte und legte ausführlich und übersichtlich die ihm bekannten Details und Vermutungen dar.

„Den Anfang der Geschichte kennen Sie ja."

„Jetzt schon, aber erst haben Sie nur Markovsky ins Vertrauen gezogen", sagte Hofrat Sassmann, „anstatt mir die volle Wahrheit zu erzählen."

„Das hatte nichts mit Ihnen zu tun", gab Bernauer etwas gedehnt zur Antwort.

„Sondern?" fragte Sassmann inquisitorisch.

„Es wird Ihnen merkwürdig vorkommen, Hofrat, ich fühlte mich äußerst unwohl, denn ich zweifelte doch sehr an der Geschichte Königs und hatte das Gefühl, ich sollte eigentlich gar nichts davon wissen. Ich kann es Ihnen nicht so richtig erklären."

„Bernauer", lächelte Sassmann, „Sie sind zwar ein hervorragender Polizist, aber manchmal ein wenig zu anständig. Mit etwas weniger Testosteron wären Sie ein wundervoller Seelenhirte geworden." Damit konnte sich Bernauer allerdings nicht anfreunden und da vermutlich auch keine Antwort erwartet wurde, setzte er nun einfach zur Sachverhaltsdarstellung an.

„Es ist zwar jetzt in der Reihenfolge noch ein wenig verfrüht", sagte er, „aber der Leiter der Prager Mordkommission war sichtlich verärgert darüber, dass man die Eltern des Mädchens seitens der tschechischen Polizei nicht besser aufgeklärt hat."

„Weil man Sie sonst nicht miteinbezogen hätte", lachte Hofrat Sassmann, „mit Ihnen hat man sich selbst den Stachel ins Fleisch gesetzt. Wer den kürzeren Weg wählt muss dabei oft über einen Dornenhaufen."

„In diesem Fall, ja", erzählte Bernauer weiter, „und da Markovsky und ich nun auch offiziell ermitteln dürfen, haben wir die Protokolle und Ermittlungsakten in tschechischer Sprache mitgebracht, um sie hier bei uns übersetzen zu lassen. Wir haben uns natürlich auch mit Dr. Kapnic, dem Leiter der dortigen Mordkommission besprochen, der allerdings vor dem Zusammentreffen mit uns zum Bürgermeister bestellt worden war und meiner Meinung nach dazu verhalten wurde, Adil Murad und seinen Klüngel weitestgehend zu schützen und aus dieser Sache herauszuhalten. Aber, Markovsky und ich schätzen Kapnic dem Gefühl nach nicht als korrupten Menschen ein, eher einen, der durch Weisung von oben her unter Druck geraten ist.

Unser Jungfotograf König ist inzwischen nach Überquerung der Karlsbrücke vor die Straßenbahn gestoßen worden und

114

liegt schwer verletzt im Krankenhaus. Beweis dafür, dass es Absicht gewesen ist, gibt es keinen.

Von ihm haben wir aber erfahren, dass am Tag nach seinem eigenen Unfall der Rollstuhlfahrer aus dem Park über dem Metronom, mit dem Detlef König und ich uns bei unserer ersten Verabredung unterhalten haben, ebenfalls verunglückt ist, und zwar leider tödlich. Die Unfallursache ist unbekannt.

Außerdem soll vor einem Jahr in dem Teich direkt unter dieser Unfallstelle ein junges Mädchen ertrunken sein.

Leider gibt es zwischen keinem dieser Todesfälle einen sichtlich konkreten Zusammenhang, außer vielleicht vage, die Nähe zur Villa eines uns jetzt ebenfalls bekannten Stadtrates, daher konnten wir dahingehend auch nicht ermitteln.

Dann haben wir zusätzlich in Prag noch mit einem der Models, Eloise, gesprochen, die uns die Telefonnummer von Chantal, der Freundin Irinas, gegeben hat und ihre eigene natürlich auch. Telefonisch erreicht habe ich bis jetzt noch keine von beiden.

Diese Chantal lebt, laut Eloise, jetzt in Paris und ist zuvor über Vermittlung ihres damaligen Freundes, Karel Meston, bei Murad als Model beschäftigt gewesen. Jetzt leitet sie in Paris die Künstleragentur ihres Freundes, eines Franzosen, und tritt nur noch gelegentlich vor die Kamera oder auf den Laufsteg. Sie scheint aber ein gutherziger Mensch zu sein, versucht zu helfen wo sie kann, wird von allen hoch geschätzt und ihre Freundinnen sind fest davon überzeugt, dass Irina mit Hilfe Chantals eine beachtliche Karriere vor sich gehabt hätte.

Karel Meston, einen Starfotografen, den Adil Murad vorwiegend beschäftigt, haben wir ebenfalls aufgesucht. Ein Egomane reinsten Wassers. Alles hoch beeindruckend, weißes Büro, technischer Firlefanz und eine Art Robotersekretärin. Jedes Detail ist bei Meston auf außergewöhnliche Wirkung bedacht.

Früher hat er sich als Kriegsberichterstatter betätigt, landete aber durch eine schwere Verletzung nach einem Gemetzel in der körperlich weniger beschwerlichen Welt des Glamours.

Hochinteressant ist allerdings die Tatsache, dass dieser Fotograf Meston und ein Architekt und Mitglied des Stadtrates, Architekt Miroslav Nowotny, in persönlichem Kontakt stehen. Diesen Stadtrat wiederum haben Markovsky und ich bei einem Bridgeabend im privaten Rahmen kennengelernt und zwar bei dem selben Notar, der meine Verlassenschaft abgewickelt hat und bei dem ich, ebenfalls in privater Runde, seinerzeit den Designer und Boutique-Besitzer Adil Murad kennengelernt habe, auf dessen Modenschau dann das Model Irina ermordet wurde."

„Wusste der Designer Murad, als er Sie zu seiner Modenschau eingeladen hat, von Ihrer Tätigkeit bei der Kriminalpolizei?" fragte Hofrat Sassmann.

„Ja, natürlich, wir haben uns auch darüber unterhalten, seine Deutschkenntnisse sind tadellos."

„Würde er Sie zur Modenschau eingeladen haben, wenn er dabei krumme Geschäfte geplant hätte?"

„Das glaube ich nicht."

„Es hieße ja auch, sich selbst eine Laus in den Pelz zu setzen", stellte Sassmann fest.

„Der Vergleich ehrt mich", gab Bernauer zurück.

„Seien Sie doch nicht gleich beleidigt, Bernauer. Man spricht in Symbolen, der Mensch lebt in Symbolen. Oft sind sie

116

nicht vordergründig zu erkennen, aber glauben Sie mir, Symbole sind treffsicher."

Auch die Erklärung war wohl etwas danebengegangen.

„Absolut", sagte Bernauer, „es gibt sicher kein treffenderes Symbol für einen Kriminalbeamten als Laus oder Wühlmaus und passend dazu scheinen auch unsere Ermittlungsergebnisse bisher nur ziemlich symbolischer Art zu sein."

Sassmann schmunzelte.

„Vergessen Sie nicht, die Umstände sind äußerst komplex und alles ist leider sehr vage."

„Ja, für uns", bekräftigte Bernauer, „aber ich werde das Gefühl nicht los, dass beinahe jede Person, mit der wir zu tun haben, umfassend über uns und unsere Aktivitäten Bescheid weiß. Merkwürdig ist zum Beispiel auch, dass dieser Stadtrat, der von meiner Erbschaft wusste, sogar das Haus selbst kennen dürfte, so, wie er mir seine Hilfe angeboten hat, falls ich bei einem eventuell geplanten Umbau in Schwierigkeiten mit dem Denkmalschutz käme."

„Und wie passt bei diesem Stadtrat der Fotograf Karel Meston ins Bild?"

„Das weiß ich nicht, Markovsky und ich haben lediglich gesehen, dass er, samt Fotoausrüstung, den Stadtrat in dessen Haus aufgesucht hat."

„Sie kannten das Haus des Stadtrates? Ich dachte, Sie hätten ihn erst in der Wohnung des Notars kennengelernt."

„Das schon, aber als ich zuvor Markovsky den Park und die Villa gezeigt habe, vor der Detlef König die Kinder fotografiert hatte, kam Karel Meston aus diesem Haus, stieg in seinen Wagen und fuhr hinunter in Richtung Stadt.

Dass es sich dabei um die Villa des Stadtrates gehandelt

hat, haben Markovsky und ich erst später durch die Unterhaltung beim Bridge in der Wohnung des Notars erkannt."
„Eine ganze Menge an Zufällen", überlegte Sassmann, „die sich da an das Haus des Stadtrates knüpfen."
„Und jedes mal tödlich endeten."
Hofrat Sassmann überlegte kurz.
„Vielleicht bringt die Übersetzung des tschechischen Aktes etwas Licht in die Sache."
„Und ich werde jetzt wiederum versuchen, Chantal zu erreichen."

Obwohl Bernauer wusste, dass es zeitlich absolut zu früh war, erkundigte er sich, wie weit die Übersetzung des tschechischen Elaborats bereits gediehen sei. Zwei bis drei Tage würde es schon noch dauern, lautete die Auskunft.
Verärgert starrte er auf die Straße hinunter, beobachtete aber dann interessiert, wie eine kurzbeinige Promenadenmischung von Hund vor der Ampel auf die Grünphase wartete um dann gemessenen Schrittes die Kreuzung zu überqueren, wurde aber schrill aus seiner animalphilosophischen Betrachtung aufgeschreckt, denn sein Festnetztelefon hatte sich gemeldet.

„Joschi", trompete Markovsky erfreut, „Hatto, Du weißt schon, der Pragexperte bei Michaela, weiß ein wenig mehr als er erst sagen wollte, nämlich in der Angelegenheit des Architekten, der im Prager Stadtrat sitzt.
Ganzjährig wohnt Stadtrat Nowotny nämlich mit seiner Familie in Karlsbad, seine Prager Villa benützt er in erster Linie dann, wenn er sich in Sachen Politik oder geschäftlich in Prag aufhält und außerdem benötigt er als Stadtrat ohnehin

einen Wohnsitz in Prag. Da er aber immer wieder mit Auslandsaufträgen betraut ist, hält er sich zeitweilig auf den diversen Baustellen, vornehmlich in den Oststaaten, Frankreich und in der Schweiz auf. Seine Bekanntschaft mit Meston dürfte in erster Linie auf geschäftlicher Basis stehen, denn Meston fotografiert Nowotnys Objekte, dreht Werbespots für ihn und ist Fachmann für Luftaufnahmen.
Außerdem hat der Stadtrat seine zweite Frau durch Meston kennengelernt, sie war eines seiner Topmodels."

Plötzlich begann Bernauers Handy zu schrillen und zu klopfen, also musste es sich irgendwo zwischen oder unter seiner Papierflut am Schreibtisch befinden und so angelte er zwischen den Schriftstücken hin und her, aber das Handy fand er auf diese Weise nicht.
„Ich rufe Dich zurück", sagte er, „erwische ich Dich noch im Büro?"
„Sicherlich, eine gute Stunde auf jeden Fall."
Bernauer entdeckte sein Handy, es war in ein sinnloses Machwerk von Belehrungen über den Datenschutz bei Recherchen auf dem Zentralcomputer gerutscht, gerade noch rechtzeitig um die Verbindung zu halten.
„Ja", ächzte er erschöpft in das Gerät.
„Spreche ich mit Kommissar Bernauer?"
„Dr. Bernauer", verbesserte er automatisch, „Kommissar bin ich nicht."
Die weibliche Stimme lachte: „Polizeiliche Gründlichkeit, also Dr. Bernauer, ich bin Chantal, Chantal Popud."
„Guten Tag", sagte Bernauer überrascht, „danke für Ihren Anruf. Ich habe schon einige Male versucht Sie zu erreichen, leider umsonst."

„Ja", antwortete sie, „das tut mir leid, aber Sie haben auf meinem Privathandy für sehr gute Freunde angerufen. Da ich Ihre Nummer nicht kannte, habe ich das Gespräch nicht angenommen und war lediglich verwundert, dass ein Unbekannter diese Nummer so intensiv kontaktierte, aber heute hat mir Eloise Bescheid gegeben. Sie haben, glaube ich, auf ihre Mobilbox gesprochen."

„So ist es", bestätigte er, „ich nehme an, Sie wissen schon worum es geht."

Sie unterbrach ihn heftig: „Ja, um den Mord an Irina."

„So ist es, leider."

„Dieses miese Schwein, es ist nicht zu fassen." Sie stockte: „Entschuldigung, aber mit der Polizei zu sprechen ist für mich etwas Ungewohntes, normalerweise flippen diejenigen aus, die ich zu vertreten habe, nicht umgekehrt."

„Darüber machen Sie sich keine Gedanken", grinste Bernauer, „mir geht es manchmal ebenso. Sie sprechen so flüssig deutsch?"

„Meine Mutter ist Österreicherin, genaugenommen aus Linz. Dort hat sie seinerzeit mein Vater kenngelernt, beruflich nämlich, er selbst kommt aus Prag."

„Das nenne ich eine gelungene Mischung", antwortete Bernauer erfreut.

„Na, ja", sagte sie, „das wollen wir doch hoffen. Aber wie kann ich Ihnen jetzt helfen?"

„Irinas Eltern haben mir erzählt, Sie wären ihre Freundin gewesen und hätten sich bemüht, Irinas Karriere voranzutreiben. Daher hoffe ich, dass Sie vielleicht über gewisse persönliche Dinge Irinas informiert sind, alle anderen Auskünfte waren bisher ziemlich mager."

„Können wir offen sprechen?" fragte Chantal.

120

„Ich bitte darum."

„Irina war ein bezauberndes Mädchen mit ganz liebem Wesen, aber sie hatte diese typische sanfte Schönheit. Sanft zu sein ist in diesem Genre ein schwerer Nachteil, man arbeitet vergleichsweise wie ein Tormann ohne Schienbeinschutz, und manchmal habe ich mich direkt schuldig gefühlt, wenn ich sie in ihrem Berufswunsch unterstützt habe. Ich glaube, eine wirklich gute Freundin zu sein, hätte in ihrem Fall bedeutet, ihr diese Karriere auszureden. Aber sie wollte mit jeder Faser ihres Herzens Model werden und in ihrem Eifer war sie so rührend, dass ich einfach nicht nein sagen konnte."

„Da waren Sie vermutlich nicht die einzige."

„Gibt es denn gar keine Anhaltspunkte? Die Umstände sind doch äußerst ungewöhnlich. Ich meine, schon der Tatortrahmen ist so begrenzt, dass man den Täter eigentlich ziemlich schnell ausfindig machen müsste."

„Vor einer Mauer des Schweigens?"

„Mein Gott, wenn ein so harmloses Mädchen wie Irina mit jemandem Ärger bekommen hat, müsste sich das doch schnell herumgesprochen haben und irgendwer wird reden."

„Vermutlich", dachte Bernauer, „aber leider nicht in meiner Gegenwart und nicht in deutscher Sprache."

„Harmlos, ja vielleicht", sagte er, „aber andererseits hat Irina ihre Eltern ziemlich belogen, Modelvertrag und Verkäuferin in einer Boutique, ganz so unschuldig scheint sie mir dann doch nicht gewesen zu sein."

„Mein Gott", lachte Chantal, „Sie haben vielleicht Vorstellungen von der Branche. Hier lügt jeder und wird belogen, unsere Welt ist ein Ballon, gefüllt mit heißer Luft, sehen und gesehen werden, schöner sein als wir tatsächlich sind und auch alles dafür geben. Und da sehen Sie in so kleinen Notlügen einen moralisch schwarzen Punkt?"

„Sie überwältigen mich", staunte Bernauer, „mit Ihrer Eloquenz sollten Sie in die Politik gehen."

„Hören Sie, Dr. Bernauer", sagte Chantal, „vielleicht weiß ich noch Dinge, die für Sie wichtig sein könnten, aber um diese herauszufinden würden wir wahrscheinlich Stunden brauchen, leider fehlt mir jetzt dazu die Zeit. Hier läuft bereits die Modewoche und ich bin als Agentin voll im Einsatz, aber ich mache Ihnen einen Vorschlag:

In zehn Tagen kommt die Show Murads nach Salzburg und ich werde dabei sein. Wenn Sie wollen, stehe ich Ihnen dann für Ihre Ermittlungen zur Verfügung, das ist sicher und versprochen, und ich sorge auch dafür, dass Sie eine Einladung zu dem Event bekommen."

Blitzartig erfasste Bernauer die Chance, die sich ihm da bot.

„Ich bräuchte aber auch noch eine zweite Karte", sagte er zögernd, denn es klang sogar in seinen eigenen Ohren etwas unbescheiden. Ihm selbst hätte zwar die Modenschau in Prag schon genügt, aber seine Freundin, Iris Adler, hätte ihm die verpasste Chance, einmal hier mit dabei zu sein, niemals verziehen und das verstand er auch. Diese Einladung konnte auch eine kleine Entschädigung für seine vielen dienstlichen Absenzen sein, die Iris auf Kosten gemeinsamer Freizeitbeschäftigungen hinnehmen musste und möglicherweise kamen da sogar noch weitere Denkanstöße zu dem bisher undurchsichtigen Mordfall in der Prager Modeszene.

Aber davon sollte Iris natürlich nichts wissen.

„Gut, dann also mit Begleitung", bestätigte Chantal offen-

122

sichtlich belustigt, „und ich kontaktiere Sie, sowie ich in Salzburg angekommen bin."

Am nächsten Tag, so gegen siebzehn Uhr, meldete sich das Diensttelefon und Bernauer wurde von Hofrat Sassmann persönlich zu sich gebeten.

Was konnte denn da geschehen sein, fragte sich Bernauer verwundert, denn Anweisungen aus dem „Allerheiligsten" kamen lediglich von Sassmanns Sekretärin, niemals hatte Bernauer erlebt, dass der Hofrat selbst zum Telefon gegriffen hätte.

Dementsprechend neugierig eilte er in das Vorzimmer Sassmanns und stellte fest, dass die Sekretärin vermutlich schon gegangen war und die Tür ins Chefzimmer offen stand.

„Kommen sie herein Bernauer", rief Sassmann, „ich halte hier noch allein die Stellung, und jetzt sehen Sie sich das an."

Sassmann saß an seinem Schreibtisch, grinste stolz und hielt triumphierend eine Aktenmappe in der Hand.

„Ich habe ein wenig Druck gemacht", sagte er, „hier haben Sie die Übersetzung der tschechischen Akte. Hoffentlich können Sie wenigstens ein bisschen Profit aus dem ganzen Wust ziehen, ein wenig habe ich das ganze schon überflogen. Ihnen sagt es sicherlich mehr."

„Ich bin sprachlos", sagte Bernauer, „wie haben Sie das geschafft", wobei sich seine Erschütterung aber eher auf die Tatsache bezog, dass Sassmann eigenhändig zum Telefonhörer gegriffen hatte. Vermutlich hatte er ohne Sekretärin noch weiter im Büro ausgeharrt, um die ihm versprochene Übersetzung noch in Empfang zu nehmen, sodass er sie Bernauer selbst überreichen konnte.

„Zu irgend etwas sollte meine Position schließlich auch gut sein", antwortete Sassmann und übergab Bernauer die Mappe.

Bernauer saß am Schreibtisch und studierte sorgfältig Blatt für Blatt, bis er die Aussage des aufgeregten Mädchens, das Irina als Ankleidehilfe zugeteilt war, entdeckte.

Die ziemlich zusammenhanglose Schilderung des Mädchens erwies sich lediglich als unergiebig. Allerdings fanden sich auf der Rückseite des Blattes noch einige Zeilen.

Hier gab die Schneiderin auf die Frage, wieso sie denn in das Büro Murads gekommen wäre an, dass Irina ihr zugeflüstert hätte: „Wenn ich in der Pause den Raum verlassen habe, geh bitte ins Büro hinüber und gib Acht, dass dich niemand sieht, es geht um Leben und Tod."

Leider oder Gott sei Dank kam die Schneiderin zu spät, denn genau so, wie sie den Mord vielleicht hätte verhindern können, wäre sie möglicherweise als Zeugin ebenfalls umgebracht worden. In diesem Feld ging man ganz offensichtlich nicht eben zimperlich miteinander um und er suchte alarmiert nach einer Parallele zum Tod des Rollstuhlfahrers, des ertrunkenen Mädchens und dem schweren Unfall Detlef Königs. Es musste da einfach Zusammenhänge geben.

Er rief Markovsky an, unterrichtete ihn vom Telefonat mit Chantal und der Aussage der Schneiderin Murads.

„Man müsste mit dem Mädchen noch einmal in aller Ruhe reden", sagte Markovsky,

Genau dies war auch die Ansicht Bernauers.

„Das möchte ich aber nicht über die tschechischen Behörden tun, schließlich hat man diesen Punkt für uns einfach übergangen. Da aber Murad mit seiner Modenschau in den nächsten Tagen nach Salzburg kommt und Chantal ebenfalls, bin ich hier unabkömmlich. Besonders von Chantal verspreche ich mir einiges. Könntest Du das nicht übernehmen?"

„Joschi", sagte Markovsky, „da wäre noch eine andere Sache. Ich habe vor einigen Minuten einen Anruf unserer Staatsanwaltschaft bekommen. Man legt uns dringend nahe, sich auf Tatsachen zu beschränken und die Ermittlungen nicht unter peripheren Vermutungen zu führen."

„Die da wären?"

„Vermutlich unser Rascheln an der seidigen Gesellschaft im Umfeld Murads."

„Also Maulkorbpflicht jetzt auch bei uns? Hat man einen Grund dafür genannt?"

„Nein, aber dem Ton nach war es sehr ernst gemeint und gerade deshalb möchte ich auch nicht die kleinste Möglichkeit versäumen, um die Schollen dieses Sumpfs so richtig von unten nach oben zu drehen. Wenn ich mit Hatto zusammen fahren könnte, wäre das überaus hilfreich, weil ich dann keinem Dolmetsch der dortigen Dienststelle vertrauen müsste. Ich befrage das Mädchen eben privat."

„Du sprichst mir aus dem Herzen", sagte Bernauer erleichtert. „gib Vollgas."

„Worauf Du Dich verlassen kannst."

„Rätselhaft", murmelte Sassmann, „was soll denn das plötzlich bedeuten? Schließlich haben die Behörden aus Prag die Linzer Polizei und auch uns um Mithilfe gebeten."

„Vielleicht", gab Bernauer zu bedenken, „verwechseln wir nur Ursache mit Wirkung. Nicht der Mord ist die Ursache dieser Verschleierungstaktik, er ist lediglich die Auswirkung einer anderen Angelegenheit. Welches Interesse hätte sonst die Staatsanwaltschaft in Linz die betuchte Gesellschaft in Prag zu schützen. Soweit reicht nicht einmal der Arm einer kompakten Amigo-Gesellschaft."

„Na dann", überlegte Sassmann, „bohren wir im Sinne der Notwendigkeit unter der Decke weiter."

Bernauer saß an seinem Schreibtisch und malte laufende Strichmännchen auf ein bereits mit geometrischen Mustern vollgeschmiertes Blatt, seine ständige Beschäftigung während des Telefonierens oder Nachdenkens, als einer seiner Leute eintrat und Bernauer eine CD übergab, die zufällig in einem Erotikgeschäft gefunden worden war, als man auch in dieser Szene routinemäßig recherchiert hatte.

Ein Kunde hatte „Rolly sticht Molly" verlangt und die Frau auf dem Cover hatte den ermittelnden Beamten sofort an das tote Mädchen erinnert.

Bernauer startete das Gerät, legte die CD ein und es lief einer der üblichen Pornofilme ohne Besonderheiten ab, nur die Darstellerin war ein ganz besonders hübsches Mädchen. Die Identität mit der entstellten Leiche im Henkerhaus war allerdings unzweifelhaft.

„Stellen Sie fest, wo das Video hergestellt wurde und von wem, wie das Mädchen heißt und welche Filme sie sonst noch gedreht hat."

Endlich kam etwas Licht in die Sache.

Als er dann mit Hofrat Sassmann darüber sprach, zeigte

126

sich dieser unglaublich erleichtert: „Na, Gott sei Dank, denn wenn es eine weitere solche Leiche gäbe, würde man uns in der Luft zerreißen."

Wenig später teilte Markovsky Bernauer mit, dass er in zwei Tagen Hatto Cornelius auf eine Geschäftsreise nach Prag begleiten werde.
Auch Eloise rief an, fragte, ob das Gespräch mit Chantal zufriedenstellend gewesen wäre und kündigte für die nächsten Tage ihr Kommen mit der Crew von Adil Murad an.
„Sie werden sicher auch an mich noch verschiedene Fragen haben", meinte sie.
„Selbstverständlich", versicherte Bernauer, „wir bleiben in Verbindung."
Eine Ermittlungsrunde unter Freunden gedachte er allerdings nicht abzuhalten, er wollte das Gespräch mit Chantal und Eloise einzeln und unbeeinflusst voneinander führen.

Chantal war die erste, die in Salzburg eintraf und Bernauer mitteilte, dass sie im Hotel Sacher abgestiegen sei.
„Mein Gepäck wird im Laufe des Nachmittags angeliefert", sagte sie, „ich bin einfach zu müde dafür und werde mich etwas ausruhen, aber am Abend so gegen 19 Uhr, wenn es ihnen recht ist, würde ich Sie hier an der Hotelbar erwarten."
„Sie sind doch nicht vorzeitig nach Salzburg gekommen, etwa meinetwegen?" fragte er.
„Herrgott", dachte er, „wie blödsinnig das klingt."

„Nein", lachte sie, „obwohl ich darauf brenne den Mann kennen zu lernen, der sich um die traurige Angelegenheit meiner Freundin kümmert. Nein, ich bin morgen den ganzen Tag geschäftlich in Salzburg unterwegs, auch darauf sollte ich mich heute noch vorbereiten. Ich werde daher den Abend mit Ihnen, trotz seines traurigen Anlasses, als Entspannung betrachten."

„Es ist mir eine Freude", antwortete er, „also bis zum Abend."

Bernauer, der zu Fuß unterwegs gewesen war, hatte sich bereits ein wenig früher eingefunden, hatte ein kühles Blondes vor sich stehen und unterhielt sich mit dem Kellner, der noch ziemlich unterbeschäftigt hinter dem Bartresen stand.

Plötzlich unterbrach sich der Mann in der Verehrung für die göttliche Netrebko und blickte bewundernd nach der Tür.

Unwillkürlich wandte sich Bernauer auf seinem Hocker in dessen Blickrichtung und wusste sofort, dass Chantal auf ihn zukam.

Die hochgewachsene, zartgliedrige Frau mit sehr hellem Teint hatte die dunklen Haare zu einem Knoten aufgesteckt und trug ein schwarzes Kleid, das über und über mit roten Mohnblumen bedeckt schien. Sie wirkte völlig natürlich, nur die schöngeformten Lippen waren auffallend geschminkt in der warmen Farbe der leuchtenden Blüten ihres fröhlichen Kleides.

Sie kam auf Bernauer zu, lächelte und streckte ihm die Hand zur Begrüßung entgegen.

„Ich habe Sie doch nicht warten lassen?" fragte sie.

„Natürlich nicht", entgegnete Bernauer, „ich habe lediglich einen kleinen Fußmarsch überschätzt und bin zu früh erschienen."

Chantal nahm jetzt ganz selbstverständlich auf dem Barhocker neben ihm Platz:
„Wenn ich bitte auch ein Bier bekommen könnte?" lächelte sie den Barmann an und angelte mit der Grazie eines Pantherweibchens nach einem nahestehenden Hocker, auf den sie Tasche und Schal ablegte.
Erwartungsvoll blickte sie Bernauer ins Gesicht und schwieg, also hatte sie offenbar entschieden, er sollte das Gespräch beginnen.
„Danke", sagte er, „dass Sie sich für mich Zeit nehmen."
„Erwarten Sie nicht zu viel", lächelte sie, „obwohl ich alles tun möchte um den Kerl zur Strecke zu bringen, der für dieses Verbrechen verantwortlich ist. Vielleicht stellen Sie mir gezielt Ihre Fragen und ich beantworte sie, so gut ich kann."
Unvermittelt lachte sie freudlos auf: „Erst möchten Sie vermutlich wissen, mit wem Sie es zu tun haben?"
„Also", sagte Bernauer, „verschiedenes haben Sie mir ja schon erzählt."
„Und ein restliches wird Ihnen Karel zusätzlich präsentiert haben."
„Ich kann es nicht leugnen", gab Bernauer zu.
„Also", begann sie und bewegte ihre Handflächen in seine Richtung, „ich bin tschechische Staatsbürgerin, mein Vater kommt aus Prag. Er lebte beruflich bedingt einige Jahre in Linz und hat dabei meine Mutter kennengelernt, denn sie waren beide in der Stahlbranche tätig."
„Interessant", sagte Bernauer neugierig, „Stahlbranche?"
„Mein Vater ist gelernter Schmied und eine hochbezahlte Fachkraft, daher sein Auslandsaufenthalt, es ging um Dinge im Bereich des LD-Verfahrens in der Stahlerzeugung."
„Das klingt ja beeindruckend hochwissenschaftlich."

„Nur ein Sauerstoffblasverfahren zur Umwandlung von Roheisen in Stahl", grinste sie, „wie Sie sehen, nichts besonderes."

Er lachte. „Für mich ein spanisches Dorf, aber ich nehme an, es handelt sich hier um die voestalpine?"

„So ist es, wir haben einige Jahre in Linz gelebt und ich bin auch noch zwei Jahre dort zur Schule gegangen."

„Und dann, zurück nach Prag?"

„Ja." Sie zuckte die Achseln.

„Mein Vater schien eigentlich immer ganz zufrieden zu sein, aber dann hatte er plötzlich ein überaus gutes Angebot aus Prag erhalten und nahm es an. Die Folge war, dass wir ihn kaum mehr zu sehen bekamen und kurze Zeit später verlangte er die Scheidung. Meine Mutter lebt jetzt in meiner Nähe in einem Pflegeheim. Sie ist beinahe bewegungsunfähig."

„Ein Unfall?"

„Nein, fortgeschrittene Muskelschwäche und sehr schmerzhaft."

Um das Thema zu wechseln winkte Bernauer jetzt dem Kellner.

„Wenn ich schon Ihre knapp bemessene Zeit so sehr beanspruche, sollte ich auch dafür sorgen, dass Sie wenigstens dabei nicht hungern müssen", sagte er, „ich würde Sie also gerne einladen."

Langsam begann sie sich zu entspannen und ihre schönen Augen gewannen jenen samtigen Glanz zurück, der ihn vom ersten Augenblick an fasziniert hatte. Sie richtete sich auf und schenkte ihm das bezaubernd natürliche Lächeln eines Kindes, das nun endlich die sehnlichst erwartete Eistüte erhält.

„Damit hatte ich eigentlich nicht gerechnet bei einer polizeilichen Einvernahme", sagte sie.

„Ich betrachte es nicht als Einvernahme", antwortete Bernauer. „Sie haben sich aus freien Stücken dazu bereit erklärt mir private Dinge mitzuteilen, auch wenn Sie sich der Tatsache bewusst sein müssen, dass ich fallrelevante Auskünfte verwenden werde. Sie sollten also meinem fundiertem Rat folgen, sich solchen Strapazen niemals mit leerem Magen zu unterziehen."

„Seien Sie unbesorgt, ich hätte keinesfalls abgelehnt. Allerdings", versicherte sie belustigt, „rechtfertige ich die allgemeine Meinung über die Schmalkost in der Modeszene und würde einen Lachsteller mit Toast in Erwägung ziehen. Zufällig habe ich heute schon Gäste gesehen, die äußerst zufrieden damit waren."

Der Barmann, der sich zwar diskret in einiger Entfernung am Tresen zu schaffen gemacht, aber zweifellos die Ohren gespitzt hatte, stand sofort bereit und Bernauer gab für beide den Lachsteller mit Toast in Auftrag.

„Und dann bitte ein Mineralwasser dazu."

Eigentlich wollte er höflich erst nach dem Essen beginnen seine Fragen zu stellen, aber Chantal kam sofort zur Sache: „Also, was könnte ich nützliches beitragen?"

„Ich wüsste gerne mehr über das Konzept oder die Person Murads oder seine Kunden, ich meine, mit wem oder was habe ich es denn hier überhaupt zu tun?"

„Sie stellen mir eine äußerst sensible Frage", antwortete sie. „Ich führe nicht nur eine Agentur im Künstler- und Modebereich, sondern bin auch in hohem Maße Geschäftspartnerin und Vertrauensperson Adil Murads und beinahe das gleiche gilt für meine Beziehung zu Karel Meston. Abgesehen von geschäftlichen Beziehungen, von denen ich mir nicht leisten will, sie zu verlieren, habe ich auch gewisse moralische Grenzen, die ich sicherlich nicht überschreiten werde."

„Ich möchte Sie dabei weder zu dem einen noch dem anderen drängen", versicherte Bernauer, „es geht mir in erster Linie darum, mich etwas zu orientieren. Ich kenne das Milieu, die Branche und ihre Gepflogenheiten nicht und dies in einer Stadt, in der ich schon einmal die Sprache nicht verstehe."

„Sie fragen sich, wie Sie in einem Fall ermitteln sollen, wenn Sie schon zu Anfang nicht wissen, wie das Umfeld tickt?" grinste sie.

Er nickte erleichtert.

„Dann sollten wir es uns nun doch etwas gemütlicher machen und uns in die Fauteuils am Fenster zurückziehen.

„Murad", begann sie, „ist gebürtiger Libyer aus gut situierter Familie, hat Architektur und Bildhauerei studiert und anlässlich einer Vernissage in Prag seine Frau kennengelernt, deren Familie zwar nicht besonders betucht ist, aber dafür so ziemlich mit allen denjenigen verwandt, die als vornehm gelten und in dieser Stadt das Sagen haben. Murads Frau betrieb damals eine kleine Boutique, die aber erst Murad zur jetzigen Blüte gebracht hat. Er hatte das Geld und die Verbindungen zum Ausland, während sie den Betrieb, die Fachkenntnisse und den gesellschaftlichen Background in Prag eingebracht hat."

„Dann ist er also in Wirklichkeit auch nicht der Designer?" fragte Bernauer überrascht.

„Doch, das Metier hat ihn sofort gefesselt, als er seine Frau kennenlernte. Ein geübtes Auge für Proportionen entspringt allein schon seinen künstlerischen Schöpfungen im Bereich

132

der Bildhauerei und Geschmack hat man oder nicht. Er hat ihn. Obendrein bereichert die exotische Herkunft seine Phantasie und lässt Osten und Westen zu einer unglaublichen Harmonie verfließen."

„Kunden, die zweihunderttausend Euro für ein Kleid hinlegen müssen, verdienen unzweifelhaft einen Schöpfungsakt", warf er ein, „egal ob Ost oder West."

„Stimmt", sagte sie, „die Kundinnen bekommen ihn ja auch. Leider wissen das manche wenig zu schätzen."

„Aber suchen denn diese Frauen nicht die Exklusivität?", wunderte sich Bernauer, „alles andere können sie für weniger Geld doch überall erwerben."

„Das ist grundsätzlich richtig, aber Reich und Schön hat leider nicht immer den perfekten Charakter und schon gar nicht die perfekte Figur", stellte sie fest „und da beginnt bereits der Ärger. Natürlich nimmt Murad Änderungen vor, aber die exzentrischen Kundinnen sind sehr oft nicht gewillt, persönlich auf die Kleider zu warten, selbst wenn es leicht möglich wäre und lassen sich die geänderten Modelle in ihre Domizile nachsenden. Ein Model kommt dann, wenn das fertige Kleid geliefert wird, mit zur Endpräsentation. Besonders in den östlichen Ländern herrschen da völlig andere Dimensionen."

Das ganze war ungeheuerlich. Hier ging es offenbar nur mehr um Prestige und die Darstellung von Reichtum, aber die Frau selbst hatte im besten Falle nur den lächerlichen Wert eines Kleiderständers oder Accessoires, so lange wenigstens, als es ihr gelang, durch beeindruckendes Äußeres oder entsprechende Herkunft die Adäquanz des übrigen Prunks nicht zu stören.

133

„Das Kleidungsstück kann doch einem Model nicht mehr richtig passen, wenn es geändert worden ist", warf er ein.

Chantal lächelte fein: „Man ist auch da äußerst kundenfreundlich. Meist trägt dann ein anderes Model das geänderte Kleid, welches natürlich bei der Präsentation im Hause der Dame unsichtbar zusammengesteckt oder geheftet vorgeführt wird. Später lebt dann die Kundin in der Einbildung, in dem Kleid ebenso zur Geltung zu kommen wie das attraktive Model, denn sie trägt schließlich das selbe Kleid in der selben Größe und es ist augenscheinlich, dass es auch perfekt an ihrem eigenen Körper sitzt."

„Und Sie haben diese raffinierte Mogelei ebenfalls mitgemacht?" fragte Bernauer neugierig.

„Was glauben sie denn? Wenn ein Kunde Murads partout nur dann kaufen will, wenn ich die Klamotten präsentiere, tue ich ihm den Gefallen. Ich reise elegant und werde gut bezahlt, außerdem bahne ich dabei immer wieder Geschäfte für meine eigene Agentur an und oft habe ich dann auch die Gelegenheit, ein Auge auf diejenigen Mädels zu werfen, die ich vermittelt habe, das liegt mir ganz besonders am Herzen. Sie würden nicht glauben, wie naiv diese Kinder sind und wie sehr Männer bereit sind, dies auszunutzen, um ihnen Flausen in den Kopf zu setzen."

„Wie ich gehört habe unterstützt Sie des Öfteren zwangsweise auch Herr Meston in Ihren Vorhaben."

„Mein Gott, der alte Brummbär", lachte sie, „heldenhaft versucht er sich meinen Sozialisierungsversuchen zu widersetzen, aber ich bin wesentlich jünger als er und habe noch die Kraft, die ihm bereits überaus schmerzlich zum Widerstand fehlt."

Zufrieden grinste sie in sich hinein.

134

Bernauer versuchte sich zwar angestrengt den alten Brummbären Meston im Zustand der Widerstandslosigkeit vorzustellen, nur es wollte ihm nicht gelingen. Eine schöne Frau hatte da sicherlich weit bessere Chancen und daher auch andere Maßstäbe.

„Es ist schon schwer genug zu glauben, dass er Ihnen überhaupt etwas abschlagen könnte", sagte Bernauer galant, „er soll ja sogar Ihr Entdecker gewesen sein?"
„Entdecker", lachte sie, „ein großes Wort. Aber gut, er hat mich seinerzeit Murad vorgestellt und das war für mich ein wahrer Glücksfall, wie es ja auch schon ein Glücksfall war, dass ich Karel durch einen gemeinsamen Freund kennengelernt habe. Irgendwann sind wir dann, beruflich bedingt, getrennte Wege gegangen und Karel ist mir dabei nicht im Weg gestanden. Ich verdanke ihm sehr viel."
„Und Irina, wie kam sie in das Team Murads?"
„Durch mich, ich habe sie in einer Kneipe für hungernde Künstler getroffen, in der sie gekellnert hat. Wir haben uns angefreundet und ich habe sie Murad vorgestellt, als ihm ein Mädchen ausgefallen war. Es ist damals eine hübsche Polin gewesen, die eine großartige Partie gemacht und sogar nach Rom geheiratet hat."
„Dann verstand sie wenigstens ihre Schönheit gut zu vermarkten."
„Sie denken, Liebe wäre für schöne Frauen immer nur Geschäft? Das klingt verdächtig moralinsauer."
Sie schüttelte den Kopf und lächelte mokant.
„Das ganze geht Ihnen wohl mächtig gegen den Strich", stellte sie fest, „ich fürchte, Sie werden da eine Menge falscher Schlüsse ziehen."

„Ganz sicher nicht", sagte er entschuldigend, „und ich möchte auch keinen derartigen Eindruck erwecken, tatsächlich versuche ich nur, mich einigermaßen zurechtzufinden und es sollte weder überheblich noch abwertend klingen."

„Natürlich", sagte sie, „hat Polizeiarbeit wenig Platz für Romantik und im Falle Irinas ist auch nichts derartiges im Spiel gewesen, obwohl, wie immer, auch Tratsch unterwegs war. Wir hatten in letzter Zeit ziemlich häufigen Kontakt, denn ich war dabei, für sie einige durchaus passable Werbeverträge an Land zu ziehen. Ein amouröses Abenteuer würde dies alles ad absurdum geführt haben, also hätte sie es mir auch nicht verschwiegen. Im Gegenteil, sie wollte Karriere machen und keine Beziehung eingehen, darum führt das alles, meiner Meinung nach, zu nichts. Da haben sich andere Dinge abgespielt, irgendetwas ist da oberfaul."

„Herr Murad hatte aber ebenfalls eine derartige Vermutung geäußert."

„Auf diesem Gebiet ist man in der Branche von Haus aus sehr sensibel, ich habe ja bereits erwähnt, wie leicht manche Mädchen zu beeindrucken sind. Sehr oft werden sie dann unzuverlässig und erhalten keine Aufträge mehr. Deshalb sind solche Vermutungen natürlich nicht immer gegenstandslos, aber für Irina lege ich diesbezüglich die Hand ins Feuer. Sie hatte offensichtlich ein anderes Problem, bei dem ich ihr helfen sollte, denn sie wollte sofort nach Paris kommen. Da ich aber gerade anderweitig beschäftigt war, habe ich sie auf den Abend vertröstet. Als sie sich dann nicht mehr gemeldet hat, habe ich dem ganzen keine Bedeutung mehr beigemessen. Wie sollte ich auch ahnen, dass sie sich in realer Gefahr befand? Wegen einer Beziehung zu einem Mann wäre es doch sinnlos gewesen, einfach wegzulaufen, noch dazu so umständlich. Außerdem, wieso sollte sich ein derartiges Liebesdrama ausgerechnet bei einer Modenschau abspielen? Das ganze gäbe einen ungeheuren Skandal, nach dem sie in der Branche nie wieder einen Fuß in die Tür bekommen hätte. Schon im Hinblick darauf, musste Schlimmeres dahintergestanden haben."

Chantal überlegte einen Augenblick. „Reden Sie mit Detlef König, einem aufstrebendem Fotografen in der Szene, der war ein ergebener Freund Irinas und Helfer in allen ihren Belangen. Wenn jemand Bescheid weiß, dann ist es er."
„Das habe ich schon getan", erklärte Bernauer, denn er musste jetzt einen Teil seiner Karten aufdecken. Chantal würde es sonst ohnehin erfahren und das Vertrauen in ihn verlieren.
„Ups", lachte sie, „sie werden den armen Kerl doch nicht im Spital überfallen haben?"
„Das konnte ich ihm leider nicht ersparen", antwortete Bernauer, „obwohl er ohnehin kaum etwas zu sagen hatte. Irina sei vielleicht in letzter Zeit manchmal etwas gedämpft gewesen, oder vielleicht auch ängstlich, jedenfalls hätte es nichts Konkretes gegeben."
„Nun, wer sagt es denn", lachte sie, „gedämpft, ängstlich, verliebt, für jeden Anlass etwas passendes. Sie hat sich bedroht gefühlt? Vielleicht, aber, je genauer wir die Sache durchforsten, desto eher scheint es mir, dass Irina ein Opfer des Zufalls wurde.
Den üblichen Unsinn, es könnte ein Einbrecher oder Dieb gewesen sein, möchte ich erst gar nicht hervorholen, ich befürchte dann eher, Irina ist einer Verwechslung zum Opfer gefallen.

Möglich wäre natürlich auch, obwohl sehr ungewöhnlich, dass sie Zeugin wurde von Dingen, die sie nicht sehen oder vielleicht auch nur nicht hören durfte. Was das sein könnte? Ich kann es ja selber nicht glauben." Sie hob resigniert die Schultern.

„Und überhaupt", nahm sie den Faden wieder auf, „welchen Eindruck hatten Sie denn von Detlef, ist seine Einschätzung vom damaligen Zustand Irinas glaubhaft oder seinem Entsetzen über ihren Tod zuzuschreiben, ich meine, glauben Sie, Irina hatte wirklich übertriebene Angst?"

Eine berechtigte Frage, fand Bernauer.

„Schwer zu sagen, aber es würde mich wundern, wenn König sich darüber nicht Klarheit verschafft hätte. Er scheint mir nicht gerade der Typ zu sein, der seine Gefühle lange beherrschen kann."

„Wer hat ihn denn überhaupt ins Spiel gebracht, so viel mir bekannt ist war er nicht einmal in der Nähe, als es geschehen ist?"

„Das brauchte er auch nicht. Die Polizei, Irinas Eltern, Meston, Eloise und Lena, offensichtlich kennt ihn jeder und weiß, dass er mit Irina befreundet war und jeder hält ihn für einen Chaoten."

„Noch dazu einer, der unter die Straßenbahn gefallen ist", setzte sie fort, „aber eine solche Unachtsamkeit ist vermutlich die Auswirkung seiner Trauer gewesen, dumm ist er nämlich nicht, etwas zerstreut vielleicht, aber nicht dumm. Wäre leicht möglich, dass er Ihnen noch nützlich sein kann."

„Ihr Wort in Gottes Ohr", antwortete Bernauer, „aber stört es Sie sehr, wenn ich Sie jetzt noch mit einer persönlichen Frage überfalle?"

„Tun Sie es."

„War es für Sie ein von jeher gehegter Wunsch, im Showgeschäft tätig zu sein?"

„Sie möchten wissen, ob ich einen Beruf erlernt habe?" fragte sie ruhig.

„Es geht mich natürlich nichts an."

„Ich habe in Prag Politikwissenschaft studiert", sagte sie und genoss sichtlich Bernauers Verblüffung.

„Haben Sie nicht gesagt es sei eine glückliche Fügung gewesen, als Sie Karel Meston kennengelernt haben, wieso?"

„Weil ich nicht vom mageren Salär einer Politologin leben will, bis ich vertrocknet genug bin, um sparintensiv meine Pension zu genießen", erklärte sie, „so einfach ist das."

Bernauer, überrascht von so viel Direktheit, grinste nur und nickte. Eine Frau wie sie hatte in der Künstlerbranche die weitaus besseren Chancen, das war sonnenklar.

„Und Karel Meston", fragte Bernauer, „wie steht er eigentlich zu Murad, arbeiten die beiden eng zusammen?"

„Nun ja", meinte Chantal, „eigentlich übernimmt er alle fototechnischen Arbeiten für Murad, berät ihn auch in Sachen Werbung und bei der Auswahl der Models. Karel hat einen sicheren Blick dafür, wer und was bei wem und wo ankommt."

Nun war Chantal sicher, nichts zweckdienliches mehr beitragen zu können.

Sie griff nach ihrer Handtasche, entnahm ihr zwei Briefumschläge aus feinem Büttenpapier und überreichte sie Bernauer.

„Zur anderen Sache", sagte sie, „auch da habe ich nicht auf Sie vergessen."

In den Kuverts befanden sich zwei Einladungen, die, von Adil Murad persönlich unterschrieben, das Entree zu seiner

Modenschau im Festsaal des Schloßhotels Fuschl, in der Nähe Salzburgs, darstellten.

„Übermorgen um zwanzig Uhr", zeigte sie mit dem Finger auf den Text der Karte, „beginnt die Show, aber der Empfang startet bereits fünfundvierzig Minuten früher."

Dann lächelte sie mit kaum versteckter Hinterhältigkeit.

„Danken Sie mir nicht, ich habe es gerne getan, besonders im Wissen darum, dass Sie innerlich gähnen werden, ich habe Sie durchschaut, also bitte keinen Widerspruch."

Sie sahen sich zweifelnd an und begannen dann beide herzlich zu lachen. Die Anspannung, die durch die Brisanz des Gesprächs wieder aufgebaut worden war, hatte sich gelöst.

„Wann wird Murad mit seiner Entourage eintreffen?" fragte Bernauer.

„Morgen", sagte sie, „im Schloßhotel Fuschl. Ich ziehe es vor, im Sacher zu wohnen, das ist nicht nur im Hinblick auf meine Geschäfte wesentlich praktischer, ich halte mir so auch die unausbleibliche Hektik vom Leib."

„Ich werde Sie aber auf dem Laufsteg bewundern können?"

„Nein, es werden nur Kunden Murads anwesend sein, die meine Beratung wünschen."

Dann plauderte Chantal noch ein wenig aus dem Nähkästchen und Bernauer amüsierte sich königlich über ihre Schilderungen ulkiger Vorfälle aus der Künstlerszene, wobei sie beachtliches Talent zeigte, ihre Erzählungen anschaulich zu illustrieren.

„Wissen Sie", erklärte sie, „diese Menschen sind auf einem ungeheuren Egotrip, der aber unerlässlich ist, um in der Branche Erfolg zu haben. Natürlich muten die Geschichten oft ziemlich komisch an, aber, gäbe es sie nicht, man müsste sie erfinden."

Da war Bernauer völlig ihrer Meinung, denn ihm selbst gefiel das ganze ungezügelte Drumherum wesentlich besser, als die so heftig angestrebten und dann blutlos perfekt ablaufenden Vorführungen.

Chantal sah auf die Uhr an ihrem Handgelenk.
„Sind Sie mir sehr böse, wenn ich Sie jetzt verlasse?" fragte sie und sah ihn zweifelnd an, „ich hatte heute bereits einen langen Tag und morgen kommt noch ein weiterer dazu."
„Keine Spur. Darf ich Sie zum Foyer begleiten?"
Sie wandte sich der Treppe zu und gab ihm die Hand.
„Ich freue mich darauf, Sie im Schloßhotel Fuschl wiederzusehen."
„Vielen Dank für diesen Abend und Ihre geduldige Hilfe", sagte er und verspürte dabei den heftigen Wunsch, die ihm gereichte Hand zu küssen, unterließ es aber.

Es war wie Gedankenübertragung als am nächsten Vormittag Bernauers Handy zu klingeln begann.
„Servus Joschi", meldete sich Markovsky, „wie stehen Deine Aktien in Salzburg?"
„Es geht. Ich habe Chantal getroffen und mich ausgiebig mit ihr unterhalten. Morgen bin ich mit Iris zur Modenschau Murads im Schloßhotel Fuschl eingeladen, dabei erhoffe ich mir auch für mich gewisse Fortschritte. Wie geht es bei Dir?"
„Ich war ebenfalls nicht ganz untätig und Hatto war mir nützlicher als erwartet. Die kleine Schneiderin, die Irina beim Anziehen geholfen hat, ist im privaten Rahmen ganz unerwartet aufgetaut. Hattos Charme ist, wenn er will, unwider-

stehlich und schon war die Kleine sehr bemüht, möglichst hilfreich für ihn zu sein."

„Abgründe tun sich auf", sagte Bernauer und erinnerte sich, wie nahe er daran gewesen war, Chantal die Hand zu küssen.

„Verschluck Dich nicht", tat ihn Markovsky ab, „höre mir einfach nur zu.

Das Mädchen hat seinerzeit bei der Polizei nur die Dinge zu Protokoll gegeben, nach denen es ausdrücklich gefragt wurde. Auf dem Weg ins Arbeitszimmer Murads habe sie niemand fremden gesehen. Tatsache ist aber, dass sie am Security-Mann vorbeiging, der nicht vor der Eingangstür, sondern im Foyer nahe Murads Büro stand. Er zählte als zum Haus gehörig und wurde von ihr nicht erwähnt. Dass sie von Irina dringlich gebeten wurde, ihr hinterher zu kommen, wenn Irina sich anschickte den Saal zu verlassen, haben wir in vereinfachter Form ja bereits gewusst, sie wurde lediglich dadurch aufgehalten, dass sie von Murad, der ihr entgegenkam, in die Garderobe zurückgeschickt wurde.

Dass Irina sie gebeten hatte, ihr ins Arbeitszimmer zu folgen, da es sozusagen ‚um Leben und Tod‘ gegangen wäre, sollte nach Meinung der Schneiderin lediglich die Wichtigkeit der Sache betonen. In ihrer romantischen Vorstellung hatte sie das Ende einer geheimnisvollen Affaire vermutet und war, als Irina verschwand, erwartungsvoll zum Büro des Chefs geeilt. Irina hatte nämlich Wochen zuvor einige derartige Andeutungen gemacht, und sei ziemlich aufgekratzt gewesen. Irina war überhaupt von der kleinen Schneiderin zutiefst bewundert worden. Mit ihr war sie auch gelegentlich in eine der angesagten Kneipen der Szene gekommen, die ihr normaler Weise verschlossen geblieben wären und so war die Kleine felsenfest davon überzeugt, die Freundin eines später bedeutenden Stars am Modehimmel zu sein. Außerdem hatte sie Detlef König durch das Fenster auf der gegenüberliegenden Straßenseite stehen gesehen. Es war jetzt natürlich genauso gut damit zu rechnen, dass König dann ebenso von anderen Personen gesehen und daraufhin möglicherweise beschattet wurde, denn es bestand die Gefahr, dass er von der Straße aus durch das Fenster seinerseits die Vorgänge im Inneren des Arbeitszimmers Murads beobachtet hatte.

Wenn ich nicht völlig danebenliege, möchte die Schneiderin brennend gerne zur Szene gehören. Da sie zwar ein hübsches Gesicht hat, für den Laufsteg aber viel zu klein ist, hofft sie darauf, von Karel Meston wenigstens als Fotomodel beschäftigt zu werden und sie weiß verdächtig gut über ihn Bescheid. Es war ihr geradezu ein Bedürfnis davon zu reden. Offensichtlich genießt er bei ihr so etwas wie göttliche Verehrung."

„Die er sich wie verdient hat?"

„Er ist ihrer Meinung nach der beste seiner Branche, ein Künstler ersten Ranges und menschlich gesehen ein Held. Zusammen mit einem Kollegen und dessen Freundin wäre er Kriegsberichterstatter gewesen um die Verbrechen aufzudecken, von denen die übrige Welt keine Ahnung habe und er selbst wäre bei einem Zusammenstoß mit einer dieser verbrecherischen Gruppen schwer verletzt worden. Unter Lebensgefahr hätte er sogar versucht die Begleiterin seines Freundes zu retten, als sie in ein Minenfeld geraten war, leider war es aber schon zu spät für die Frau."

„Kennt sie auch den Namen dieses Freundes aus Krisenzeiten?"

„Sie sagt nein."

„Und woher weiß sie überhaupt so gut Bescheid über Meston?" fragte Bernauer erstaunt.

„Sie wird eben jeden Klatsch, der sich um ihn rankt, gierig aufgesaugt haben und er selbst, scheint mir, arbeitet ebenfalls sehr gezielt an seiner Legende."

„Wie lange bleibst Du noch", fragte Bernauer.

„Bis morgen, Hatto ist vormittags noch geschäftlich verabredet, aber heute Abend treffen wir uns wieder mit Dr. Kapnic in dem hippen Restaurant in der Altstadt, wo wir seinerzeit gesessen sind."

„So ganz ohne Anlass?"

„Natürlich ist da etwas im Busch", sagte Markovsky salbungsvoll: „Er will mir sein Herz ausschütten."

„Oh zarte Sehnsucht, süßes Hoffen", ätzte Bernauer.

„Steck Dir Deinen Schiller sonst wohin", antwortete Markovsky prosaisch, „ich bin ziemlich sicher, dass mir sein Glöckchen gewisse Dinge läuten wird, wenn sich seine Gnaden schon bemühen, uns den Abend lukullisch zu verschönen."

Iris Adler war wie vom Blitz getroffen.

„Joschi", hauchte sie, „Du hältst mich zum Besten?"

Bernauer blähte sich geradezu vor Großzügigkeit.

„Es war nicht einfach", sagte er dann schlicht, „aber ich dachte, Du würdest selbst gerne dabei sein. Ich habe das ganze zwar schon in Prag gesehen, aber ich freue mich trotzdem darauf, Dich zu einer weiteren Vorstellung zu begleiten."

144

Dass er dabei zusätzlich auch auf Erkenntnisse in der Mordsache Irina hoffte, behielt er geflissentlich für sich.

Iris war zu begeistert, um einen derartigen Verdacht zu hegen.

„Ich werde mich natürlich freimachen" sagte sie hastig, „aber warum hast Du mir bis jetzt nichts davon gesagt? Mein Gott, ich brauche ein Kleid, Schuhe? Nein. Aber ein Kleid, ich kann ja gar nicht hingehen, ich habe wirklich nichts passendes anzuziehen."

Diese Erwägungen hatte Bernauer vorausgesehen und wollte sie keinesfalls bis zur Modenschau tagtäglich neu erörtern. Außerdem, Iris hatte so viele schöne Kleider und würde in jedem davon hervorragend aussehen.

„Ich wollte Dich nicht unglücklich sehen, wenn nichts daraus geworden wäre, aber ich habe mich immerhin bemüht", sagte er offensichtlich zerknirscht.

„Joschi", jubelte sie und umarmte ihn, „Du bist so einfühlsam, danke. Und ich mache Dir da dann auch noch Vorwürfe."

„Lass es gut sein", sagte er mit gütiger Stimme, „für Dich mache ich selbst das Unmögliche möglich" und tätschelte beruhigend ihre Schulter.

Das Problem mit dem Kleid schien jedoch rein rhetorisch gewesen zu sein, denn Iris überlegte bereits, ob es nicht besser sei, ihren Bubikopf im Nacken noch etwas faconieren zu lassen.

„Du wirst prachtvoll aussehen", versicherte er ihr.

Aber da sprach er bereits ohne Publikum.

145

Am Nachmittag des großen Ereignisses im Schloßhotel Fuschl rief Markovsky wieder an.

„Was hat sich gestern Abend getan?" fragte Bernauer neugierig.

„Nicht so hastig mit den jungen Pferden", lachte Markovsky, „sitzt Du gut?"

„Ja, momentan schon noch, aber fang endlich an", forderte ihn Bernauer ungeduldig auf.

„Es war ein äußerst zufriedenstellender Abend, in jeder Hinsicht. Hatto und Kapnic waren ziemlich schnell ins Gespräch vertieft, denn es gab eine Menge gemeinsamer Interessen und sogar Bekannter.

Als Hatto zur späteren Stunde kurz den Tisch verließ hat mir Kapnic angedeutet, dass seine und unsere Recherchen in Kollision mit denen einer anderen Abteilung der Kriminalpolizei stünden. Worum es da geht, will er vermutlich nicht sagen. Aber er hat mich gebeten, heute vormittags wieder zu ihm ins Büro zu kommen und das habe ich jetzt getan."

„Könnte das alles nicht eine Behauptung sein um uns Sand in die Augen zu streuen und unsere Ermittlungen zu behindern? Ich denke nur an die Sache mit dem Bürgermeister."

„Auch das habe ich angesprochen, aber Kapnic sagte, hier ging es weniger darum Murad zu schützen, natürlich auch, aber eigentlich wollte man uns aus der seinerzeitigen Situation heraushalten, um das Verfahren eines anderen Dezernates nicht zu stören.

Nachdem die Sache nun so weit gediehen ist, sehe ich allerdings keinen Sinn darin, wenn er mich belogen hätte. In Kürze würde sowieso alles auffliegen."

„Da hast Du Recht", gab Bernauer zu.

„Wenn aber weiterhin nichts geschieht, ist seine Information trotz allem wertlos für uns", sagte Markovsky, „ich habe daher, Dein Einverständnis voraussetzend, Kapnic, sozusagen unter der Hand, die Behauptungen Detlef Königs und die von uns daraus gezogenen Schlüsse mitgeteilt. Kapnic hat schließlich die alleinige Möglichkeit, die Unfallakten des im Prager Teich ertrunkenen Mädchens und des Rollstuhlfahrers neuerlich zu bearbeiten und auch die Betrachtung des Straßenbahnunfalls von König könnte für die Polizei eine andere werden. Wenn er nicht reagiert, haben wir endlich unsere Gewissheit, dann steckt die Polizei mit diesen Leuten unter einer Decke."

„Der Zeitpunkt, die Fakten aufzudecken, ist unzweifelhaft gekommen", pflichtete Bernauer bei. „Uns fehlt jede Möglichkeit in den vergangenen beiden Fällen zu recherchieren und ohne Zusammenarbeit mit den Prager Kollegen können wir dann leider nur aufgeben. Ich habe aber kein schlechtes Gefühl dabei."

„Sehr gut, ich auch nicht und wenn Hatto jetzt seinen Job erledigt hat, machen wir uns auf den Heimweg. Genieße Du Deine abendliche Performance und halte fleißig die Augen offen."

Bevor Bernauer Zeit hatte zu kontern, hatte Markovsky bereits weggedrückt.

Iris Adler stand bereits unruhig am Fenster als Joschi Bernauer noch versuchte, seinen Wagen einigermaßen verkehrssicher zu parken. Eine Mühe, die er sich hätte sparen können, denn schon trat sie beinahe zeitgleich aus der Eingangstür.

Und, sie musste einkaufen gewesen sein. Ihr Kleid, in leuchtendem Blau, hatte er noch nie gesehen, dessen war er ganz sicher. Iris, groß und schlank, war offensichtlich inzwischen auch noch gewachsen, aber wie sie da so auf ihn zukam, sah er, dass sie auch neue gleichfarbige Schuhe mit überaus hohen Absätzen trug. Der passende zarte Schal um ihre Schultern verwandelte das lange, eng anliegende Kleid in eine beinahe dramatische Abendrobe und sie sah einfach umwerfend aus. Bernauer war nun auf die Beifahrerseite gekommen, öffnete ihr die Wagentür und sagte: „Eigentlich solltest Du über den Laufsteg schweben."

Sie lachte etwas nervös: „Nicht mit diesen Schuhen. Gefällt Dir übrigens das Blau, es ist der absolut letzte Schrei."

Die Einfahrt zum Schloßhotel und auch das Portal waren bereits pompös erleuchtet, obwohl es noch taghell war.

Im Entree standen einige Gäste plaudernd vor hohen runden Tischen, die in blütenweißes Leinen gehüllt waren, auf denen man dann zwanglos seinen Begrüßungstrunk abstellte.

Iris und Bernauer wurden von Adil Murad persönlich empfangen, da man ihm offenbar die Ankunft des Kriminalbeamten bereits avisiert hatte.

„Wie schön Dr. Bernauer", sagte er, „dass ich Sie bei meiner kleinen Veranstaltung wiedersehen darf. Gnädige Frau, es ist mir eine Ehre."

Sollte Iris noch aufgeregt gewesen sein, so war davon nichts mehr zu bemerken. Sie nickte liebenswürdig und dankte ihrerseits für die Einladung.

148

„Du machst das großartig", raunte ihr Bernauer ins Ohr, als Murad sie in den Saal geleitet hatte.

„Weil das Ambiente den gehobenen Anforderungen einer Primarärztin entspricht, falls der noble Herr das vergessen haben sollte", zischte sie amüsiert zurück.

Der geschmückte Festsaal des Hotels bot einen geradezu atemberaubenden Anblick. „Hier konnten ungefähr hundert Gäste Platz finden", stellte Bernauer im Geiste fest. Cremeweiße Wände wurden gesäumt von gerafften roten Vorhängen an den hohen Glastüren, die wie übergroße Fenster den Blick auf den jadegrünen See sowie die herrliche Uferlandschaft freigaben und die blattgoldveredelte Stuckdecke mit den riesigen Kronleuchtern gab der Szenerie einen Touch von imperialem Hauch. „So muss man in St. Petersburg während der Zarenzeit gefeiert haben", dachte er. Entsprechend dotiert waren natürlich Murads Kunden.

Zwanglos standen „Reich und Schön", wie sie Chantal bezeichnet hatte, vor der Kette zierlicher Sessel rund um den Laufsteg. Hier hatte jeder seinen Platz in der ersten Reihe, denn die Zahl der Gäste war auch dieses Mal wieder auf ungefähr vierzig Personen beschränkt worden und livriertes Personal bot stumm auf silbernen Tabletts teuer aussehende Häppchen, Petit Fours und Getränke an.

Als Bernauer nach einem zierlichen Etwas, das mit Kaviar und Ei belegt war, griff, stand plötzlich, wie Mephisto persönlich, Karel Meston vor ihnen. Als Künstler hatte er in diesem eleganten Kreis das alleinige Privileg, zum Smoking einen schwarzen Rollkragenpullover aus Seide zu tragen und wahrscheinlich gab es im Saal auch kaum ein weibliches Wesen, das sich seiner Faszination entziehen konnte. Er begrüßte Bernauer förmlich und starrte eine Sekunde zu lange auf Iris, bevor er mit korrekter Verbeugung einen Handkuss andeutete.

„Er kann es nicht lassen", dachte Bernauer, „trotz aller Vorsicht kann er seine Arroganz nicht wirklich verbergen."

Einige Minuten später betrat Chantal den Raum und zog ebenfalls sofort alle Blicke auf sich. Sie trug einen völlig schlicht geschnittenen dunkelroten Overall im Palazzo-Stil, der an den weiten Säumen mit einem Meer violetter Daunen besetzt war und der Brillant, den sie an einer kaum sichtbaren Halskette trug, schien unbezahlbar teuer zu sein.

Strahlend kam sie auf die beiden zu: „Es ist mir eine Freude, Dr. Bernauer."

Bernauer übernahm die Vorstellung der beiden Damen und Iris bedankte sich bei Chantal für die Einladung.

„Genießen Sie den Abend", lachte Chantal, „ich fürchte die Herren haben nicht die entsprechende Einstellung dazu."

Ihr Blick fiel auf einen eben eingetretenen dicken Mann im Smoking, der einen beinahe ebenso großen Stein am kleinen Finger seiner rechten Hand trug wie er am Dekolletee Chantals unter wesentlich ästhetischeren Umständen baumelte.

„Entschuldigen Sie mich, bitte", sagte Chantal, „ich sehe eben, die Pflicht ruft."

Sie eilte einige Schritte auf den Neuankömmling zu, der eine Mappe trug und offenbar ohne weiteres zur Sache kommen wollte. Der Geste nach dürfte ihn Chantal auf die Terrasse gebeten haben, denn sie entfernten sich durch eine der offenstehenden Glastüren ins Freie.

„Sie ist heute nur zur Beratung einiger Kunden Murads hier", sagte Bernauer erklärend zu Iris.

150

„Ganz ehrlich Joschi", meinte Iris mit gedämpfter Stimme: „allein den Kerl nur zu beraten finde ich schon anstößig."
„Das glaube ich Dir", schmunzelte er, „aber behandeln würdest Du ihn trotzdem."
„Meine Pflicht als Ärztin würde es verlangen", stellte sie fest, „aber ich gebe zu, dass ich von Geschäftemacherei wenig verstehe. Nur, nach dieser Modenschau bin ich vielleicht inspiriert genug um mich auch auf diesem Sektor zu bewähren."
Und als sie seinen überraschten Gesichtsausdruck sah, legte sie noch ein wenig nach: „Ich lerne nämlich sehr schnell."

Bernauer, der es irgendwie geschafft hatte, eine Biertulpe zu ergattern, bemerkte aus dem Augenwinkel, dass Karel Meston, der auf der andere Seite des zurzeit noch leeren Laufstegs eine Menge Aufnahmen schoss, nun die Kamera auf ihn und Iris gerichtet hatte, um sie anscheinend in mehreren Positionen zu fotografieren.
„Liege ich jetzt falsch, wenn ich vermute, dass der Kerl herausfinden will, welche Rolle Iris in der Sache spielt?" fragte er sich.

Diese Frage beschäftigte ihn auch noch, als Murad die Gäste jetzt ganz offiziell zur Vorführung seiner Kreationen begrüßte und sie höflich bat, ihre Plätze einzunehmen.
Dann begann das Spektakel.
Träume von Seide, Musseline, Spitzen, Perlen und tausenden Swarovski-Kristallen wurden noch gekrönt durch edle Pelze und Diamantbesätze.
Die Show lief hier ebenso perfekt ab wie diejenige, die Bernauer bereits gesehen hatte. Eloise trug jetzt das Brautkleid

und sah bezaubernd aus. Chantal, die dem Geschehen in Gesellschaft des brillantbestückten Gastes von vorhin vom Entree her zusah, nickte ihr lächelnd zu und hob nahezu unsichtbar den Daumen der rechten Hand.

„Sie ist stolz auf ihr Baby", dachte Bernauer und konnte sich sehr gut vorstellen, welche Chancen Irina unter Chantals Patronanz gehabt hätte.

Iris, die gebannt den Vorgängen auf dem Laufsteg folgte, beugte sich näher zu ihm, um ihm etwas ins Ohr zu flüstern. Dadurch wurde Bernauers Blick über ihren Kopf hinweg auf einen Mann gelenkt, der an jener offenen Tür stand, durch die zuerst Chantal mit dem dicklichen Kunden verschwunden war. Er war ziemlich groß, hatte silbergraues Haar und trug einen perfekt geschnittenen Smoking. Obwohl er ihm selbst nie begegnet war, hatte Bernauer sofort den Eindruck, es müsse sich um den von Detlef König beschriebenen Mann im Kaschmirmantel handeln. Auch Murad hatte in diese Richtung gesehen und dann nickten sich Murad und der Fremde kaum merklich zu.

Dieser Mann sollte es also gewesen sein, der während der Probe von Murad sofort eingelassen worden war und vor dem sich Irina so gefürchtet hatte, dass sie noch während der Modenschau fliehen wollte? Natürlich konnte Bernauer irren, vielleicht war es auch nicht derselbe, aber das Gefühl ließ ihn nicht mehr los.

Gleichzeitig war auch Chantals Kunde verschwunden und sie trat nun freundlich lächelnd hinter den Stuhl, auf dem Iris saß. „Gefällt es Ihnen?" fragte sie.

„Tausend und eine Nacht", sagte Iris und hob zur Bekräftigung ihre Handflächen in Richtung des Laufstegs. „Die Kreationen, das Ambiente, die Models und ebenso das Publikum. Ich bin begeistert."

„Sehen wir uns nach Ende der Show?" fragte Chantal. „In der Pause vor dem Defilee habe ich leider geschäftlich zu tun, wer nachher bestellt, will vorher die Details kennen und einige kleine Nebenerwerbe habe ich auch noch am Laufen. Ein Mädchen muss eben zusehen, wo es bleibt", lachte sie.

„Das", bekräftigte Iris, „kann ich nur unterschreiben" und sah Bernauer streng ins Gesicht.

„Joschi", sagte Iris aufgeregt nach dem Ende der grandiosen Revue der Illusionen, „wir setzen uns doch noch ein wenig an die Bar?"

Dies hatte Bernauer ohnehin vorgehabt, aber seine Rolle des Kavaliers auskostend sagte er milde lächelnd: „Wenn Du das gerne möchtest, Liebling, bleiben wir selbstverständlich."

„Wenn es Dir ganz zu langweilig wird, sagst Du es mir?"

„Jetzt hör doch auf so zu reden", sagte er heuchlerisch, „Ich habe mein Gläschen und Dir kann ich endlich die Freude machen, die Du längst verdient hast, indem Du so viel Verständnis für meinen Beruf aufbringst. Wie könnte ich mich da neben Dir langweilen?"

Zufrieden sah er, wie Iris freudig und gerührt den Honig schluckte. Eine unglaubliche Erleichterung des täglichen Lebens war doch immer wieder, dass Schmeichelei auch bei den intelligentesten weiblichen Wesen ankam.

An der Bar hatten sich nacheinander auch Eloise und die anderen Mädchen eingefunden. Sie trugen zwar noch ihre Bühnenschminke, aber bereits auch Jeans und Sneakers.

Eloise, die sich noch nicht einmal die Zeit genommen hatte ein Getränk zu bestellen, kam Bernauer aufgeregt entgegen: „Stellen sie sich vor, ich habe eben eine SMS von Leni erhalten, sie hat morgen einen Vorstellungstermin in Wien, Tanz der Vampire steht am Programm. Ein Mädchen ist ausgefallen und Leni musste sofort kommen, jetzt ist sie schon in Wien, ist das nicht wunderbar?"

„Wieso denn so plötzlich?" fragte er merkwürdig berührt.

„Morgen erfahre ich alles, sie schreibt nur, dass sie in einer schönen, gemütlichen Wohngemeinschaft mit zwei anderen Mädeln untergebracht ist und heute Abend in einem Weingarten einen Teil des Ensembles kennenlernen wird."

„Braucht man dafür nicht einen Agenten, das ganze scheint mir doch eine Nummer zu groß für sie?"

„Keine Ahnung, ist ja auch egal, Hauptsache ist, sie kriegt den Job."

„Wien ist schließlich nicht der Balkan", sagte Iris, „die Sache ist sicher ganz in Ordnung."

Nach ungefähr zehn Minuten erschien Murad an der Bar, entschuldigte sich, dass er leider nur kurz Zeit habe, da Kundschaft auf ihn warte und dann außerdem noch die Kleider zu versorgen wären, er hoffe aber, die gnädige Frau hätte die Modenschau genossen und Bernauer ebenfalls.

Iris versicherte ihm spontan, wie sehr ihr die Show gefallen habe und ihrem Begleiter ebenfalls.

„Ich will Sie um Gottes Willen ihren Pflichten nicht fernhalten", wandte sich nun Bernauer noch einmal an Murad, „aber eine Frage hätte ich doch. Ich habe im Laufe des Abends an einer Tür zur Terrasse einen Herrn stehen gesehen, den ich kennen müsste, es fällt mir nur nicht ein, woher. Groß, schlank und weißhaarig und er trug einen nacht-blauen Smoking. Meine Beschreibung ist vermutlich zu we-nig für sie?"

„Nein, nein", antwortete Murad, „ich weiß schon wen Sie meinen. Wir haben gelegentlich geschäftlich miteinander zu tun, aber ich kann mir nicht vorstellen, dass Sie ihn kennen sollten. Eine Ähnlichkeit wahrscheinlich, er sieht ein wenig aus wie Cary Grant", schmunzelte er.

„Vielleicht habe ich ihn doch bei Ihrer Modenschau in Prag gesehen", versuchte es Bernauer noch einmal.

„Möglich", sagte Murad, „aber nicht wahrscheinlich."

Da er sichtlich nicht bereit schien, näher auf die Sache ein-zugehen, ließ Bernauer das Thema fallen und fragte statt-dessen, wie lange sich Murad noch in Salzburg aufhalten würde. Morgen, sagte Bernauer, wäre nämlich der wöchent-liche Spielabend seines privaten Bridge-Clubs und man würde es sich zur Ehre anrechnen, einen prominenten De-signer wie ihn in den eigenen Räumen begrüßen zu dürfen.

Murad überlegte einen Moment: „Wenn sich die Möglichkeit ergäbe einen passenden Partner zu finden, ließe sich das einrichten", sagte er überraschend schnell, „Salzburg soll ja einiges zu bieten haben und ich bin noch drei Tage hier, dann erst werden wir weiterreisen nach Rom. Den Rest er-ledigt meine Frau."

„Dann werde ich das für morgen arrangieren", versicherte Bernauer, „möchten Sie vielleicht vorher noch ein wenig Salzburg besichtigen? Ich würde Sie führen."

„Wunderbar", erwiderte Murad, „lässt es sich machen, dass wir uns um fünfzehn Uhr am Festspielhaus treffen?"

„Ist mir angenehm", antwortete Bernauer und Murad verschwand durch die Halle, um sich seiner Kundschaft zu widmen.

Den geheimnisvollen Geschäftspartner Murads konnte Bernauer auch bei einem kleinen Rundgang nicht mehr ausmachen und Chantal war inzwischen ebenfalls nicht mehr aufgetaucht.

„Ein Mädchen muss eben zusehen, wo es bleibt", grinste er in sich hinein. Allein die Abendrobe, die sie heute getragen hatte, war sicherlich eine unerfreulich teure Angelegenheit. Dafür durfte ein Mädchen schon ganz tapfer zusehen, wo es blieb.

Meister Meston war offensichtlich ebenso entschlossen, sich umgehend zurückzuziehen.

„Er ist ohnehin nie mit von der Partie", bemerkte das Model Patrizia und summte dann leise: „Green, green grass of Home."

Eloise grinste.

Als Bernauer mit der noch immer freudig erregten Iris die Rückfahrt nach Salzburg antrat, gab es für ihn keinerlei Zweifel mehr, er hatte einige der Enttäuschungen, die er ihr berufsbedingt bisher bereitet hatte, wieder gutgemacht.

Wie vereinbart verließ Bernauer am nächsten Tag das Präsidium und, obwohl er sich eine Viertelstunde früher auf den Weg zum Festspielhaus gemacht hatte, stand Murad bereits vor dem Eingang und betrachtete mit Chantal die Plakate und Ankündigungen der einzelnen Aufführungen.

„Ich muss mich noch für gestern entschuldigen", sagte

156

Chantal nach der allgemeinen Begrüßung, „aber man hat mich nach der Show beinahe unausgesetzt beschlagnahmt." Als Bernauer dem Designer dann auch noch eröffnete, dass sie beide beim heutigen Bridgeturnier Partner sein würden, begann Murad sichtlich den Nachmittag zu genießen.

Sie bummelten geruhsam durch die Getreidegasse, besichtigten den Domplatz, auf dem jedes Jahr das weltbekannte Stück vom Sterben des reichen Mannes aufgeführt wurde und nahmen anschließend den Lift zum Mönchsberg hinauf, um auf der Terrasse des Restaurants vor dem Museum den Nachmittagskaffee und die unglaubliche Aussicht zu genießen.

Wie bestellt ließ die Sonne die grünen Kuppeln der zahlreichen Kirchen sowie die des prächtigen Domes und die Dächer der schönen alten Häuser aufleuchten und über allem thronte die Festung, beeindruckend wie ein unbezwingbarer Hort und Demonstration unwandelbarer, trotziger Macht und Stärke.

„Wäre es unverschämt, wenn ich Sie bitte im Bridge-Club noch ein Stündchen zusehen zu dürfen?" fragte Chantal, „ich habe nämlich eine ganz besonders exklusive Vorstellung von Bridge und soviel ich weiß, war der hinreißende Omar Scharif tatsächlich einer der weltbesten Spieler. Außerdem verschlinge ich mit größtem Vergnügen immer wieder die Kriminalromane der unverwüstlichen Ladyschaft Agatha Christi."

„Also", schmunzelte Bernauer, „so distinguiert wie in der gelangweilten englischen Gesellschaft Agatha Christis geht es bei einem Bridgeturnier natürlich nicht mehr zu, aber gerne, kommen Sie nur und wenn sie uns früher verlassen möchten, können Sie sogar ihr Hotel durch einen kleinen Fußmarsch erreichen. Kiebitzen Sie aber bitte an unserem Tisch, ich glaube nämlich, sie könnten ein echter Glücksbringer sein."

Bernauer wandte sich an Murad: „Gestern Abend hatte ich leider keine Gelegenheit mehr mich von Herrn Meston zu verabschieden, aber bei einem Künstler seines Faches erwartet man ja beinahe, dass er seine Arbeit nicht unterbricht, bis alles unter Dach und Fach ist."

„Leicht möglich", antwortete Chantal, „und sehr gesellig ist er ohnehin nie gewesen. Heute hat er allerdings einen Stadtplan geordert und sich den Weg nach Bergheim erklären lassen. Ziemlich ungewöhnlich für ihn."

Bergheim? Jetzt glaubte Bernauer blitzartig den Sinn der gestern von Patrizia geäußerten Bemerkung vom „Green green grass" zu erfassen. Karel Meston hatte offensichtlich eine Quelle zur Besorgung von Haschisch gefunden. In diesen Kreisen war man offensichtlich landübergreifend vernetzt. Natürlich traf dies auch auf die Polizei zu und man wusste hier in Salzburg ziemlich gut Bescheid. In Bergheim konnten offiziell ab fünfzig Euro aufwärts Hanfkörner gekauft werden und man durfte sogar eine Pflanze besitzen, verboten war lediglich die Blüte, denn nur aus ihr wurde letzten Endes das Suchtgift erzeugt.

Bernauer, überaus interessiert, war jetzt ernsthaft bemüht, sich den „alten Brummbären" Meston in der Szene gepiercter Dreadlocks vorzustellen, fand das ganze aber gar nicht so abwegig. Vermutlich strebten in Künstlerkreisen ziemlich viele diese außerordentliche Bewusstseinserweiterung an.

Der Spielabend im Bridgeclub wurde für Bernauer und Murad ein voller Erfolg, obwohl sie sich, wie bei ihrer ersten

158

Partnerschaft in Prag, nur auf die einfachsten gängigen Konventionen geeinigt hatten. Als Chantal nach zwei Stunden Kiebitzen erwog ins Hotel zurückzukehren, protestierten beide heftig, denn offensichtlich brachte sie den beiden das immer wieder notwendige Quentchen Glück und so durfte sie keinesfalls den Spieltisch, an dem die beiden saßen, verlassen.

Bridgespieler sind in vielen Fällen sehr abergläubisch, manche bestehen sogar darauf, ihr Leben lang immer die gleiche Sitzrichtung einzunehmen. Schachspieler genießen den Ruf der überschießenden Exzentrik, Bridgespieler stehen ihnen darin kein Jota nach.

Nach Ende des Turniers nahm Chantal ein Taxi um ins Hotel zu kommen. „Meine Schuldigkeit habe ich getan", verabschiedete sie sich lächelnd, „ich lasse mich ja zu vielem überreden, aber sicher nicht mehr dazu, auch nur noch einen einzigen Schritt zu Fuß zu laufen."

Bernauer und Murad, die sich gerne noch die Beine vertreten wollten, machten sich entspannt auf in Richtung Mönchsberggarage, wo Murad den Mietwagen geparkt hatte.

„Sie fliegen natürlich nach Rom?" fragte Bernauer.

„Oh ja", antwortete Murad, „auch die Mädchen und die Schneiderinnen. Meine Frau organisiert den übrigen Transport."

„Und Herr Meston, kommt er nicht mit nach Rom?"

„Doch natürlich, er ist zwar jetzt noch in anderen Geschäften unterwegs, aber er wird aus Mailand zu uns stoßen."

„Ich habe leider absolut keine Ahnung in dieser Branche", sagte Bernauer, „aber lohnt es sich denn finanziell wirklich, als Fotograf ein Modeteam zu begleiten?"

„Nicht im herkömmlichen Sinne, da haben Sie Recht, aber eine betuchte Klientel stellt auch ihre eigenen Ansprüche. Wenn sie etwas zu erwerben beabsichtigt, will sie jedes Detail wissen und sehen. Wer in dieser Preisklasse kauft, hat Anspruch auf Erfüllung gerechtfertigter und ebenso läppischer Wünsche. In erster Linie geht es hier wie überall darum, in der Gesellschaft Macht durch Reichtum zu demonstrieren und Meston fertigt hochwertige Aufnahmen der Modelle an. Außerdem stellt er für mich unabhängig davon weiteres Präsentationsmaterial her, ich wüsste mir dafür keinen besseren. Hauptsächlich pflegt er natürlich in erster Linie seine eigenen Geschäftsverbindungen, aber großteils koordiniert er beides. Auch wenn es nicht danach aussieht, ich bin nur einer seiner Kunden, kein unbedeutender allerdings."

„Wie lange kennen Sie beide sich eigentlich schon?" fragte Bernauer vorsichtig.

„Nun, das ist schon etliche Jahre her, eigentlich war er mit meinem älteren Bruder befreundet, aus seiner Zeit in Amerika."

„Aber Karel Meston war Kriegsberichterstatter, dachte ich."

„Mein Bruder auch, nur leider hat er das ganze nicht überlebt. Ein Minenfeld, aber das war später in Libyen. Wir waren immer eine politisch orientierte Familie, mein Bruder ganz besonders, und seit dem offenen Ausbruch des Bürgerkrieges im April 1975 kam es auch später immer wieder zu syrischen und israelischen Interventionen."

„Verständlich bei Ihrem Bruder, aber wieso ging Meston dort hin?"

„Soweit ich informiert bin, hatte ihn eine Zeitung im Einklang mit der politischen Führung der Tschechoslowakei seinerzeit nach Kuba entsandt, wo er zum Ruhme Castros und der

Kommunistischen Partei berichten sollte. Dort sind er und mein Bruder dann zusammengetroffen. Nun, weder Castro noch Che Guevara waren zimperlich in ihren Führungsmethoden und heimlich hat Meston auch diese Seite der Volksbeglückung dokumentiert und vermutlich wollte man ihn daraufhin loswerden."

Adil Murad lächelte: „Das kann ich mir bei ihm allerdings sehr gut vorstellen. Als nun – federführend war sicherlich mein Bruder – die beiden den Wunsch äußerten nach Libyen zu gehen, wurde dies nicht ungerne gesehen, denn das russische Außenministerium hatte, nicht ohne eigene Interessen natürlich, die USA bereits wiederholt auf das Verbot von Waffenlieferungen nach Libyen hingewiesen. Meston wusste also, was von ihm erwartet wurde. Er war es auch, der mir später über die letzten Wochen meines Bruders und seinen Tod berichtet hat."

„Und die beiden waren nur zu zweit in diesen Krisengebieten unterwegs? Eine gefährliche Sache."

„Es gab da auch noch eine Freundin Luths, die ebenfalls ums Leben kam, aber sicherlich waren Meston, mein Bruder Luth und die Frau nicht immer nur zu dritt. Es ranken sich aber alle Heldengeschichten lediglich um Meston und ich möchte sagen, dass er sie bis zu einem gewissen Grad auch genießt."

Inzwischen waren die beiden an der Garage im Mönchsberg angelangt. Bernauer dankte Murad nochmals für die erfreuliche Spielpartnerschaft und wünschte ihm viel Erfolg für seinen Event in Rom.

Während der kurzen Strecke in seine Wohnung nahe Mozarts Geburtshaus ließ er gedanklich den Tag Revue passieren. Das Gespräch mit Murad brachte ihn ein gutes Stück weiter, obwohl er den dritten Mann, der ein Freund Karel Mestons sein sollte, nicht herausgefunden hatte.

Hofrat Sassmann hatte den Bericht Joschi Bernauers mit größtem Interesse verfolgt

„Es ist uns aber beiden klar, dass Sie sich da auf sehr brüchigem Boden bewegen, Bernauer", sagte er. „Obwohl nicht auszuschließen ist, dass es sich bei Adil Murad um einen potentiellen Täter handelt, treffen Sie sich privat mit ihm. Sie haben ihn auch nicht darauf hingewiesen, dass Sie sozusagen außerdienstlich ermitteln, also könnte er Ihnen unter falschen Voraussetzungen Dinge erzählen, die dafür geeignet wären, ihn selbst zu belasten und wir können nichts davon verwenden."

„Hofrat Sassmann", erwiderte Bernauer, „ich habe trotz meiner Ermächtigung kaum eine Möglichkeit gehabt effektiv vorzugehen. In erster Linie verstehe ich die tschechische Sprache nicht und außerdem ist Prag beinahe eine Tagesreise von Salzburg entfernt. Überlasse ich bei jedem Hinweis oder Verdacht die jeweilige Recherche den tschechischen Behörden, bin ich eigentlich völlig überflüssig. Mir bleibt nur der Umweg über halb verdeckte Ermittlungen."

„Notwendigkeit und Recht divergieren hier etwas, ich weiß und es ist mir ja auch nur wichtig, den status quo abzustecken. Andererseits müssen wir uns der Tatsache bewusst sein", meinte Sassmann, „wenn es hier um wesentlich mehr als den Mord an dem Model geht, liegt auch das Risiko entsprechend höher und in diesem Balanceakt müssen Sie ganz allein entscheiden."

162

Bernauer ging in sein Zimmer zurück und setzte sich an den Computer. Noch im Gedanken an die Unterhaltung mit Sassmann machte er sich an die Überprüfung seiner eingegangenen E-Mails und fand eine Nachricht von Dr. Kapnic vor, der sich auf das in Prag mit Markovsky geführte Gespräch bezog, mit der Bitte, er möge den Anhang öffnen.

Es handelte sich um die Kopie des Aktes über den Tod der jungen Frau, die im Teich des Stromovska-Parks ertrunken war. Auch eine Lageskizze, Fotos der Leiche und Detailfotos der Verletzungen waren beigefügt worden.

Bernauer sah die Bilder an, die Spurensicherung und Pathologie gemacht hatten.

Lange konnte die junge Frau nicht im Wasser gelegen haben, als sie gefunden wurde, denn ihre Haut war weder aufgeschwemmt noch hatte sie sich verfärbt. Die Gestalt erschien mädchenhaft und grazil, nur das schmale Gesicht wirkte erschöpft, ältlich und gegenstandslos.

Er las das Protokoll.

Das Mädchen war von Spaziergängern im Teich gefunden worden, aber die Identität der jungen Frau war bis dato nicht eruiert worden. Allerdings, dachte Bernauer, wäre es möglich, dass der entstellende Zustand der Leiche die Kenntlichkeit des Gesichtes bis zu einem nicht unbeachtlichen Grad beeinträchtigt haben mochte und sofort hatte er eine Parallele zum Fall des erstickten Mädchens im verfallenden Henkerhaus vor Augen. Auch ihre Gesichtszüge trugen einen ähnlichen Ausdruck.

Die Frau war, laut Gerichtsmedizin, seit etwa fünf Stunden tot gewesen, als sie gefunden wurde. Ihre Werte wiesen größere Mengen Alkohol und Crystal Meth auf. Außerdem hatte sie mit mehreren Personen Sexualverkehr gehabt.

Schultern und Arme wiesen Spuren von Gewalteinwirkung auf, der Hinterkopf war mit einem Metallgegenstand eingeschlagen worden. Bekleidet war sie mit einem übergroßen, weißen T-Shirt, Unterwäsche und Schuhe waren nicht vorhanden. Das Haar trug sie unmodisch zu einer Lockenfrisur aufgesteckt und ein Blecharmreifen hatte sich fest in den rechten Oberarm gedrückt. Das Alter des Mädchen hatte der Gerichtsmediziner auf sechzehn bis achtzehn Jahre geschätzt.

Bernauer überlegte. Konnte der Tod dieser jungen Frau Berührungspunkte zu seinen eigenen Ermittlungen in Salzburg haben? Auch sie hatte anscheinend niemand gekannt.
Außerdem ertrank sie nahe der Stelle, an der auch der Rollstuhlfahrer verunglückt war. Beide Fälle hatten genau genommen nichts miteinander zu tun, aber beides war ganz in der Nähe der noblen Villa des Stadtrates geschehen, der durch seine Bekanntschaft mit dem Starfotografen Meston als Randfigur aufgetaucht war. Meston wiederum stand im Zusammenhang mit Irina und hatte sich möglicherweise in Salzburg Haschisch besorgt.

Natürlich konnte das Mädchen eines von denjenigen Jugendlichen gewesen sein, die sich in den öffentlichen Anlagen auch in der Nacht herumtrieben und sicherlich leicht an Drogen herankamen, wobei man aber den Zustand der jungen Frau sogar in Insiderkreisen ziemlich treffend als zugedröhnt bezeichnet hätte. Vielleicht war sie auch dazu gezwungen worden und dann hatte es sicherlich keine besondere Mühe gekostet, sie so lange unter Wasser zu drücken, bis sie ertrunken war.

164

Natürlich wusste Bernauer, dass seine Assoziationen ziemlich spekulativ waren, besonders im Hinblick auf einen Vergleich zu seinem Fall im Salzburger Henkerhaus.

Er fingerte an seinem Handy herum, fand dann endlich die Nummer von Eloise.

„Die Polizei schläft nicht", meldete sie sich, da sie seine Handynummer erkannt hatte, „aber lässt mich links liegen."

„Das stimmt ganz und gar nicht", beteuerte Bernauer, „ich brauche Sie nämlich in meinem Büro und zwar so bald wie möglich. Einen Wagen nach Fuschl kann ich Ihnen schicken, daran soll es nicht scheitern."

„Das geht schon in Ordnung, ich bin in der Stadt und sitze mit Chantal im Sacher. Wo ist Ihr Büro?"

„Dann lasse ich Sie vom Sacher abholen, das spart uns beiden eine Menge Zeit."

Eloise wurde von einem Beamten aus dem Wachzimmer zu ihm hinaufbegleitet und musste dort ziemliches Aufsehen erregt haben. Sie trug ein aufregendes Ensemble in Rot, gleichfarbige Schuhe und einen roten Leder-Shopper. Dazu strahlte sie über das ganze Gesicht.

Bernauer ging ihr entgegen und bat sie Platz zu nehmen.

„Zwei Fenster auf den Park und die Sitzgarnitur in Mikrofaser, Sie müssen schon einer der Bonzen sein", bemerkte sie lobend.

„Nur Leiter der Mordkommission, und Mikrofaser ist nicht besonders feudal."

„Sie stellen Ansprüche wie ein spleeniger Kunde Murads", sagte sie leicht spöttisch, „bringen wir es also hinter uns."

165

Joschi Bernauer holte aus seiner Schreibtischlade das Bild des ertrunkenen Mädchens und legte es wortlos vor Eloise auf den Schreibtisch.

Eloise richtete sich ruckartig auf, äußerte sich aber nicht. Da wusste er instinktiv, dass er einen Treffer gelandet hatte.

„Haben Sie diese Frau schon irgendwo gesehen?"

„Sie sieht so merkwürdig aus."

„Nicht weiter verwunderlich, sie ist ertrunken und war vollgepumpt mit Drogen, kein schöner Anblick."

„Gibt es einen Grund, warum Sie mich das fragen, was habe ich damit zu tun?"

„Ich denke da an nichts persönliches, aber dieses Mädchen war noch sehr jung und anscheinend vermisst es niemand in Prag. Eigenartigerweise wurde es an einer Stelle im Park gefunden, die in gewissem Zusammenhang zur Künstlerszene steht, auch durch andere Vorfälle. Warum wollte sie niemand identifizieren? Verkehrte sie eventuell in illegalen Kreisen?"

Er sah sie fragend an.

„Für immer wird das Geheimnis aber nicht ungelüftet bleiben, dafür sorgt jetzt zusätzlich auch der internationale Ermittlungsdienst. Wenn sich herausstellen sollte, dass die junge Frau von jemandem erkannt wurde, der dies verschwiegen hat, wird man sich unweigerlich mit dieser Person auch aufenthaltstechnisch näher befassen müssen, oder sie könnte es zum Beispiel sogar gewesen sein, die dem Kind die Drogen geliefert hat und tut es vielleicht bei vielen anderen noch immer."

Eloise war blass geworden.

„Aber, wenn Ihnen jemand helfen sollte und möglicherweise

einen Hinweis geben könnte, würde es dann nicht ebenso ablaufen, wie Sie es eben gesagt haben?"

„Wenn man mir hilft", sagte Bernauer ernst, „weiß ich das zu schätzen und ich bin auch ein guter Verbündeter bei jeglichem Ärger."

Es dauerte noch einige Sekunden, dann nickte Eloise entschlossen.

„Na gut, ich kannte sie. Nicht sehr gut, aber immerhin."

„Warum haben Sie das nicht bei der Polizei gemeldet?" fragte Bernauer neugierig.

„Wir Freaks leben den größten Teil des Jahres in Prag. Die Kunstszene ist gut und wir versuchen in dieser Stadt unsere Träume umzusetzen und da ist das Leben für die meisten von uns auch noch einigermaßen erschwinglich. Aber es ist ein Fehler, zu erwarten, dass hier die gleiche Schlamperei und Nachsicht Deutschlands oder Österreichs gegenüber ausländischen Staatsbürgern herrscht. In Tschechien gilt leben und leben lassen, ähnlich wie bei uns in der Schweiz. Wir können unserer Wege gehen und sind so lange gerne gesehen, wie wir uns nichts zu Schulden kommen lassen. Andernfalls wäre es aus.

Keiner von uns will daher diesen sicheren Zustand gefährden, indem er auch nur im Dunstkreis einer Straftat auftritt. Wenn ich nicht völlig danebenliege, haben Sie mir vorhin selbst mit derartigen Folgen gedroht."

Bernauer musste zugeben, dass er genau das getan hatte und sagte daher begütigend: „Ich hatte damit nicht explizit Sie gemeint, es ist nur eine Möglichkeit."

„Verstehe."

„Ich möchte unser Gespräch aufzeichnen, sind Sie einverstanden?"

167

„Ja, wenn es sein muss."

Eloise entspannte sich etwas und zeigte dann auf das Bild der Toten.

„Sie ist vermutlich auch nicht zufällig ertrunken, sie wurde im Teich umgebracht?"

„Ja, und sie war vollgepumpt mit Drogen."

„Leider weiß ich den richtigen Namen des Mädchens nicht, sie wurde von allen nur Myš gerufen, das ist Maus auf Tschechisch, weil sie jung und so schüchtern war. Sie nahm jede Arbeit an, auch die schlechteste, war jedermann gefällig und blieb daher weitgehend unbeachtet. Es wurde gelegentlich gesagt, sie wäre gebürtige Russin und sei illegal über die Grenze gekommen. Genaueres wusste niemand, aber sie war ein hübsches Mädchen. Ein sehr hübsches sogar."

„Wenn Sie nun ganz gezielt nachdenken", half Bernauer nach, „könnte es nicht doch sein, dass Ihnen der Name der Person einfällt, die sich über die angebliche Russin geäußert hat?"

Er war jetzt ganz sicher, dass sie ihn wusste.

„Sehen Sie", sagte sie gepresst, „es sind doch schon so furchtbare Dinge geschehen, ich will keinesfalls die Schuldige an weiteren Unglücksfällen sein."

„Hier soll niemand in Gefahr gebracht oder bestraft werden, im Gegenteil, es sollen nur zukünftige Straftaten verhindert werden und Unschuldige geschützt."

„Es war Detlef König", sagte sie entmutigt, „Sie wollen ihn doch nicht auch noch weiterhin gefährden?"

„Sie glauben also nicht, dass er unabsichtlich vor die Straßenbahn gestoßen wurde?"

„Natürlich nicht, niemand glaubt das, nur die Polizei, und die wird schon ihre Gründe haben."

„Vielleicht ist die Polizei gar nicht so bemüht wegzusehen, vielleicht hatte sie nur nicht die Informationen, die sie gebraucht hätte. Woher glauben Sie, habe ich das Bild und den Akt des toten Mädchens? Von der Mordkommission in Prag."

Eloise überlegte.

„Myš hatte Detlef gebeten einige Aufnahmen von ihr zu machen. Man hatte sie vor der Synagoge angesprochen, ob sie nicht Lust hätte, in einem Film mitzuspielen und sie dann auch zu einer diesbezüglichen Besprechung am darauffolgenden Wochenende eingeladen. Myš war schrecklich aufgeregt und Detlef, der gutmütige Kerl, hat ihr den Gefallen auch getan. Dabei hat sie ein wenig von sich gesprochen und Detlef hat es dann natürlich Irina erzählt und die hat mich ins Vertrauen gezogen."

„Und was geschah dann?"

„Weiter kenne ich die Geschichte nicht. Ich bin auch nicht sicher, ob ich Myš nach meinem Gespräch mit Irina noch einmal gesehen habe. Man kennt einander und verliert sich wieder aus den Augen, das bringt die Szene einfach so mit sich. Manchmal hat man ein Engagement, dann wieder nicht, einige gehen dazu ins Ausland, andere wandern ab in die Bürgerlichkeit und einige heiraten auch reich. Manches Mädchen postet sich auf Facebook im Swimmingpool und obwohl man sich schon viele Monate nicht mehr gesehen hat, klicken jede Menge Freunde auf ‚gefällt mir'. Von einigen hört man dann nie wieder. Wenn man nicht wirklich gut befreundet ist, heißt es, aus den Augen aus dem Sinn. Wir müssen Egoisten sein, anders läuft das ganze nicht."

Hier, sah Bernauer, kam er nur weiter, wenn er König selbst befragte und dies setzte leider wieder eine weitere Reise nach Prag voraus, denn dass König seine Geschichte einem tschechischen Polizisten erzählen würde, wusste er, war ausgeschlossen.

„Welche Art von Mensch ist eigentlich Karel Meston?" ging er sprunghaft auf ein neues Thema über.

„Meston?" fragte sie überrascht, „Meston ist Meston, das Genie mit der Kamera. Wieso fragen Sie?"

„Weil er nicht unbeteiligt ist an diesem ganzen Modezirkus."

„Darauf können Sie Gift nehmen, wenn er will sieht eine Kuh aus wie eine Gazelle und ein Trampel wie Julia Roberts. Er schafft unglaubliche Illusionen. Die Mädchen verehren ihn."

„Gehören Sie auch dazu?"

„Ich bewundere ihn sehr, ja."

„Und er, wie steht er im Allgemeinen zu weiblichen Wesen?"

„Ich glaube, ziemlich unbeteiligt, er wirkt immer ein wenig herablassend."

„Wieso herablassend?"

„Sehen sie, die Menschen sind eitel, allesamt, Männer ebenso wie Frauen, auch wenn sie es nicht zugeben wollen. Sie möchten sich in der Zeitung, im Fernsehen oder auf geschönten Fotos sehen und nehmen alles dafür in Kauf, ein einziger Jahrmarkt der Eitelkeiten. Immer mehr scheinen, als sein und zwar auf so ziemlich jedem Gebiet. Und diesen Gott der Eitelkeiten, in einer Blase heißer Luft, befriedigt unangefochten der geniale Fotograf.

Viele Mädchen erhoffen sich durch ihn den Beginn einer Karriere und lassen sich dafür arrogant behandeln und anderes mehr. Viele sind bereits hocherfreut, wenn sie in seinem Kielwasser wenigstens an einem Blender oder manchmal sogar einem ernst zu nehmenden Prominenten vorbeisegeln dürfen. Dies mindert natürlich in Karels Augen den Respekt vor den Menschen beträchtlich, es wird ihm einfach alles zu leicht gemacht."

„Aber zu Chantal hatte er eine nähere Beziehung."

„Es wird so gesagt."

„Sie glauben es nicht?"

„Doch". Sie hatte leicht gezögert.

„Aber?"

„Sie könnten auch nur sehr gute Freunde gewesen sein, sicherlich jedoch war sie so etwas wie seine Muse."

„Denken Sie, er sei schwul?"

„Keine Ahnung, hetero oder schwul, vielleicht auch bi, er hält sich da vollkommen bedeckt und wen interessiert das schon?"

„Könnten Sie sich vorstellen, dass er mit dem Tod Irinas zu tun haben könnte?"

„Karel fotografiert die Mädchen für gutes Geld, aber ich bin sicher, er bringt sie nicht um."

„Auch wenn er ein Geheimnis hätte, das nicht ans Tageslicht kommen sollte?"

„Dann wäre Irina die letzte gewesen, die es herausgefunden hätte.

Warum verkrallen Sie sich überhaupt so in Karel? Er ist ziemlich unzugänglich und herrisch, aber er hat sich auch schon sehr oft von Chantal vor den Karren spannen lassen und den Mädchen dort geholfen, wo sie alleine niemals weiter gekommen wären. Schlagen Sie zum Beispiel die Zeitschriften Madame und Vogue auf, Sie werden da immer wieder Bilder von Ariane sehen. Sie war ebenfalls Model bei Murad, heute jobbt sie auf der ganzen Welt und Karel hat das schöne Mädchen, das leider unheilbar stottert, trotzdem auf die Titelseiten gebracht."

„Karel Meston hat sich hier in Salzburg Haschisch verschafft."

„Und bei der kleinen Myš fand man, nachdem sie aus dem Teich gezogen wurde, ähnliches im Blut, wollten Sie das andeuten?"

Sie schüttelte ungläubig den Kopf.

„Wissen Sie wirklich nicht, wie viele Menschen das Zeug nehmen, um besser über die Runden zu kommen? Die melden sich nicht freiwillig bei der Polizei, sie tun es einfach, so wie andere sich krankfressen oder blödsinnig saufen. Ich würde mich da zum Beispiel ohne Zögern für Hasch entscheiden."

Sie war jetzt deutlich ärgerlich.

„Außerdem", begann sie wiederum, „woher wollen Sie denn überhaupt wissen, dass er das Zeug gekauft hat, erzählt wird er es Ihnen doch sicherlich nicht haben."

„Er hat sich erkundigt wo Bergheim liegt, da klingelt bei uns Polizisten in Salzburg sofort die Alarmglocke."

„Bei wem hat er sich erkundigt, bei Ihnen?"

„Natürlich nicht."

„Chantal?"

„Vielleicht."

„Und sie ist damit zu Ihnen gelaufen?"

„Sie hat es nebenbei erwähnt, woher sollte sie wissen, was er dort wollte."

„Unterschätzen Sie Chantal nicht. Er muss sie geärgert haben."

„Geärgert?"

„Manchmal tanzt er eben nicht nach ihrer Pfeife."

172

Dies hatte Bernauer bereits von Meston selbst zu hören bekommen. Chantal schien ihre caritative Sendung also ziemlich rigoros zu verfolgen.

Eloise schien seine Gedanken zu erraten. Sie kniff ein Auge zu und nickte grinsend: „Sie bestraft ihn auf ihre Weise."

„Wie steht es inzwischen mit Ihrer Freundin Leni", fragte Bernauer, „was ist mit dem Tanz der Vampire?"

„Daraus ist leider nichts geworden, aber sie hat jetzt ein anderes Angebot."

„Und wem wiederum verdankt sie diese Engagements?"

„Einer privaten Empfehlung Murads."

„Was hat denn Murad damit zu tun? Er sollte sie doch nur gelegentlich am Laufsteg beschäftigen und auch das war noch nicht sicher."

„Ich weiß es nicht und Leni ist das auch völlig egal. Sie hat das Schreiben Murads in den Unterlagen des Agenten gesehen und ist hochzufrieden, jetzt schon als Tänzerin untergekommen zu sein."

„Eine Frage noch: „Kennen Sie den Architekten, Stadtrat Miroslav Nowotny?"

„Nein, wer sollte das sein?"

„Nur ein Bekannter Karel Mestons."

„Aha, nein. Nie gehört."

Eloise schickte sich nun an aufzustehen.

„Ich denke", sagte sie, „ich habe jetzt ausreichend aus der Schule geplaudert, können wir das Verhör jetzt abbrechen?"

Bernauer schaltete das Mikro ab.

„Ich wäre mehr als zufrieden, würden Verhöre so angenehm und erfolgreich ausfallen wie Ihre Zeugenaussage eben."

„Ach, das war eine Zeugenaussage. Worin liegt da eigentlich der Unterschied?"

173

„Ganz sicher einmal darin, dass wir Zeugenbefragungen in möglichst entspannter Atmosphäre führen, für Verantwortliche und Täter wird das ganze eher unbequem und beklemmender ausfallen und unverfängliche Fragen stellen wir auch nur zu Beginn."
Er grinste: „Reicht das für den Anfang?"
„Trotzdem", sagte sie, „ich fühle mich ausgequetscht und unbequem. Habe ich jetzt nicht Anrecht auf eine kleine Belohnung für überschießend willige Zeugenschaft? Mir schwebt da zum Beispiel ein kühlendes Getränk an einem etwas netteren Ort als dem Polizeipräsidium vor, natürlich unter Aufsicht des leitenden Beamten."

Wenn sie weniger Testosteron hätten, wären sie ein wundervoller Seelenhirte geworden, hatte Hofrat Sassmann behauptet und genau jetzt eben fühlte Bernauer, dass er ganz sicher nicht zum Seelenhirten berufen war und auch den brüchigen Boden am Bankett der Legalität war er sofort gewillt wieder zu betreten.
„Waren Sie früher schon in Salzburg?" fragte er.
Eloise schüttelte den Kopf.
„Dann sollen Sie jetzt den besten Blick von oben her haben, den man bekommen kann. Wie sind Sie von Fuschl hierhergekommen?"
„Mit dem Shuttledienst des Hotels", antwortete sie.
„Ich werde Sie anschließend zurückbringen lassen", versprach er.
„Danke", antwortete sie, „aber das ist schon geregelt."

174

Die Imlauer Sky-Bar ist eine der eindrucksvollsten Adressen Salzburgs für kultivierte Genießer und bietet einen traumhaften Wohnzimmerausblick nach allen Seiten hin.

Bernauer und Eloise nahmen in den roten Lederstühlen an einem Tischchen neben der riesigen Panoramaglaswand der eleganten Bar Platz.

„Das nimmt mir glatt den Atem", sagte Eloise beeindruckt, „gestattet das Budget der gestrengen Polizei die Labung einer schlichten Zeugin in einer derart luxuriösen Umgebung?"

Bernauer fand ihr spitzbübisches Lachen zauberhaft.

„Darüber machen Sie sich keine Gedanken", sagte er, „einer schönen Frau kommt man überall entgegen. Stört es Sie, wenn ich mich meinerseits handfest für eine Biertulpe entscheide?"

„Stört es Sie, wenn ich mitziehe?"

„Ganz und gar nicht", grinste Bernauer, „und ich werde mein möglichstes tun, auch den Barmann zu überzeugen."

Der Kellner würde vermutlich sogar Leitungswasser gebracht haben, wenn Eloise es verlangt hätte, denn sein bewundernder Gesichtsausdruck war erheiternd eindeutig und Bernauer fühlte sich angenehm von ihm beneidet.

„Diese Branche ist nichts für mich", dachte er, sich selbst zur Ordnung rufend, „zu viele schöne Frauen und manche auch noch faszinierend klug."

Sie hoben jetzt leicht ihre Gläser gegeneinander und genossen den ersten kühlen Schluck.

175

Eloise setzte ihr Glas ab und sah ihn forschend an: „Ich frage mich, was macht ein Mann wie Sie bei der Mordkommission?"

„Er spürt die Bösen auf und wirft sie dem Staatsanwalt in die Futterkrippe", gab er mit ernstem Gesicht zur Antwort. „Lassen Sie sich von mir nur ja nicht als Giftmischerin oder Hexe überführen, ich fühle mich streng an meinen Diensteid gebunden."

„Machen Sie sich da einmal keine Sorgen", konterte sie kühl, „in so einem Fall übergehe ich Sie natürlich und klemme ich mich sofort hinter den Staatsanwalt."

Bernauer konnte sich gut vorstellen, dass sie dort keine schlechten Chancen haben würde.

„Erklären Sie mir den Ausblick", sagte sie plötzlich, „zeigen Sie mir Ihre Stadt."

„Meine Stadt? Ich bin in Wien geboren, aufgewachsen in Wien und am Semmering und habe auch in Wien studiert. Natürlich lebe ich gerne in Salzburg."

„Warum sind Sie dann nicht in Wien geblieben?"

„Traurige Erinnerungen, aber ich fühle mich hier sehr wohl, in jeder Hinsicht. Es ist ein Ort zum Bleiben."

Sie gingen jetzt die Brüstung der Terrasse, die den langen Raum begrenzte, entlang und Bernauer erläuterte all die Sehenswürdigkeiten, die zum Teil noch im Glanz der untergehenden Sonne aufzuleuchten schienen, um dann langsam und geheimnisvoll in den blauen Schatten der einfallenden Dunkelheit zu versinken.

„Hier kann man die Musik und die Lebenslust über der Stadt förmlich schweben sehen", sagte Eloise.

Bernauer lächelte: „Und doch lauern auch hier düstere, gefährliche Orte auf ihre Opfer, manche verbergen sogar unendlich viele und schreckliche Geheimnisse."

„Würden Sie mich opfern?"

„Mit Vergnügen, wenn wir ausreichend Zeit hätten."

„Dann erzählen Sie mir wenigstens eine dieser Geschichten, ich bin äußerst neugierig."

„Wollen wir dazu nicht besser ins Restaurant wechseln?"

„Das wäre zu schön und ich danke Ihnen auch sehr für die wunderbare Stadtführung von oben her, aber ich muss in einer halben Stunde an der Brücke sein, sonst versäume ich meinen Lift."

Bernauer sah sie verständnislos an.

„Karel nimmt mich mit ins Hotel zurück."

„Ach, er ist Ihr Lift", sagte er. „Dann begleite ich Sie natürlich dorthin, denn auch Brücken bergen manchmal abgrundtiefe Gefahren."

Und wieder huschte ein Lächeln über Eloises Gesicht.

„Was tut ein Mann wie Sie bei der Mordkommission?" sagte sie noch einmal. Für ihn klang es, als hätte sie sich selbst die Frage gestellt.

Als Bernauer ins Büro zurückkam lag ihm die Meldung vor, dass der Regisseur gefunden worden war, in dessen Pornofilm „Rolly sticht Molly" das tote Mädchen aus dem Henkerhaus die weibliche Hauptrolle gespielt hatte.

Seine Adresse lag im Industrieviertel nahe der Autobahn und Bernauer beschloss, auf Verdacht hin dort jetzt noch aufzukreuzen.

Vielleicht hatte er Glück und der Mann befand sich in seinem Studio. Natürlich hätte er ihn auch aufs Präsidium bestellen können, aber, abgesehen davon, dass er neugierig war, eines dieser Ateliers selbst einmal zu sehen, wer konnte schon wissen, was da vielleicht noch zu Tage kam, wenn der Regisseur auf seinen Besuch nicht vorbereitet war.

Das Studio befand sich, nicht als solches erkennbar, in einem ehemaligen Lagerraum eines Herstellers für Verpackungsmaterial. Da aus zwei Fensterschlitzen unter dem Dach der Baracke Licht fiel, musste sich hier jedenfalls noch jemand aufhalten.

Der Beamte aus der Wachstube, der Bernauer gefahren hatte, klopfte mit der Faust gegen die rostige Metalltüre, worauf sich der Schall donnerhaft im Inneren der Halle fortsetzte.

Nach einigen Minuten wurden hörbar zwei Riegel zur Seite geschoben. Gleich darauf öffnete sich die Tür und ein unmutiges Gesicht, auf dessen Stirne Schweißperlen standen, schob sich durch den geöffneten Spalt. Die Augen glitten rasch und abwägend über die beiden Männer vor der Baracke und was sie sahen, gefiel ihnen offenbar nicht.

„Verschwinden Sie, hier wird gedreht!" nuschelte die fischköpfige Figur und versuchte die Tür wieder zu schließen.

Bernauers Begleiter stellte den Fuß in den Spalt und zwang den Mann dazu, der Aufforderung die Türe zu öffnen, nachzukommen.

„Haben Sie einen Durchsuchungsbeschluss?" fragte er, „wenn nicht, machen Sie die Fliege."

„Eigentlich wollte ich Sie jetzt lediglich sprechen", sagte Bernauer, „aber Sie können auch gerne morgen meiner Vorladung aufs Präsidium Folge leisten. Dass ich bis dorthin auch einen richterlichen Befehl habe, um Ihre Bude genauestens auseinanderzunehmen, darauf können Sie Gift nehmen."

Zögerlich ging nun die schwere Tür auf und Bernauer sah, dass es sich um eine Art Luftschutzkellertür handelte, mit je einem Verschlusshaken oben und unten.
„Wie bei einem Banktresor", dachte er.
Das Atelier selbst bestand aus aufgestellten Pritschenwänden in einer Ecke der Halle, sechs Scheinwerfern, einer Kamera, mehreren Stativen und einer überdimensionalen Futon-Liege, die schwarz bezogen war.
Zwei weibliche Wesen, nur mit roten Netzstrümpfen, schwarzer Ledermaske und einem roten Bändchen um den Hals bekleidet, hockten links und rechts an der Bettkante und hielten je eine Hand der am Bett liegenden Frau im schwarzen Schleier nieder, sodass sie bewegungsunfähig auf dem Rücken lag. Vor ihren gespreizten Beinen kniete ein Mann von ungeheuerlichem Ausmaß. Riesig von Statur, mit einer wahren Anhäufung von Muskelbergen und Tätowierungen glich er eher einem überdimensionalen Gorilla als einem Menschen.
Zur Überraschung Bernauers und seines Begleiters hatte dieser ungeschlachte Kerl offenbar nicht begriffen, dass seine schweißtreibende Action im Moment nicht mehr gefordert war.
„Schluss jetzt", sagte der Regisseur, „ich brauche eine Sitzgelegenheit für die Herren."

179

Erst als die Gruppe der Darsteller hinter den grauen Planen verschwunden war richtete Bernauer seinen Blick auf den schwarzen Bademantel, den der Regisseur trug.

„Spielen Sie auch mit in dem Film?" fragte er, aber der Mann gab keine Antwort.

„Was wollen Sie wissen?" meinte er gedehnt, „Sie sehen, ich bin bei der Arbeit."

„Sie sind Howdy Miller und österreichischer Staatsbürger." Howdy nickte, „Und ein anständiger Steuerzahler."

Bernauer ignorierte diese Bemerkung und schob das Cover des mitgebrachten Pornofilms in seine Richtung.

„Das ist doch Ihr Werk", sagte er, „ich möchte lediglich wissen, wer dieses Mädchen ist."

„Geht sie auf den Strich?" fragte der feiste Mann im schwarzen Mantel, der offensichtlich die Stelle als Regisseur und Kameramann in Personalunion ausfüllte, ungerührt.

„Wie kommen Sie darauf?"

„Weil ich sie seit Wochen nicht mehr gesehen habe und wie sonst sollte sie ihre Brötchen verdienen."

„Haben Sie nicht versucht sich mit ihr in Verbindung zu setzen?" wollte Bernauer wissen.

„Nicht gut möglich", raunzte der Dicke, „sie hat keine feste Adresse, ich weiß lediglich, dass sie Luca heißt und vermutlich im Nachnamen Zadra."

„Woher kommt sie?"

„Aus Serbien, oder vielleicht Kroatien, das ist mir nicht so genau bekannt, diese Mädchen kommen und gehen. Wenn eines so unverlässlich ist wie Luca, kann es zum Teufel gehen."

„So einfach ist das? Haben Sie keine Verträge mit ihren Schauspielern?"

„Ha, Verträge. Ich sagte doch schon, die kommen und gehen, es gibt sie wie Sand am Meer und Luca bekam den Dreh ohnehin nicht richtig raus, wenn sie nicht so hübsch gewesen wäre, hätte ich sie längst gefeuert."

„Diese Mädchen sind nicht versichert, haben vielleicht keine Arbeitserlaubnis und unterstehen keiner amtsärztlichen Untersuchungspflicht?"

Miller zuckte die Achseln,

„Künstler und Akrobaten sind Freiberufler und werden stündlich bezahlt, ihren sonstigen Scheiß müssen sie sich schon selbst regeln."

Bernauer zog Fotos des toten Mädchens im Henkerhaus aus der Tasche und hielt sie dem Dicken vor die Augen.

„Erkennen sie die hier?" fragte er.

„Luca? Ist sie tot?" fragte Howdy, „wieso?"

„Sie wurde im alten Schafrichterhaus in Gneis gefunden. Gestorben ist sie allerdings bereits einige Tage zuvor. Wie Sie sehen, trug sie nur ein merkwürdiges Büßerhemd und eine Augenbinde. Die Hände waren gefesselt und hielten einen Kranz, der um ein Kreuz gebunden war, als ob man sie zu einer Exekution geführt hätte."

„Na und", stellte der Regisseur fest, „eine Dekoration wie jede andere auch, nicht besser, nicht schlechter."

Bernauer beschlich nun der dringende Verdacht, dass sich der Mann zu langweilen begann. Offensichtlich musste er jetzt mit stärkeren Mitteln auf Trab gebracht werden.

„Merkwürdiger Weise trug das Mädchen unter dem Kittel einen breiten Ledergürtel um den Brustkorb mit einer massiven Metallöse im hinteren Teil. Wozu sollte das gut sein? War es Ihr Werk?"

„Hören sie", sagte der Regisseur nachdenklich, „wir beschäftigen uns hier ausschließlich mit ästhetischer Erotik und ich habe bereits einige Auszeichnungen dafür erhalten. Ich lege Wert auf hochwertiges Niveau und dies hier", er zeigte auf die Fotografie, „ist eine völlig andere Sache."

Er wandte sich wieder Bernauer zu: „Wie spricht man Sie übrigens korrekt an? Major?"

Da wurde es Bernauer schlagartig klar, dass er es, trotz dieses schäbigen Ateliers, mit keinem Unbedarften zu tun hatte. Dieser Mann bezog seine Kenntnisse aus dem Umgang mit der Kriminalität und nicht von der passiven Seite her, der hatte persönliche Erfahrung. Keiner der fernsehgebildeten Zuschauer dilettantischer Kriminalfilme wusste nämlich, dass die Diensttitel der Polizei in Österreich denen des Bundesheers glichen. Hier lag größeres Potential vor, als er anfangs angenommen hatte.

„Major", sagte er, „das ist schon in Ordnung."

„Also, Major, was es mit Filmen der anderen Sorte auf sich hat, die speziell für den diffizilen Geschmack einiger Liebhaber gedreht werden", er unterbrach sich durch ein abstoßendes polterndes Lachen, „wobei schon der Ausdruck ‚einiger' wohl etwas dämlich ist, das geht bereits aus der Intensität der Verkaufszahlen in dieser Materie hervor. Mir fehlen allerdings für dieses Gebiet die Möglichkeiten."

„Das müssen Sie mir dann schon erklären", entgegnete Bernauer ruhig, „denn mir fehlte bis jetzt die Möglichkeit zu Ihrer Intensität der Kenntnisse in dieser Materie."

„Wollen Sie mich auf den Arm nehmen oder steht die Kriminalpolizei noch immer auf dem Niveau des vorigen Jahrhunderts?" ereiferte sich Howdy Miller. „Hier sollte ein Snuff gedreht werden, das ist doch sonnenklar. Allerdings nicht mit einem tatsächlichen Mord."

Bernauer sah ihn unbewegt an.

„Snuff", sagte Miller belehrend, „ist die filmische Aufzeichnung eines Mordes, der zur Unterhaltung des Zuschauers begangen wird. Hier sollte er nur fingiert werden."

Einer entsprechenden Handbewegung Bernauers folgend, bequemte er sich schließlich zu einer weiteren Erklärung.

„Wie Sie das ganze so schildern, wurde das Mädchen bei der Aufnahme durch ein Seil, das durch die Öse an der hinteren Seite des Gürtels führt, unsichtbar auf einen Galgen gezogen. Die Schlinge um ihren Hals ist lediglich Dekoration und die geile Chose besteht nur aus der begnadeten Schauspielkunst des getürkten Opfers, ersticken kann dabei niemand, es kann sich höchstens um einen Unfall gehandelt haben. Dass allerdings das Henkerhaus als Kulisse benutzt worden ist, zeigt die Qualität des Herstellers. Ist der Galgen noch original?"

„Der Mann hat das Gemüt eines Fleischhackerhundes", dachte Bernauer.

„Nein", sagte er, „und gestorben ist sie auch nicht durch Strangulation, aber ihr Tod war tatsächlich die indirekte Folge dieser Praktik. Wie kommen Sie allerdings dazu von Ersticken zu sprechen?"

„Na, also bitte, Major. Dieses Foto und dann die Requisitenbeschreibung. Halten Sie mich für bescheuert?"

Genau das, wusste Bernauer, war Miller nicht.

„Kommen wir zum Wesentlichen", sagte er, „wer aus der Branche kommt für derartige Filme in Frage? Und erklären Sie mir jetzt nicht, Sie wüssten es nicht."

„Echte Snuffs werden nicht in Ateliers gedreht, sondern an Tatorten, wie zum Beispiel während des Krieges oder ähnlichem. Für gestellte Filme dieses Genres kommen aber schon einige Produzenten in Frage, nur auf österreichischem Boden ist mir soweit niemand bekannt."

„Und im Ausland?"

Miller lächelte salbungsvoll: „Man hört schon gelegentlich dies oder das, aber Namen gibt es grundsätzlich nicht. Ist doch verständlich? Außerdem kaufe ich keine Filme, ich erzeuge sie, warum sollte ich also diverse Fachkenntnisse besitzen?"

„Vielleicht könnte ein gelber Lamborghini eine dienliche Gedächtnisstütze für Sie sein?"

„Einer aus der Branche besitzt so ein Geschoss?" fragte Miller grinsend. „Alle Achtung, leider nicht meine Liga."

„Howdy", fragte eine Stimme hinter der Plane, „was ist denn jetzt mit uns?"

„Halt die Fresse Pussi, Dich hat kein Mensch gefragt."

„Woher kommt eigentlich Howdy?" fragte Bernauer.

„Howdy Miller ist mein rechtlich gesicherter Künstlername", gab Miller zur Antwort. „Ich habe genug dafür bezahlt."

„Hannibal Diesenreiter heißt er", kreischte die Stimme der betrunkenen Pussi aus der Dekoration, „aber weil er keine Elefanten hat, treibt er jetzt Preisbullen über die Venushügel."

„Mädchen, Mädchen, das wird dich teuer zu stehen kommen, sobald ich diese Arena der Lust verlassen habe", war sich Bernauer sicher.

Obwohl er von Miller für diesen Abend sichtlich keine weiteren Auskünfte mehr erwarten konnte, war er durchaus zufrieden. Hätte er ihn vorgeladen, wäre er gewarnt und weniger spontan gewesen und die Milieustudie, die Bernauer genossen hatte, war ein durchaus beachtlicher Schritt in die angestrebte Richtung zur Aufklärung des Falles.

184

„Wir bleiben in Verbindung", verabschiedete er sich, „hoffentlich ist Ihr Überblick in steuerlichen Belangen ebenso umfassend wie Ihr Fachwissen."

„Major", grinste fletschend das Fischgesicht, „hoffentlich sind Ihre Kompetenzen nicht ebenso so umfassend wie Ihre Hartnäckigkeit.

Hofrat Sassmann verzog keine Miene als Bernauer ihm das Ergebnis der Ermittlungen der letzten Tage berichtete.

„Wissen Sie", sagte er, als Bernauer geendet hatte, „einen ähnlichen Fall hatten wir vor gut zwanzig Jahren und ich war noch Leiter des Morddezernats. Da stellte man diese Filme an echten Kriegs- und ähnlichen Schauplätzen her, an denen die Opfer tatsächlich getötet wurden. Die Kanäle ließen sich zwar kaum zurückverfolgen, aber derjenige, der beim Verkauf dieser Machwerke erwischt wurde, nahm die Strafe auf sich, ohne seine Quelle preiszugeben. Vermutlich ist er jetzt bereits über alle Berge, aber man hat daraus gelernt und dreht sogenannte Schein-Snuffs. Ein offenbar weiterer Zweig in diesem Gewerbe."

„Und wenn wir den Pornoregisseur über die Steuer etwas unter Druck setzen würden", schlug Bernauer vor, „das könnte doch seinem Gedächtnis in wenig auf die Sprünge helfen?"

Hofrat Sassmann schüttelte lächelnd den Kopf: „Kleine Erpressung im Milieu?"

„Nein", meinte Bernauer, „man sollte sich nur immer an die Sitten und die Sprache der Beteiligten halten, dann kann man auch sicher sein, dass man verstanden wird."

„Dann werde ich versuchen, die Sache milieugerecht in Gang zu setzen, sehen wir also zu, wie sie sich entwickelt."

Bernauer hatte sich wiederum die Akten vorgenommen, die ihm von der Mordkommission in Prag zugekommen waren. Vor allem im Fall des ertrunkenen Mädchens hatte er das Gefühl, irgendetwas übersehen zu haben.

Es ging ihm hier nicht um die Tatsache, dass die junge Frau unter Drogeneinwirkung gestanden war, aber was konnte es dann sein, das bei ihm diese noch nicht fassbare Ahnung auslöste.

Wieder und wieder ließ er den Vorfall an seinem geistigen Auge vorüberziehen, wo war der Punkt, den er suchte?

Zwei Tage später, als er eben das Büro verlassen wollte, klingelte sein Handy. Es war Eloise, die anrief.

„Hallo Dr. Bernauer", sagte sie, „hier ist Eloise. Haben Sie einen Moment Zeit für mich?"

„Ja, natürlich worum geht es?" fragte er.

„Vielleicht hat es auch gar nichts zu bedeuten", meinte sie hastig, „mein Flugzeug nach Rom startet in zirka einer Viertelstunde und ich kann nichts mehr unternehmen. Leni hat mir gestern eine SMS geschickt, worin sie mir mitgeteilt hat, das Casting für das neue Musical sollte bereits am Abend stattfinden. Es wäre nämlich eine Riesentournee durch Russland geplant und jetzt sollten nur noch die Einzelheiten besprochen werden. Leni werde erfreulicher Weise als

Zweitbesetzung der Hauptrolle benötigt, da sie sofort zur Verfügung stehen könnte. Die Erstbesetzung sei nämlich vertraglich nur dazu verpflichtet, auf großen Bühnen selbst aufzutreten, für den Rest in der Provinz käme Leni sofort zum Einsatz.

Ich halte das ganze einfach für Schwachsinn, das habe ich ihr auch deutlich vor Augen geführt und ihr mitgeteilt, dass Herr Murad behauptet, von der ganzen Sache nichts zu wissen. Und jetzt noch dieses merkwürdige Angebot für eine Russlandtournee, aber Leni meint, sie sei durchaus in der Lage, die Dinge richtig einzuschätzen. Wenn ihr das ganze nicht gefiele, könne sie ja jederzeit aussteigen. Sie muss irgendwie den Verstand verloren haben.

Heute habe ich noch versucht Leni anzurufen, aber sie ist nicht zu erreichen.

Meine Maschine wird bereits aufgerufen", sagte Eloise nervös, „könnten Sie nicht die Angelegenheit ein wenig im Auge behalten? Ich wäre Ihnen sehr dankbar dafür. Darf ich Ihnen Lenis Handynummer geben und die Adresse dieser merkwürdigen WG?"

„No business like show business", murmelte er vor sich hin, „aber für meinen Geschmack läuft dies hier etwas gar zu glatt." Dabei war ihm Leni in Prag als absolut bodenständig erschienen, nur, war es denn nicht bereits verrückt, so ein Angebot überhaupt in Erwägung zu ziehen, oder musste man im Showgeschäft gewisse Risiken eingehen, um keine Chance zu versäumen? Oder machte sich Eloise, durch den Mord an Irina übersensibel geworden, nur unnötige Sorgen? Wie konnte er Dinge beurteilen, wenn das unbekannte Milieu ihn immer wieder vor neue Herausforderungen stellte? Sicher war für ihn allerdings, dass die Akteure dieser glit-

187

zernd erscheinenden Welt mit der Zeit anscheinend allesamt den Verstand verloren und jede Unbequemlichkeit auf sich nahmen, sowie sich auch nur die geringste Möglichkeit bot, den sprichwörtlichen Fuß in die Tür zu bekommen.

Er versuchte sich Leni als Vampir vorzustellen. Konnte ganz gut aussehen, fand er, ganz sicher sogar. Aber was sollte sie denn jetzt in diesem unbekannten Musical darstellen? Die schmalztriefende Diana von Wales, oder vielleicht Cleopatra, im Nahkampf mit der Schlange? Komm süßer Tod?

Und plötzlich hatte er den Faden gefunden. War die junge Frau im Teich des Prager Parks nicht mit einem riesigen hellen T-Shirt bekleidet gewesen? Er fischte das Foto aus dem Akt und besah es genau. Mit Gürtel konnte es tatsächlich eine weiße Tunika gewesen sein.

Zusammen mit den altmodisch aufgesteckten Locken und dem Blecharmreifen am rechten Arm war dies vielleicht die Maskerade einer Vestalin.

Er atmete tief durch. Hier war die Parallele, die er gesucht hatte. Die Tote im Prager Teich war möglicher Weise ebenso in kostümiertem Zustand gewesen, wie das erstickte Mädchen im Salzburger Scharfrichterhaus und in beiden Fälle gab es auch einen weiteren gemeinsamen Angelpunkt, den Dunstkreis eines mondänen Milieus.

War es in Prag die unmittelbare Nähe zur herrschaftlichen Villa des Stadtrates gewesen, so war beim Todesfall im Salzburger Henkerhaus der mögliche Zusammenhang ein Wagen der absoluten Luxusklasse. Oder war die jeweilige Assoziation von Villa und Luxuswagen zum gut betuchten Hintergrund nicht doch etwas gewagt?

Jetzt würde es unerlässlich für ihn sein, wusste er, noch einmal persönlich in Prag zu recherchieren, denn da war er

188

jetzt ganz sicher, die jungen Leute hatten bisher, vermutlich aus unterschiedlichen Gründen, noch weiteres vor ihm verschwiegen.

Die größte Schwierigkeit, außer der beachtlichen Entfernung zu Prag, bestand darin, dass alle Beteiligten immer nur bereit waren, soweit auszusagen, als es unumgänglich war. Da Bernauer Milieu und Sprache fremd war, zog sich das ganze enervierend lang hin, aber ginge er dabei auf die Befragten nicht entsprechend ein, würde jede dieser Quellen schnell restlos versiegen, allerdings wollte er seine Fahrt erst dann antreten, wenn Murad mit seinem Team aus Rom zurückgekommen war. Auch Karel Meston musste er noch einmal sprechen. Inzwischen würde er versuchen, sich um die Angelegenheit Lenis zu kümmern.

Wieder meldete sich sein Handy, diesmal war es Chantal, die ihn anrief.

„Dr. Bernauer, entschuldigen Sie die neuerliche Störung", sagte sie, aber ihre Stimme klang nicht, als ob dies für sie wirklich von Interesse wäre.

„Ich habe von Eloise erfahren, dass Leni in Wien ein Engagement antreten möchte, das so nicht vorgesehen war und die Tournee soll dann außerdem noch nach Russland gehen. Das ist doch kompletter Unsinn, gefährlicher Unsinn muss ich sogar sagen. Kein seriöses Unternehmen würde sich auf derartige Dinge einlassen, noch dazu bei einer unerfahrenen Hintergrundtänzerin wie Leni."

„Guten Tag, Chantal", unterbrach Bernauer, „Sie stören mich keineswegs. Ich habe mich aber, wie Sie vermutlich

189

schon wissen, mit Eloise in der Sache verständigt und werde versuchen, Leni aufzuspüren."

„Man müsste da aber sofort etwas unternehmen, die Truppe hat schließlich vor, Österreich zu verlassen", stellte Chantal nachdrücklich fest. „Ich habe außerdem mit Murad gesprochen und er behauptet dezidiert, Leni in Wien in keiner wie immer gearteten Weise empfohlen zu haben. Wieso sollte er auch, der Mann ist Designer?"

Sein Gefühl hatte Bernauer also nicht getäuscht. Dieser Fisch stank nach allen Richtungen.

„Das Mädchen ist aber nicht als abgängig gemeldet, außerdem kenne ich ihre Daten nicht, lediglich die Handy-Nummer."

„Na immerhin", antwortete sie, „damit lässt sich doch etwas anfangen."

Schließlich bekräftigte sie ihre Worte noch nachhaltig: „Glauben Sie mir, hier liegt Gefahr im Verzug vor. Leni wäre nicht die erste, die auf diese Weise nie wieder aufgetaucht ist. Sehen Sie jetzt, wie notwendig es ist, dass sich jemand um diese Kinder kümmert?"

Wo hatte er das schon gehört? Manche Mädchen posten sich auf Facebook aus dem Swimmingpool und jede Menge Freunde drücken auf „Gefällt mir", obwohl man sie schon Monate lang nicht mehr gesehen hat.

Er konnte sich im Moment nicht mehr erinnern wer das gesagt hatte, aber es beschäftigte ihn jetzt nachhaltig.

Er griff zum Telefon und rief einen befreundeten Kollegen aus seiner ehemaligen Dienstzeit in Wien an, erklärte ihm die Situation und bat ihn, sich erst einmal privat der Sache anzunehmen. Vielleicht wären die Bedenken ohnehin unbegründet, aber es sei doch merkwürdig, dass ihre Freundinnen und auch Bernauer das Mädchen am Handy nicht erreichen konnten.

Als der Kollege versprach, sich selbst von der Angelegenheit zu überzeugen, war Bernauer einigermaßen beruhigt.

Wie es Hofrat Sassmann gelungen war das Gedächtnis des Pornofilmers Miller zu aktivieren hatte Bernauer nicht erfahren, Tatsache war lediglich, dass sich Howdy Miller am nächsten Morgen bei Bernauer am Präsidium einfand.

„Sie haben mich gestern auf dem falschen Fuß erwischt", sagte er jovial, „ich war gestresst, die Arbeit, Sie haben ja selbst gesehen."

„Ja", nickte Bernauer, „es gab eine Menge zu tun. Vermutlich haben Sie sich nun gesammelt und da kommt oft so einiges wieder ans Tageslicht."

Howdy Miller deutete eine zustimmende Geste an.

„So ist es."

Bernauer nickte wiederum und sah fragend auf Miller, der dabei war, seine kurzen Beine übereinander zu schlagen, ohne dabei die Bügelfalten seiner grauen Flanellhose zu gefährden.

„Ich habe ein wenig herumgefragt, wegen des gelben Lamborghinis", sagte er, „das genaue Kennzeichen konnte ich nicht herausfinden, aber", er richtete sich auf, als erteile er einen Urteilsspruch, „es ist eine Zürcher Nummer, der Wagen ist schon einige Male im Dunstkreis einiger Pornomessen gesehen worden, in Berlin oder bei der Schweizer Extasia beispielsweise.

So schwierig kann es doch nicht sein, in Zürich einen gelben Lamborghini ausfindig zu machen, die wird es doch nicht zu hunderten geben."

Den Ehrenkodex des Milieus hatte er durch Preisgabe des Kennzeichens zwar nicht verletzt, aber sogar das wenige, das er von sich gegeben hatte, musste ihn eine Menge an Überwindung gekostet haben. Ein sicheres Zeichen, dass seine Lage zumindest angespannt war.

„Und hat sich da nicht auch noch ein wenig zusätzliches ergeben?" lud ihn Bernauer ein, „da kommt doch dann meistes so eines zum anderen, ganz unter Freunden."

„Nein", protestierte Miller abwehrend, „nicht unter Freunden, Geschäftsbekanntschaften, manchmal kreuzen sich eben die Wege."

Nachdem Bernauer nur leicht mit dem Kopf nickte, aber schwieg, begann er vorsichtig abwägend seine Worte zu wählen. „Also", begann er, „die Systematik im authentisch scheinenden Ablauf der bewussten Filme haben wir ja inzwischen klargestellt. Sie kosten zwar niemandem tatsächlich das Leben, aber für Liebhaber sind sie natürlich entsprechend teuer, sie kennen ja die Wahrheit nicht."

Nachdenklich betrachtete er den Siegelring an seiner linken Hand.

„Aber, so ist das eben, wo wird man denn heute schon nicht mehr betrogen?"

Bernauer schauderte, als ihm jetzt endgültig klar wurde, wie verloren da die Mädchen waren, wenn sie in die Speichen dieses Getriebes gerieten.

„Der Preis für derartige Streifen erhöht sich nun wiederum, wenn er an einem Originalschauplatz hergestellt wird. Eine Serie ist natürlich noch ungleich teurer. Hier bietet Salzburg einige hervorragende Stellen, wie zum Beispiel das Scharf-richterhaus", erörterte Miller weiterhin die geschäftlichen Möglichkeiten.

„Was käme Ihrer Meinung da sonst noch in Frage?"

„Nun, meine Vermutung jetzt, der Wasserturm am Rainberg wäre ziemlich geeignet. Aber ich kenne mich im Gelände nicht so aus, da ich mich ja auf mein Atelier beschränke."

„Und erotische Kunst", beendete Bernauer salbungsvoll Millers Schilderungen, die allerdings ein weiteres Puzzleteil zutage gefördert hatten.

Die Männer im Lamborghini hatten ganz offensichtlich die Örtlichkeiten vor dem Drehbeginn besichtigt und ausgewählt. Der tödliche Unfall im Henkerhaus geschah dann vermutlich bereits am Anfang der Serie.

„Warum, glauben Sie, wählt man gerade Salzburg?"

„Es ist eine schöne Stadt, prunkvoll, mystisch und morbid zugleich, beinahe wie Rom."

„Mein Gott", dachte Bernauer, „wieso erwähnt er Rom?" Dieser ekelhafte Reigen mochte doch hoffentlich nicht noch weiter verbreitet sein, als ihm ohnehin schon bekannt war.

„Und wieso erwähnen Sie Rom?"

„Auch eine prachtvolle Stadt, dorthin wollen so viele schöne Mädchen. Auch in meiner Branche arbeitet man nur mit schönen Mädchen. Wenn die Karriere beim Film oder am Laufsteg nicht klappt, hier sind sie herzlich willkommen. Einige machen da ganz ordentlich Kohle und werden sogar berühmte Stars auf ihrem Gebiet."

Dies traf in manchen Fällen tatsächlich zu, es gab sogar internationale Berühmtheiten der Pornoszene, hatte Bernauer gesehen, als er via Internet versucht hatte, sich Einblick in einschlägige Kreise zu verschaffen.

„Und wie sehen die Dinge aus Ihrer Sicht zum Beispiel in Tschechien aus?"
„Ah", grinste Miller, „Prag, wunderschön auch. Könnte mir schon vorstellen, dass man uns dort zeigt, wie man Wirtschaft macht."
„Und mit gewissen Produkten handelt."
„Über den Markt im allgemeinen sind mir Einzelheiten nicht bekannt, aber was ich finden möchte, würde ich finden."
„Ich auch", dachte Bernauer, „darauf kannst du Gift nehmen."

„Hofrat Sassmann", fragte Bernauer, „wie haben Sie das fertig gekriegt? Dieser Miller hat beinahe wie eine Lerche gesungen. War ein Fingerzeig des Finanzamtes so erschreckend für ihn?"
„Kinderkram", lächelte Sassmann, „aber, von der Beschäftigung illegaler Kräfte her ist der Weg in die Nähe des Paragraphen 104a ein äußerst kurzer. So etwas kann schon eine Existenz grundlegend vernichten."
„Also Menschenhandel, ein schweres Geschütz", dachte Bernauer. Zweifellos hatte Hofrat Sassmann seine Verbindungen massiv spielen lassen, da ihm der Geduldsfaden endgültig gerissen war.

Die Schweizer Behörden erwiesen sich als nicht so zögerlich und verschwiegen, wie man vielleicht hätte annehmen können, im Gegenteil, es hatte keine halbe Stunde gedauert

und die Liste der Zürcher Besitzer eines gelben Lamborghinis lag Bernauer vor und es waren auch nur wenige.
Nach eingehender Überprüfung blieben lediglich zwei Fahrzeuge übrig, die eine nähere Begutachtung verlangten.
Eines befand sich im Eigentum einer Zürcher Depositenbank und stand den Vorstandsmitgliedern zur Verfügung.
Der zweite Wagen lief auf den Geschäftsführer einer Kunstgalerie in der Zürcher Bahnhofstrasse.

Die Zürcher Bank, die den Wagen allen ihren Vorstandsmitgliedern zur Verfügung stellte, bot sogar unerwarteterweise an, das Fahrtenbuch für einen bestimmten Zeitraum zur Verfügung zu stellen und so konnte jetzt mit Sicherheit angenommen werden, dass sich der Wagen zu dem in Frage kommenden Termin weder in Salzburg, noch überhaupt in Österreich befunden hatte.
Blieb also noch die Kunstgalerie in der Bahnhofstrasse.

Mitten in seine Betrachtungen hinein erreichte Bernauer eine SMS und zu seiner höchsten Verwunderung kam sie von Leni.
„Hallo, Dr. Bernauer", schrieb sie, „habe eben erfahren, dass ich einen Riesentumult ausgelöst habe. Es tut mir sehr leid, daran habe ich nicht gedacht. Alles bestens, Eloise und Chantal wissen bereits Bescheid. Melde mich später wieder, werde jetzt gebraucht. LG Leni."
„Na, also", dachte er und lehnte sich zurück, „blinder Alarm."
Und wieder meldete sich sein Handy.
„Joschi", sagte sein früherer Kollege aus Wien, „ich habe privat die Adresse aufgesucht, die Du mir genannt hast. Die WG ist aufgelöst, die drei Mädchen, wovon auf eine die Be-

schreibung von Leni Dietrich passen könnte, sind schon am Morgen des selben Tages, an dem Du mich angerufen hast, ausgezogen. Allerdings wurde die Wohnung ohnehin erst einige Tage vorher gemietet. Ich habe mich dann im Büro der Vereinigten Bühnen in Wien und beim Regisseur von Tanz der Vampire erkundigt. Es gab keine schriftliche Empfehlung eines Adil Murads, Helene Dietrich für ein Casting zu bestellen. Das Mädchen ist dort völlig unbekannt."

„Was sollte dann dieses plumpe Manöver?" fragte Bernauer ungläubig.

„Keine Ahnung. Es gibt auch niemanden, den ich dazu befragen könnte."

„Ich konnte es ohnehin nicht glauben, Murad ist doch kein Künstleragent."

„Trotzdem, jemand muss das Mädchen nach Wien bestellt haben", stellte der Wiener fest.

„Und Leni sollte auch schon ein erstes Casting hinter sich haben."

„Meiner Meinung nach wurde die junge Frau nach Wien gelockt, als ihre Freundin im Ausland unterwegs war, das Engagement drängte zur Eile und das Mädchen brach hoffnungsvoll sofort auf.

Von wem es empfangen wurde, samt der Schmierenkomödie um das Casting und die WG ist nicht erklärbar.

Auch wo die zwei anderen Mädchen der WG hingekommen sind, ist nicht zu eruieren. Von Leni Dietrich fehlt jede Spur.

Offiziell sind uns ohnehin die Hände gebunden, schließlich kann die Dietrich gehen, wohin sie möchte. Es gibt keine Anhaltspunkte, keine Zeugen und genaugenommen ist nicht einmal bewiesen, dass sie sich tatsächlich in Wien aufgehalten hat."

„Dann hör' Dir jetzt das an", sagte Bernauer, „ich habe eben eine SMS der verschwundenen Leni bekommen, in dem sie sich für den Wirbel um ihre Person entschuldigt und erklärt, es wäre alles in Ordnung."

„Na, das ist ein Ding", meinte der andere, „würde auch normaler Weise alles beenden, aber unter den bekannten Umständen bleibe ich bei meiner Meinung, die Sache ist faul. Allerdings fehlt uns jetzt auch die letzte Grundlage zu einer offiziellen Ermittlung."

„Das ist leider amtlich", resignierte Bernauer, „ich danke Dir recht herzlich. Sonst geht es Dir gut?"

„Tadellos. Lass hören von Dir, wenn sich etwas ergibt, die Sache interessiert mich."

Baron Jean J. Dechaump, der Besitzer des zweiten gelben Lamborghinis mit Zürcher Nummer, hielt sich zur Zeit in London auf, um an einer Versteigerung bei Sotheby's teilzunehmen, gab seine Sekretärin, die in Bernauer offenbar einen potentiellen Kunden vermutete, Auskunft.

„Und wann wird der Baron wieder zurückerwartet?" fragte er.

„Vielleicht kann ich Ihnen behilflich sein?"

„Danke", sagte Bernauer, „ich melde mich wieder."

Hofrat Sassman schüttelte den Kopf.

„Ich habe vor einer knappen Stunde, als Sie vermutlich außer Haus waren, einen Anruf aus Prag angenommen, worin uns Dr. Kapnic mitgeteilt hat, dass ein Dezernat seines

Hauses seit geraumer Zeit wegen Menschenhandels ermittelt und Interpol eingeschaltet wurde, von wem weiß er allerdings noch nicht. Die Ermittlungen der Dezernate sind sich jetzt endgültig in die Quere gekommen. Rufen Sie Kapnic am besten selbst zurück."

„Logisch. Dann werde ich ihm auch den Vorfall in Wien und auch den im Henkerhaus schildern, ihn über unsere Erfahrungen im Rotlichtmilieu informieren und, wenn Murads Gesellschaft aus Rom zurückgekehrt ist, werde ich mir in Prag die Beteiligten noch einmal vornehmen.

„Good luck", sagte Sassmann, „Sie haben viel vor."

In Prag angekommen, setzte sich Bernauer sofort mit Detlef König, der nun das Krankenhaus verlassen hatte, in Verbindung.

Der Fotograf war inzwischen auch von der örtlichen Mordkommission vernommen worden.

Mit der Zustimmung Königs suchte ihn Bernauer in seiner Wohnung auf, die lediglich aus einem Raum hinter seinem Fotoatelier bestand.

Königs Gesundheitszustand hatte sich merklich gebessert, aber es waren damit auch seine Nervosität und Fahrigkeit zurückgekehrt.

Wichtig war es nun, den Fotografen zwar zu beruhigen, ihm aber klarzumachen, dass er die Ermittlungen gröblich behinderte, wenn er weiterhin wichtige Details verschwieg.

„Herr König", sagte er eindringlich, „ich bin in den Erhebungen zu Irinas Tod ein ganzes Stück weitergekommen, es geht inzwischen allerdings um viel größere Zusammenhän-

198

ge als Sie selbst ermessen können. Irina war, wie Sie ganz richtig vermutet haben, nicht das erste Opfer und es wird ohne Ihre Aussage noch weitere geben. Dann wird Ihre ständige Rückhaltetaktik von den tschechischen Behörden aber schon sehr bald als Beihilfe zu den geschehenen Verbrechen ausgelegt werden. Sie ahnen nicht, wie bedrückend Untersuchungshaft sein kann."

König erwog sichtlich angestrengt das Für und Wider. Einerseits stand seine Angst vor einem weiteren Anschlag auf ihn selbst und die Auswirkung des ganzen auf seine Karriere, andererseits war es aber ebenso beängstigend, in den Sog der Staatsanwaltschaft zu gelangen.

„Gut", sagte er heroisch, „man darf dabei nicht nur an sich selbst denken."

„Herr König, es kann einfach nicht möglich sein, dass Ihre Erwähnung des Mannes im Kaschmirmantel, der während einer Anprobe zu Murad kam, Irina in derartige Angst versetzte, dass sie unter so extremen Umständen während der Modenschau fliehen wollte. Was hat sich da sonst noch abgespielt?"

„Sie wurde überwacht, oder auch verfolgt. Diesen Mann hatte nämlich auch sie schon einige Male gesehen, zum letzten Mal am Tag vor der Modenschau und er hat sie so durchdringend angesehen, dass sie wusste, er war nie zufällig in ihrer Nähe gewesen."

„Hat er sie bedroht oder angesprochen?"

„Nein, nie, das war es ja, was sie so geängstigt hat. Manchmal hat sie sich nur umgedreht und er befand sich wieder hinter ihr."

Ob dies dazu ausreichte, sich so dermaßen zu ängstigen, konnte Bernauer nicht einschätzen, in gewissem Rahmen traf man verschiede Personen eben hin und wieder. Wo lag hier nun die Grenze zur Bedrohlichkeit?

„Und nur deshalb hat sich Irina so gefürchtet", fragte er zweifelnd, „sie wusste ja nicht einmal sicher, ob er sie überhaupt bewusst wahrgenommen hat?"

„Sie wusste es."

„Wieso?"

„Sie wurde gewarnt."

„Von wem?"

Jetzt war König deutlich anzusehen, dass es ihm unendlich schwer fiel, diese Frage zu beantworten.

„Kann man diese Person nicht heraushalten?"

Er fiel förmlich in sich zusammen.

„Es könnte eine Existenz vernichten."

Diese Sorge konnte ihm Bernauer nicht verübeln, musste aber trotzdem eine Antwort haben. Hier wurde seine Annahme bestätigt, dass König darüber niemals freiwillig mit jemand anderem gesprochen hätte.

„Herr König", sagte er, „ich werde auf jeden Fall dafür sorgen, dass die Beteiligten mit aller Schonung behandelt werden, aber Sie müssen jetzt reden."

„Es war Marianne Burger, Karels Sekretärin", flüsterte er.

Bernauer glaubte nicht richtig zu hören.

„Sie meinen die Frau, die in Karel Mestons Vorzimmer sitzt?" fragte er ungläubig.

„Ja, sie ist es gewesen."

„Die beiden hatten so intimen Kontakt?"

Bernauer konnte sich diese so emotionslos scheinende Person nicht als menschlich kommunizierendes Wesen vorstellen.

200

„Karel hatte im Atelier hinter seinem Büro von Irina einige Katalogaufnahmen gemacht. Später, aber das habe ich Ihnen ohnedies bereits gesagt", meinte er vorwurfsvoll, „kam dann das dreckige Angebot für schärfere Aufnahmen oder Filme.

Irina war nicht wirklich abgeneigt mitzumachen, hat aber gemeint, sie möchte sich das ganze noch überlegen. Karel hatte ihr auch versprochen, sie weiterhin zu fördern. Dass er dazu in der Lage ist, weiß so ziemlich jeder."

Er starrte düster vor sich hin.

„Spielt der Drehort eine Rolle?"

„Eine enorme Rolle", versicherte ihm Bernauer, „aber erzählen Sie weiter."

König dachte ein wenig nach.

„Also bei Karel wurden diesbezügliche Filme nicht gedreht", begann er.

„Am Valentinstag kam Irina zu Atelieraufnahmen für Murad in Karels Atelier und brachte, freundlich, wie sie war, für seine Sekretärin im Vorzimmer einen zierlichen Strauß Veilchen mit, als kleinen, herzlichen Gruß von Frau zu Frau sozusagen. Damit dürfte sie Frau Burgers Herz erobert haben, denn wann immer Irina ins Studio kam, gab es für sie Kaffee im Vorzimmer.

Manchmal, wenn Karel nicht anwesend war, brachte Irina selbstgebackenen Kuchen mit und die beiden Frauen unterhielten sich. Es dürfte der einzige menschliche Kontakt gewesen sein, den die Sekretärin hatte. Ihr Aussehen war wohl auch zum größten Teil daran schuld."

Dies konnte Bernauer nachfühlen.

„Die Burger betrachtet natürlich ihre Stelle im Vorzimmer

Karels als göttliches Vermächtnis und würde niemals etwas tun, was ihm schaden könnte."

Auch daran hatte Bernauer keinen Moment gezweifelt und König fuhr fort:

„Alle Räume in Karels Büro sind mit einer Gegensprechanlage ausgerüstet, ebenso befindet sich in jedem Zimmer die Kamera einer Videoanlage und ermöglicht Frau Burger eine lückenlos umfassende Bereitstellung ihrer Dienste. Hier gibt es keine Protokolle oder sonstigen Beweisstücke, was benötigt wird, ist vorhanden.

Natürlich hatte die Sekretärin das Angebot Karels an Irina mitbekommen, so wie es sicherlich auch bei anderen Mädchen der Fall war. Aber, die freundschaftliche Beziehung der Burger zu Irina hat Karel entweder unterschätzt, oder er war davon überzeugt, dass ihre Loyalität uneingeschränkt und vor allem anderen nur ihm selbst gelten würde. Wie auch immer, die Sekretärin brachte es nicht übers Herz, Irina in die Falle laufen zu lassen und hat sie davor gewarnt. Natürlich nicht mit allem Drum und Dran, soweit glaube ich, würde sie nie gehen, aber sie hatte Irina dringend empfohlen, die Sache fallen zu lassen und sie gebeten, sich auch vor einem eleganten großgewachsenen, grauhaarigen Mann in Acht zu nehmen, er sei gefährlich. Namen hat sie keinen genannt, das hätte sie wahrscheinlich als zu schlimmen Verrat betrachtet, aber sollte er mit Irina in Verbindung treten, würde sie ihn jetzt erkennen. Nun, ich habe ihn ja vor dem Geschäft Murads schon gesehen."

Ganz so optimistisch betrachtete Bernauer die Angelegenheit nicht, denn obwohl die Beschreibung des Mannes im Kaschmirmantel vor dem Haus Murads auf denjenigen, den

Bernauer vermutlich bei der Gala in Fuschl gesehen hatte, zuzutreffen schien, musste es sich nicht tatsächlich um die selbe Person handeln.
Schlimmstenfalls konnte es ja sogar drei davon geben, wenn sich die Warnung der Sekretärin womöglich auf keinen dieser beiden Männer bezogen hatte.

„Wissen Sie vielleicht, worüber sich die zwei Frauen sonst noch unterhalten haben? Hat Irina nie etwas erzählt?"
„Ja, gelegentlich schon, aber es war nichts wichtiges", meinte König. „Das unglaublichste war vielleicht, dass die Burger geschieden war, ich konnte mir gar nicht vorstellen, dass sie einen Mann gefunden hat", doch dann zuckte er die Achseln, „sie ist ja eine interessante und kluge Person, aber eben nicht gerade eine Schönheit."

Dem war nichts entgegenzusetzen und Bernauer wechselte überraschend in eine andere Richtung.
„Sie müssen doch auch die junge Frau, die voriges Jahr im Teich ertrunken ist, gekannt haben, Myš wurde sie gerufen, soweit ich informiert bin und es wäre jetzt höchste Zeit für Sie, sich auch daran zu erinnern."
Detlef König riss überrascht die Augen auf: „Das wissen Sie auch schon. Woher?"
„Eloise hat es mir erzählt, alle kannten Myš. Außerdem haben Sie doch selbst näheren Kontakt mir ihr gehabt, sie soll Russin gewesen sein?"
„Na, gut." König gab sich geschlagen.
„Nein, sie war aus Serbien. Ich habe Fotos für sie gemacht und sie hat mir dabei erzählt, sie wäre zu Fuß mit einigen anderen Mädchen nach Tschechien gekommen, sicherlich

illegal. Irgendwie hatte man sie als Kellnerinnen angeworben, aber in Österreich sah die Sache plötzlich anders aus, sie sollten sich in Nachtklubs prostituieren. Um diesen Leuten zu entkommen, sind drei Mädchen nach Tschechien abgehauen. Myš hat jede Arbeit angenommen, die sie kriegen konnte."

„Das sähe aber nicht nach Drogen und Nachtleben aus."

„So etwas hat es bei ihr auch nicht gegeben, wieso sagen Sie so etwas?"

„Es war das Ergebnis der Obduktion."

„Nein, niemals", empörte sich König, „davor ist sie doch in Österreich weggelaufen. Man hat sie vergewaltigt, das hat man doch, oder?"

„Ja", sagte Bernauer, „so war es, leider."

„Das ist einfach zu viel", König sprudelte förmlich über.

„Also, die Schneiderin, die Irina bei der Modenschau bedienen sollte, hat Myš bei Murad zum Putzen der Geschäftsräume untergebracht, natürlich unangemeldet. Einige Zeit später hat Myš dann jemand den Floh ins Ohr gesetzt, sie könnte als Model arbeiten und hat sie zu einer Besprechung bestellt. Ich habe dann für sie einige äußerst vorzeigbare Fotos geschossen, die sie zu dem Jamboree mitnehmen wollte.

Es ist zwar kein Name gefallen, aber natürlich kommen für die Sache nur Murad oder Karel in Frage, niemand sonst hat von ihrer Beschäftigung in der Boutique gewusst. Eher noch Murad, denn er kannte ihre Zwangslage und Karel hätte sicherlich die Aufnahmen selbst gemacht, die hätte sie nicht mitbringen müssen."

„Was ist eigentlich mit den Aufnahmen geschehen, die Sie von den Kindern vor der Villa im Park gemacht haben?"

„Die wurden einige Tage später abgeholt, von dem Angestellten, der auch das ganze arrangiert hat."

„Das ist doch normaler Weise Sache der Eltern?"

„Nein", schüttelte König den Kopf, „die Bilder wurden als Geburtstagsüberraschung für die Mutter bestellt, die Eltern sind währenddessen in die Stadt gefahren. Schade, der Rollstuhlfahrer wäre nämlich ziemlich neugierig auf die Frau des Villenbesitzers gewesen. Ihn hatte er schon öfters gesehen, sie oder die Kinder noch nie."

„Nicht sehr verwunderlich", dachte Bernauer. Wenn er sich richtig erinnerte, lebte die Familie des Stadtrates in Karlsbad, zumindest behauptete dies Hatto Cornelius.

„Mit den Eltern bestand also kein Kontakt?"

„Nein, ich hatte nur mit den Kindern und dem Angestellten zu tun, schon die Bekanntschaft mit diesen kleinen Ungetümen war nervtötend. Später habe ich mich dann ohnehin mit Ihnen im Park getroffen. Aber reden Sie noch einmal mit der Schneiderin, die Irina als Ankleidehilfe zugeteilt war. Wenn es Beobachtungen gibt, die für Sie wichtig sind, kann Ihnen nur dieses Mädchen helfen. Am Abend kommt die Kleine meistens bei mir vorbei und besorgt mir ein wenig den Haushalt, ich würde für Sie das Gespräch übersetzen. Wäre Ihnen acht Uhr recht?"

Die junge Frau hatte, seit Bernauer sie zuletzt gesehen hatte, eindeutig an Selbstbewusstsein gewonnen. Entweder hatte sie eingesehen, dass kein anderer Weg blieb als rückhaltlos zu berichten oder Detlef König hatte auch sie von der Wichtigkeit ihrer Person in der Angelegenheit überzeugt. Jedenfalls stellte sich heraus, dass Murad und Meston in der Pause vor dem Defilee diskutierend an der Eingangstüre gestanden waren, von wo aus Murad dann die Schneiderin, die Irina ins Büro folgen wollte, ohne weitere Erörterung zurück in die Garderobe geschickt hatte.

Als es ihr etwas später doch noch gelang, ungesehen zum Arbeitszimmer Murads zu schlüpfen, stand der Bodyguard direkt an der Tür zum Büro. Die junge Frau blieb zögernd stehen, aber der Mann ging an ihr vorbei, stieß die Eingangstür auf und verschwand nach draußen.

Mit der Schneiderin dürfte Murad dann ziemlich gleichzeitig zurück zu seinem Büro gekommen sein, genau konnte sie es nicht sagen, da er von hinten gekommen war.

Über Myš sagte sie, wusste niemand außer dem Chef Bescheid, nur der Bodyguard, der bei Murads Veranstaltungen jedes Mal vor dem Eingang stand, habe Myš des Öfteren plump angebaggert und belästigt. Was sollte denn das Mädchen in seiner Situation schon dagegen unternehmen, wenn es für den nächsten Tag die Räumlichkeiten reinigte, nachdem die Gäste das Haus verlassen hatten?

Beide, der Fotograf König und die junge Schneiderin, erklärten sich jetzt bereit, die von ihnen geschilderten Ereignisse auch polizeilich zu Protokoll zu geben.

Am nächsten Vormittag verabredete sich Bernauer zur Besprechung mit Dr. Kapnic in dessen Büro.

Man musste nun in Betracht ziehen, dass Interpol beigezogen worden war und durch die offensichtlich ineinander greifende Materie damit zu rechnen sei, dass sich die Agenten in alle Ermittlungen der Mordkommission einarbeiten würden.

Auch wenn diese Agenten lediglich dazu befugt waren, die örtliche Polizei bei der Strafverfolgung zu unterstützen, könnten zu oberflächlich erscheinend geführte Verhöre oder lückenhafte Zeugenfeststellungen sehr schnell den Verdacht der Begünstigung aufkommen lassen.

Daher wurden in der Folge Detlef König, die Schneiderin aus der Boutique Murads, Adil Murad selbst, Karel Meston und Marianne Burger polizeilich zur Aussage in das Polizeipräsidium bestellt.

Detlef König trug einen schwarzen Anzug aus der Altkleidersammlung, bei dem ihm aber die Schneiderin aus der Boutique das Futter erneuert hatte.

„Wie Udo Jürgens", grinste er, „schwarzer Anzug, rot gefüttert."

Bei ihrer Vernehmung blieben der Fotograf und die Schneiderin bei der Sachverhaltsdarstellung vom Vortag, wobei die junge Frau immer wieder betonte, dass sie sich zu sehr gefürchtet hätte, um umfassend auszusagen.

„Verständlich, dass sie sich schrecklich geängstigt hat", sagte Kapnic, „ich denke, das hätte ich an ihrer Stelle auch getan."

Bernauer nickte: „Ich wäre vermutlich dort nie wieder erschienen, tapferes Mädchen."

Als Bernauer den Raum betrat, in dem die Vernehmung Adil Murads stattfinden sollte, hatte er das beklemmende Gefühl, unvermittelt in die Schwarz-Weiß-Verfilmung von Kafkas Mystery Thriller „Der Prozess" geraten zu sein.

Obwohl er an die Leere der Vernehmungsräume mit ihren breiten unpersönlichen Tischen so sehr gewöhnt war, dass er sie kaum noch wahrnahm, erschien ihm dieser noch größer, noch leerer und unpersönlicher zu sein.

Trotzdem Dr. Kapnic Adil Murad bereits gegenüber saß, schien der Raum vor Murad geradezu zurück zu weichen. Groß und schlank, mit orientalischem Gesichtsschnitt, war er im dunklen Anzug erschienen und Bernauer hatte plötzlich die Szene vor Augen, in der Anthony Perkins im Film den Verhörsaal betreten hatte, verärgert und ohne überhaupt zu wissen, wessen er beschuldigt werden sollte.
Den beklemmenden Eindruck vervollständigten zuletzt die beiden Männer, deren Stühle hinter Kapnic nahe der Stirnwand standen. „Das Tribunal", dachte er, „eine Bühne für Adil Murad."
Natürlich handelte es sich bei den Männern um die beigezogenen Agenten von Interpol. Um die Vernehmung Murads für alle verständlich zu machen, hatte man sich bei der Durchführung auf die englische Sprache geeinigt. Eine Übersetzung der Protokolle in die Sprachen der jeweils beteiligten Länder ist zwar obligatorisch, stünde aber erst nach Tagen zur Verfügung.

Nun wurde Murat von Dr. Kapnic mit der neuerlichen Aussage der Schneiderin konfrontiert.
„Sie gaben zu Protokoll, Sie wären zufällig in das Arbeitszimmer gekommen, aber nicht erwähnt haben Sie, dass Sie schon vorher gestikulierend mit Karel Meston aus der Richtung Ihres Arbeitszimmers gekommen sind. Die Ihnen entgegengekommene Garderobiere haben Sie, ohne eine Frage zu stellen, zurück in die Garderobe geschickt. Hatten Sie dafür einen besonderen Grund?"

Adil Murad antwortete nicht und nach kurzem Zögern sagte er: „Das ist alles verständlicherweise ziemlich schwierig für mich."

„Während der Pause vor dem Defilee", begann er, „wurde ich über Auftrag Karel Mestons durch den Sicherheitsmann in mein Büro bestellt, wohin sich Irina zurückgezogen hatte, völlig hysterisch tobte und sich außerdem geweigert hatte, weiter aufzutreten.

Nun sprachen wir beide begütigend auf das Mädchen ein, aber es zog sich hinter den Schreibtisch zurück und war nicht ansprechbar.

Wir verließen also das Büro und Karel Meston erklärte sich schließlich bereit, sich um das Mädchen zu kümmern. Ich sollte inzwischen das Defilee zu Ende zu führen, sodass die Gäste möglichst unbelästigt das Haus verlassen könnten. Den Auftritt des Hochzeitskleides musste ich dann so unauffällig wie möglich streichen.

Als mir nun unglücklicherweise die Schneiderin im Entree entgegenkam, habe ich sie in die Garderobe zurückgeschickt, da sie begreiflicherweise die letzte war, die ich in dieser Situation in der Nähe meines Arbeitszimmers gebrauchen konnte.

Meston ging zurück in mein Büro, um nach Irina zu sehen, kam aber dann ziemlich rasch wieder an den Laufsteg. So schnell sollte sich das Mädchen beruhigt haben? Ich hatte ein ungutes Gefühl. Daher wollte ich mich jetzt selbst von der Situation überzeugen. Der Rest ist bekannt. Irina befand sich in unnatürlicher Lage am Boden neben dem Schreibtisch und die Schneiderin stand in paralysiertem Zustand davor."

„Sie haben mich daraufhin freiwillig kontaktiert", warf Bernauer ein, „warum eigentlich, wenn Sie ohnehin nicht daran dachten, sofort die Polizei zu verständigen und das Defilee ausfallen zu lassen?"

„Nun, Sie waren ja auch so etwas wie die Polizei", antwortete Murad ruhig. „Es ist doch natürlich, dass ich durcheinander war, einerseits mochte ich das Mädchen und sein Tod ging mir sehr nahe, andererseits wären die geschäftlichen und gesellschaftlichen Folgen irreparabel gewesen, hätte zu dieser Zeit der formale Ablauf der polizeilichen Aktivitäten eingesetzt.

Dass das arme Kind eines gewaltsamen Todes gestorben wäre, kam mir nicht in den Sinn, ein Unfall war mein erster Gedanke, und es schien mir ein wahrer Glücksfall, Sie in meinem Haus zu haben. Sie würden nicht die Contenance verlieren und wussten, was zu geschehen hatte. Auch wenn ich Ihrer Aufforderung nicht gefolgt bin und sofort die Polizei gerufen habe, so waren Sie doch die sichere Gewähr dafür, dass nichts verändert wurde und die Situation mit den Augen der Polizei betrachtet und festgehalten wurde."

„Dass aber zwischenzeitlich ein Mörder hätte entkommen können, kam Ihnen nicht in den Sinn."

„Nein, daran habe ich keine Sekunde gedacht. Aber sogar gesetzt diesen Fall, welcher Schaden sollte dadurch entstanden sein? Unterstellen Sie tatsächlich, ein Mörder würde bis zur Entdeckung seines Opfers und dann auch noch auf die Polizei gewartet haben?"

„Karel Meston hätte der Täter sein können, zum Beispiel."

„Wenn ich mich recht erinnere", sagte Murad lächelnd, „hat Meston völlig freiwillig das Eintreffen der Polizei abgewartet."

210

„Das sagt allerdings nicht viel aus. Was geschah weiter?" fragte Dr. Kapnic.

„Ich wollte natürlich von Herrn Meston wissen, was geschehen sei, nachdem ich den Raum verlassen hatte.

Er hätte ihr versprochen, sagte er, dass sie in völliger Sicherheit sei, dafür würde er garantieren und auch dafür sorgen, dass niemand das Zimmer betreten könnte. Daraufhin habe sie sich beruhigt und sei ans Fenster gegangen, um hinauszusehen."

„Und der Security-Mann, haben Sie mit ihm gesprochen?"

„Er hätte nichts gesehen und nichts gehört, meinte er."

„Eine Frage beschäftigt mich noch", sagte Bernauer, „Ihr Geschäftsfreund, nach dessen Namen ich mich in Fuschl bei ihnen erkundigt habe, wer ist er?"

Murad überlegte einen Augenblick.

„Diese Frage ist sehr privat", sagte er dann sichtlich verärgert. „Gelegentlich beschäftige ich einen Detektiv, aber wie schon gesagt, es geht hier um eine reine Privatangelegenheit."

„Nicht, wenn sich Irina von ihm verfolgt gefühlt hat und seinetwegen verängstigt war."

„Das ist doch absurd, wie käme sie dazu?"

„Ein Freund Irinas und diejenige Person, die sie vor dem Mann gewarnt haben, behaupten es."

Nun war es dem Designer überdeutlich anzusehen, dass er am Verstand aller Beteiligten zweifelte.

„Das kann doch gar nicht sein, wer sollte sie denn gewarnt haben und wieso auch, der Mann ist in Prag niemandem bekannt."

Adil Murad schüttelte kaum merklich den Kopf: „Sind denn der Hysterie überhaupt keine Grenzen mehr gesetzt?"

„Hatten Sie Kontakt zu Helene Dietrich?"
„Wer ist Helene Dietrich?"
„Eine Tänzerin. Frau Dietrich behauptete, Sie hätten Sie mit einem Schreiben an die Vereinigten Wiener Bühnen empfohlen."
„Darüber hat man mich bereits befragt. Wie käme ich dazu, ich kenne diese Frau überhaupt nicht."
„Frau Dietrich soll das Schreiben aber selbst gesehen haben."
„Wo hat sie es gesehen? Wieso soll ich diese Empfehlung eigentlich geschrieben haben?"
„Es sollte Frau Dietrich für ein Engagement bei Tanz der Vampire im Wiener Ronacher protegieren. Allerdings wollen die VWB und das Management des Musicals nichts derartiges erhalten haben."
„Wie Sie sehen", sagte Murad, „ist diese Behauptung völlig aus der Luft gegriffen."
„Wer hat außer Ihnen noch Zugang zum Briefpapier mit Ihrem persönlichem Aufdruck?" fragte er Murad.
„Meine Frau natürlich."
Adil Murad jetzt danach zu fragen, ob er seiner Frau Beihilfe zu kriminellen Machenschaften unterstellen würde, war eindeutig überflüssig.

Als der Fotograf Karel Meston zur Einvernahme erschien, verdichtete sich die ihm eigene Arroganz zu so ungeheurer Präsenz, dass die Atmosphäre im Raum damit völlig ausgefüllt zu sein schien und Bernauer erkannte mit Erstaunen, dass die schwarz gekleidete Gestalt Mestons auch in dem gnadenlosen Licht dieses seelenlosen Raumes ihre Wirkung nicht verloren hatte.

Wortlos nahm Meston am Tisch Platz und nahm ungerührt zur Kenntnis, dass Adil Murad seine Aussage ergänzt hatte und er selbst nun dazu Stellung zu nehmen hatte.
„Die Darstellung Herrn Murads ist richtig", sagte er.
„Warum haben sie diese Vorgänge dann bei ihrer ersten Aussage verschwiegen?" fragte Dr. Kapnic.
„Aus den gleichen Gründen wie Murad. Ich selbst habe keine Schuld am Tod des Mädchens und bin auch von seiner Integrität überzeugt. Somit hatte ich auch keinen Grund ihn durch Aufbauschen des bedauerlichen Vorfalles geschäftlich oder in seinem Ruf zu schädigen."
„Bis jetzt geht es lediglich um eine mögliche Korrektur Ihrer seinerzeitigen Aussage", sagte Dr. Kapnic ruhig von seinen Unterlagen aufblickend:
„Das Mädchen hat also akzeptiert, dass Sie für seine Sicherheit garantiert haben, obwohl es vorher bei Ihrem Erscheinen völlig ausgerastet ist, wie kam es denn zu diesem Gesinnungswandel?"
„Die junge Frau erlitt, als ich den Raum betrat, offenbar eine Art Nervenzusammenbruch, dem aber mindestens eine länger andauernde mentale Belastung vorausgegangen sein musste. Natürlich wusste sie nicht, dass ich rein zufällig gesehen hatte, wie sie aus der Garderobe verschwand, obwohl sie kurz danach aufzutreten hatte. Für sie schien jetzt offenbar jeder, der den Raum betrat, bedrohlich. Als ich dann ohne Herrn Murad zurückblieb und ihr versicherte, ich würde dafür sorgen, dass niemand den Raum betreten könnte, hatte sie sich überraschend schnell gefasst."

„Dann haben Sie den Sicherheitsdienst vor dem Haus verständigt?"

„Ja, ich postierte ihn im Inneren des Entrees mit Blick auf Murads Arbeitszimmer. Neue Gäste waren ohnedies nicht mehr zu erwarten."

Dr. Kapnic wechselte das Thema.

„Sie haben dem Model Irina das Angebot gemacht, ihre Karriere zu fördern, wenn sie als Gegenleistung in freizügigen Filmen mitzuwirken bereit war. Wie stehen Sie zu dieser Angelegenheit?"

Über Karel Mestons Gesicht huschte kaum wahrnehmbar ein amüsiertes Grinsen.

„Nicht als Gegenleistung, unabhängig voneinander, denn das Mädchen hatte Film- und Fotoqualität.

Sie sehen also, nicht nur Frau Chantal beschäftigt sich in ihrer Freizeit mit der Rettung verirrter Seelen", sagte er.

„Auch ein möglicher Standpunkt der Betrachtung", räumte Dr. Kapnic lakonisch ein.

„Irina war ein überaus hübsches Mädchen mit einer geradezu kindlich sauberen Ausstrahlung, eine Kindfrau wäre der passende Ausdruck. Nur war sie kein Kind mehr, nicht vom Alter her und auch nicht von der geistigen Reife. Sie konnte sehr wohl entscheiden, was sie tun oder lassen wollte."

Mestons Handbewegung bagatellisierte allerdings diese Behauptung umgehend wieder.

„Trotz all ihrer körperlichen Vorzüge war sie mental ungeeignet, den mörderischen Kampf um den Catwalk durchzustehen, dazu war sie zu sensibel und kleinbürgerlich, aber von der Kamera wurde sie geliebt, als Fotomodell hätte sie große Klasse werden können.

Ich habe für Herrn Murad unzählige Aufnahmen mit ihr gemacht und war auch dazu bereit, sie anderweitig zu vermitteln. Blättern Sie gängige hochwertige Modemagazine durch und Sie werden jede Menge meiner Mädchen zu sehen bekommen. Dass aufstrebende Models oder Schauspielerinnen meist so einiges an Verdienst mitnehmen müssen, um über die Runden zu kommen bis sie etabliert sind, liegt nicht an mir und ist auch für niemand ein Geheimnis.

Ebenso ist es kein Geheimnis, dass die Ausstrahlung einer Kindfrau auf den größten Teil der Männerwelt einen geradezu magischen Zauber ausübt und dieser bringt den Mädchen immerhin gutes Geld.

Letztlich geht es auch nicht um Pornographie im derben Sinn, die Mädchen bestimmen selbst, wie weit sie zu gehen bereit sind und ziehen daraus Gewinn, ohne dabei mehr als sie es wollen, belästigt zu werden."

Karel Meston lächelte überheblich und sagte dann in belehrendem Ton:

„Dies ist weder gesetzwidrig noch anstößig, aber wenn Sie Ihre Geschäfte in einer Branche, in der Äußerlichkeiten den Ausschlag geben, nur nach den biederen Werten einer Sonntagsschule führen wollen, sollten Sie sich ehestens damit vertraut machen, zu verhungern."

„Ihr Angebot für die junge Frau war also in keiner Weise dazu geeignet sie zu schockieren oder zu ängstigen?" fragte Bernauer zweifelnd.

„Keine Spur, grundsätzlich war sie einverstanden, sie wollte nur noch etwas Bedenkzeit haben, um sich ein passendes Konzept zurechtzulegen, das Modeln brauchte sie ja deswegen nicht aufzugeben. Ich hatte ihr natürlich gesagt, wie ich ihre weiteren beruflichen Chancen beurteilte und es ist schließlich allgemein bekannt, dass ich die Belange der Branche abzuschätzen weiß."

„Haben Sie auch anderen Mädchen derartige Vorschläge gemacht?"

„Natürlich und diejenigen, die angenommen haben, sind und waren höchst zufrieden damit."

„Wie gelangen diese Aufnahmen oder Filme in den Verkauf?"

„Meine Steuererklärung steht Ihnen selbstverständlich zur Verfügung", gab Meston ungerührt zurück.

Jetzt konnte Bernauer seine Neugier nicht zurückhalten:

„Haben Sie in Salzburg Haschisch gekauft?"

„Haben Sie mich dabei gesehen?"

„Das ist nicht die Frage."

„Dann ist dies hier auch nicht die Antwort", konterte Meston.

„Kennen sie den Besitzer eines gelben Lamborghinis?" fragte plötzlich Dr. Kapnic.

Meston zögerte einen Moment:

„Also nein", sagte er, „ich finde gelb auch nicht besonders geschmackvoll."

Marianne Burger, die Sekretärin Karel Mestons, trug ein dunkelgraues Kostüm und vernünftige flache Schuhe zu blickdichten Strümpfen.

„Sie wissen, worum es bei dieser Zeugenvernehmung geht", fragte Dr. Kapnic.

„Ich denke ja", gab sie mit unbewegtem Gesicht zur Antwort „es handelt sich um den Tod Irene Aigners."

216

„Sie kannten ihren richtigen Namen?"

„Ja, aber vielleicht bleiben wir bei Irina, so kannten sie alle."

„Erzählen Sie von ihrer Bekanntschaft mit ihr."

„Sie war ein liebenswürdiges Wesen und wir kannten uns, weil sie mit Herrn Meston ziemlich oft Aufnahmen in seinem Studio gemacht hat.

Mit der Zeit haben wir uns angefreundet und, wenn Herr Meston nicht anwesend war, auch zusammen Kaffee getrunken und uns unterhalten. Irgendwie habe ich mich dann auch ein wenig für sie verantwortlich gefühlt, denn außer dem traumseligen Fotografen König gab es niemand, der sich um sie gekümmert hätte, sie war viel zu gutmütig."

„Daher haben Sie sie auch gewarnt, als sie von Herrn Meston das Angebot erhielt, in einem seiner Filme mitzuspielen."

„Ja", sagte Marianne Burger, „das war nichts für Irina. Sie war nicht gefestigt genug für diese Art Kommerz und wäre ganz sicherlich abgeglitten, diese Branche ist ziemlich gnadenlos."

„Dies sah Herr Meston allerdings etwas anders", gab Bernauer zu bedenken.

„Sie haben in seinem Büro die Bildberichte von den Kriegsschauplätzen gesehen?" fragte sie.

Daran erinnerte sich Bernauer nur ungern.

„Ja", sagte er, „Sie denken vermutlich, dass man nach diesen Gräueltaten das differenzierte Feingefühl verliert?"

„Genau das meinte ich. Es war keinesfalls als schlechter Rat von ihm gedacht, er wollte ihr einfach helfen. Viele Mädchen sichern sich dankbar für einige Zeit die bequeme zusätzliche Einnahmequelle, aber für Irina wäre es eindeutig die falsche Richtung gewesen."

„Warum haben Sie Irina die Warnung vor einem grauhaarigen Mann zukommen lassen, um wen sollte es sich da handeln und wieso konnte er für Irina gefährlich werden?"
Ihr Gesicht verhärtete sich.
„Es ging um einen Mann aus der umfangreichen Gesellschaft der Sugar Daddys. Er dürfte einer der Drahtzieher in dem Geschäft sein."
„Den sie kennen?"
„Ich habe ihn gesehen. Herr Meston nannte ihn Daddy."
„Sie haben doch sicher auch mit Ihrem Chef über Irinas Tod gesprochen?" fragte Bernauer.
„Ja, schrecklich", sagte sie, „er hat sich fürchterliche Vorwürfe gemacht, dass er das Mädchen alleine zurückließ, aber was hätte er denn sonst tun sollen? Die Show musste zu Ende gehen und Irina hatte sich ja auch wieder beruhigt."
„Mehr hat er Ihnen nicht gesagt?"
„Nein."
Dies war etwas zögerlich gekommen.
„Herr Meston scheint einen luxuriösen Lebensstil zu pflegen", mischte sich nun Dr. Kapnic ein. „Neben seinem eleganten Büro besitzt er immerhin noch die aufwändige Dachterrassenwohnung über dem Wenzelsplatz. Handelt es sich bei seinen häufigen Geschäftsreisen tatsächlich immer nur um Aufnahmen aus der Modeszene?"
„Nein, Herr Meston bekommt Aufträge aus jeder Branche", antwortete sie und in ihrer Stimme klang so viel Stolz mit, als würde sie selbst eine ungeheuerliche Leistung erbringen. „Es geht da zum Beispiel um Architektur, Antiquitäten, Rennsport und anderes. Er arbeitet hart und da er kaum Freizeit hat, umgibt er sich wenigstens mit schönen Dingen."

Die Erwähnung von Antiquitäten und Rennsport ließen Bernauer die Antennen ausfahren.

„Was hat Karel Meston denn mit Antiquitäten zu tun?" fragte er.

„Er macht Aufnahmen zu Katalogen für Messen und Ausstellungen."

„Gibt es auch Geschäftsbeziehungen in die Schweiz?"

„Auch die gibt es, natürlich. Einige namhafte Kunstgalerien, zum Beispiel."

Bernauers Verdacht erhärtete sich.

„Ist Ihnen jemand bekannt, der einen gelben Lamborghini fährt?" fragte er.

„Nein", sagte sie, „ich habe einen solchen Wagen auch noch nie gesehen.

Unvermittelt beugte sich jetzt einer der beiden Männer von Interpol zu Dr. Kapnic und warf ein: „Man sollte Karel Meston in Untersuchungshaft nehmen, die Beweise sprechen doch eindeutig gegen ihn."

Geschickt umging der Agent die unerlaubte Einmischung in die Einvernahme und übte trotzdem Druck auf die Zeugin aus, denn es stand unzweifelhaft fest, dass die Frau, die ihrem Chef treu ergeben war, wunschgerecht reagieren würde.

„Wieso?" fuhr sie auf, „von welchen Beweisen sprechen Sie da?"

„Nun", stieg Bernauer ein, „allein durch seine Anwesenheit hatte Irina einen Nervenzusammenbruch und er ist auch der letzte, der sie lebend gesehen und angeblich beruhigt hat. Wie konnte ihm dies so schnell gelingen, dass er trotzdem ziemlich gleichzeitig mit Herrn Murad am Laufsteg erscheinen konnte. Er musste das Mädchen irgendwie zum Schweigen gebracht haben."

„Aber ich habe Ihnen doch schon gesagt, wie es sich abgespielt hat", stellte sie ärgerlich fest.

„Und haben ihn dabei ebenfalls schwer belastet", setzte Dr. Kapnic fort.

„Ich habe ihn doch nicht belastet", flüsterte sie entsetzt.

„Doch, das haben Sie getan", sagte Bernauer unnachgiebig.

Marianne Burger schien einen Moment zu überlegen, dann richtete sie sich auf und sagte:

„Ich mache das nicht mehr mit. Haben Sie den Mann von der Security vernommen, der den Eingang der Boutique gesichert hat? Er war der letzte, der anwesend war, als Irina noch gelebt hat. Ihn hat Meston nämlich beauftragt vor Murads Büro zu bleiben und dafür zu sorgen, dass niemand das aufgeregte Mädchen stört. Er allein kann wissen, was anschließend geschehen ist."

„Und Sie wissen es doch auch?" fragte Bernauer mit begütigender Stimme."

Bernauer sah Marianne Burger ernst in die Augen.

„Jetzt könnten Sie diesem Horror für Ihren Chef noch die Spitze brechen, wenn Sie ihm wirklich helfen wollen."

Marianne Burgers Augen wurden hart.

„Der Securitymann hat Irina getötet."

„Warum soll er sie getötet haben? Ein Mann mit seiner Ausbildung bräuchte doch ein ausrastendes Nervenbündel wie Irina nicht umzubringen, um es zu beruhigen."

„Darum ging es ihm auch nicht, er musste einen Grund gehabt haben zu Irina ins Zimmer zu gehen und es konnte nur mit den Drohungen zusammenhängen, die sie ausgestoßen hatte. Irgendwie musste er dadurch auch selbst betroffen

220

sein. Jetzt war die Gelegenheit, die Gefahr zu beseitigen, für ihn günstig."

„Das sind doch lediglich Mutmaßungen", sagte Bernauer.

„Natürlich nicht. Also, Herr Meston war entsetzt als Adil Murad beim Anblick des toten Mädchens misstrauisch die Frage an ihn richtete, was denn da geschehen sei. Auch die Polizei würde sich in erster Linie an ihn halten. Dass ihm Touschek vorher unter vier Augen zugeflüstert hatte: ‚Kein Problem mehr, dieser Trampel quatscht nie wieder', konnte er nicht beweisen und Touschek hatte für Außenstehende auch kein erkennbares Motiv. Obwohl mein Chef die schreckliche Wahrheit kannte, war er nicht in der Lage sie offenzulegen. Eine fürchterliche Zwangslage, in die er da geraten ist."

„Dafür gab es sicherlich gute Gründe", mischte sich Dr. Kapnic ein.

„Urteilen Sie nicht so vorschnell", sagte sie, „dass er auch spezielle Filme oder Aufnahmen macht, die vielleicht nicht dem allgemeinen bürgerlichen Geschmack entsprechen, ist nicht ungesetzlich."

Jetzt wurde Bernauer ungeduldig.

„Dabei kann es nicht geblieben sein", sagte er, „wir sprechen hier nicht von möglichen Verstößen gegen den guten Geschmack. Irina wollte unbemerkt fliehen und drehte völlig durch, als Meston den Raum betrat. Dies war keine Folge einer Einladung zu pikanten Aufnahmen. Es muss einen anderen Anlass für diese geradezu panische Angst gegeben haben. Was hatte sie gesehen, das sie nicht sehen durfte? Wieso fühlte sie sich derartig bedroht?"

„Es war meine Schuld, Karel Meston hatte nichts damit zu

tun, er kannte nicht einmal den Grund ihres hysterischen Ausbruchs und war ihm daher auch nicht gewachsen."

„Was hatten Sie um Himmels Willen mit all dem zu tun?" fragte Bernauer ungläubig.

„Herr Meston hatte einen neuen Kurzfilm mitgebracht, den er beurteilen sollte. Es handelte sich dabei jedenfalls um eine Szene, die man niemand unvorbereitet zeigen dürfte und die auch nur von einem bestimmten Kreis verlangt wird. Irina hatte zuvor in unserem Atelier einen kurzen Werbespot gedreht, dessen Rohfassung sich mein Chef am Nachmittag angesehen hatte, bevor er einen Auswärtstermin wahrnahm. Seine Abwesenheit nutzten Irina und ich aus, um Kaffee zu trinken.

Dass Herr Meston sich zwischenzeitlich den vorher mitgebrachten Film ebenfalls angesehen hatte, wusste ich natürlich nicht.

Ich habe also, um Irina ein Freude zu machen, ihren vermeintlichen Spot von der Anlage in Herrn Mestons Atelier auf meinen Bildschirm gelegt und gestartet. Ein Telefonanruf lenkte mich kurzfristig ab, aber da starrte Irene bereits leichenblass auf den Monitor."

Marianne Brunner verknotete nervös ihre Hände im Schoß.

„Worum ging es?" fragte Bernauer mit rauer Stimme, denn er wusste im Voraus, was nun kommen musste.

„Es wurde ein Mädchen ermordet. Es hing an einem Galgen."

Jetzt hätte man eine Stecknadel im Raum fallen gehört.

„Das ganze war natürlich getürkt", sprudelte Marianne Burger hastig hervor, „dem Mädchen ist nichts geschehen, alles nur Theater und Farbe."

222

Marianne Burger sah die Anwesenden beschwörend an.

„Ich wusste zwar in der Sache Bescheid, aber leider konnte ich Irina nicht mehr davon überzeugen, dass dem Mädchen nichts geschehen war, denn ich selbst hatte sie doch davor gewarnt, sich auf erotische Dreharbeiten einzulassen, wobei ich aber niemals an diese Art von Film gedacht habe. Das hätte Herr Meston nie getan. Wer dieses Machwerk angefertigt hat, weiß ich nicht. Er sollte es nur beurteilen, deshalb habe ich auch nicht gewagt ihm das Malheur mit Irina zu beichten.“

„Es wäre aber für Ihren Chef sehr hilfreich gewesen, wenn Sie es getan hätten. Woher hatte er den Streifen und wer ist in diesem Geschäft die Kontaktperson? Hier geht es in erster Linie auch um Mestons Glaubwürdigkeit“, griff Dr. Kapnic ein.

„Er sprach darüber mit Daddy.“

„Und wie Daddy sonst noch?“

Sie zuckte die Achseln: „Sugar, vielleicht.“

„Vielleicht?“

„Wäre eine Möglichkeit, eine Assoziation.“

„Wann hat denn Irina diesen Film gesehen?“ fragte Bernauer.

„Einige Tage vor der Modenschau, und sie hat es mir nicht geglaubt, dass das Mädchen nicht getötet wurde.“

Bernauer schauderte. Irina war der Wahrheit näher gekommen, als Marianne Burger wissen konnte, die junge Frau lebte nicht mehr.

„Zusätzlich hat sie sich auch überwacht und verfolgt gefühlt. Diese Überwachung kann allerdings nur ihrer überhitzten Phantasie entsprungen sein, denn der Mensch, vor dem ich Irina gewarnt habe, hätte niemals ihre Nähe gesucht, man durfte sich nur auf keine Geschäfte mit ihm einlassen. Aber was sollte ich jetzt tun? Vermutlich dachte sie, man wollte sich ihrer mit Gewalt bemächtigen, denn freiwillig würde sich niemand vor der Kamera umbringen lassen, aber das war natürlich kompletter Unsinn. Sie sprach plötzlich davon Prag so schnell wie möglich zu verlassen, wollte Chantal kontaktieren und zu einem möglichst ungefährlichen Zeitpunkt nach Paris verschwinden. Wahrscheinlich hatte sie ihre Flucht bereits fix vorbereitet und bildete sich ein, nur während der Modenschau wäre die Tarnung so perfekt und alle so beschäftigt, dass sie ungehindert dem Schrecklichen entkommen könnte. Aber plötzlich betrat überraschend und gefährlich scheinend Meston den Raum, in dem sie sich gerade noch sicher gefühlt hatte. Jedenfalls schleuderte sie ihm, der völlig ahnungslos war, entgegen, sie werde alle wegen Mordes und anderen Machenschaften vor Gericht bringen und ähnliches mehr. Herr Murad, den er durch den Sicherheitsmann rufen ließ, konnte sich das ganze natürlich ebenso wenig erklären und beide waren total überfordert."

„Adil Murad könnte Ihrer Meinung nach also nicht dieser Daddy sein?" fragte Bernauer.

„Nein", Marianne schüttelte den Kopf, „wozu sollten er und Herr Meston dauernd telefonieren, wenn sich die Boutique zwei Eingänge weiter befindet und sich mein Chef mehrmals wöchentlich in seinem Geschäft aufhält."

„Was soll denn dieses komische Sugar Daddy überhaupt bedeuten?"

Marianne Burger richtete sich auf.

„Ein Sugar Daddy?" fragte sie ungläubig, „das ist ein vermögender Herr, der Beziehungen zu sehr jungen Frauen hält, sie angemessen verwöhnt und manchmal auch anderweitig fördert. Die Mädchen bezeichnen sich selbst als Sugar Baby und verwahren sich streng dagegen, als Prostituierte angesehen zu werden. Der Treffpunkt dieser Gesellschaft ist immer ein hochelegantes Lokal, wo man völlig zwanglos diverse Kontakte knüpft."

„Geht es da um eine Art Mafia oder haben wir es lediglich mit gewöhnlichen White-Collar-Verbrechern zu tun?" fragte Bernauer nach der Vernehmung Marianne Burgers. Dr. Kapnic zuckte nur unschlüssig die Achseln.
„Kann sowohl sein, als auch. Adil Murad weiß alles über die Mädchen, mit denen er arbeitet. Er nimmt sie auf Auslandstourneen mit und schickt sie oft mit geänderten Modellen zu seinen Kundinnen in deren Wohnsitz im Ausland. Wenn ein Mädchen, aus welchen Gründen auch immer, aussteigt oder nicht mehr erscheint, braucht er lediglich das Model zu ersetzen und es geht in keinem Fall um seine Verantwortung. Irina könnte er ebenso getötet haben wie es auch Karel Meston möglich gewesen wäre und ob derartiges im Rahmen einer Organisation geschieht, ist ebenfalls nicht feststellbar, es scheint sich nämlich um ein ganzes Netzwerk an Beteiligten zu handeln.
„Ich möchte unbedingt noch selbst mit diesem Mann vom Sicherheitsdienst reden", sagte Bernauer, „spricht er deutsch?"
„Kein Problem", meinte Kapnic, „wir werden einen Dolmetsch zuziehen."

Inzwischen war es Mittag geworden und Bernauer verabschiedete sich, um sein Lieblingslokal aufzusuchen, als ihn Kapnic fragte, ob sie nicht gemeinsam zu Mittag essen könnten. „Es gibt da eine Sehenswürdigkeit", grinste er, „die darf man sich einfach nicht entgehen lassen."
In einem schmucklosen Haus, direkt am Wenzelsplatz, schon ziemlich nahe dem riesigen Museum am oberen Ende, kamen sie über eine Eisentreppe in den ersten Stock und Bernauer sah sich inmitten einer riesigen Minieisenbahnanlage.

Die bestellten Getränke wurden auf kleinen offenen Güterwagen, die von ferngesteuerten Lokomotiven gezogen wurden, an sämtliche Esstische gefahren. Direkt neben den jeweiligen Gästen hielten sie an und man hob sein Glas aus dem Waggon, bevor der Zug geschäftig wieder an die Theke zurückdüste, um die nächste Ladung abzuholen.
Bernauer vergaß zwischendurch immer wieder auf seinen Schweinebraten und verfolgte mit kindlicher Freude die Züge, die zwar Tunnels und Hügel bewältigen mussten, aber ihre Fracht zielsicher durch den großen Raum an die richtigen Tische brachten.
Als dann die Kaffeetassen angefahren kamen, nahmen sie das leidige Thema wieder auf und Dr. Kapnic bemerkte sorgenvoll:
„Wir werden uns auch noch auf weitere Komplikationen einstellen müssen."
Bernauer fragte verwundert: „Neuerliche Komplikationen? Ich dachte eigentlich, wir hätten bereits überreichlich davon."

226

„Sie haben natürlich von Anfang an richtig vermutet, dass wir im Fall des Models Irina ihre Mitarbeit nicht unbedingt geschätzt haben, eigentlich wollten wir Sie ja gänzlich heraushalten."

„Es gab interne Kollisionen bezüglich der Mordermittlungen und der wegen Menschenhandels, hat man mir gesagt."

„Das entspricht allerdings den Tatsachen. Es ist nämlich so, dass junge Frauen, die zwar legal außer Landes gegangen sind, in mehreren Fällen als vermisst gemeldet wurden, da sie nie mehr zurückgekommen sind und jede Suche nach ihnen im Sand verlief. Angeblich hätten sie dann geheiratet oder waren zu Engagements im Ausland gekommen, richtig ist, dass mehrere tatsächlich von der Bildfläche verschwunden sind und nie wieder aufgespürt werden konnten.

Nun häufen sich leider die Anzeigen aufgrund solcher Vorfälle. Das zuständige Dezernat begann zu ermitteln, eine wahre Sisyphusarbeit."

Bernauer hatte es geahnt.

„Exakt zu dieser Zeit kamen nun Sie und rührten genau an dem Punkt, der im Sinne der Ermittlungen nicht hätte berührt werden dürfen, also der Modenschau im Hause Murads. Einige der verschwundenen Mädchen haben für ihn gearbeitet, daher durften diesbezügliche Aktivitäten der Polizei genau dort keinesfalls publik werden, um niemand dadurch aufzuscheuchen."

„Nun, davon konnte ich nichts wissen und war daher auch ziemlich misstrauisch."

„Verständlich, aber sicher ist jedenfalls, dass durch Ihre Hartnäckigkeit unsere Mordkommission, die sehr bedeckt arbeiten sollte, um die anderen Ermittlungen nicht zu stören, durch Interventionen von außen in den Geruch der Begünstigung Murads geraten ist und wir dringlich aufgefordert wurden, verstärkt und ohne Ansehen der Person Ermittlungen zur Klärung des Mordfalles Irina Aigners vorzunehmen. Andererseits könnte aber durch eine derartige Intensivierung unserer Tätigkeit der Erfolg monatelanger Ermittlungen wegen Menschenhandels zunichte gemacht werden, da die Verdächtigen dadurch gewarnt werden.

Als Gipfelpunkt der Kritik wurde auch noch Interpol eingeschaltet und man befand bereits unsere bisherige Tätigkeit in der Mordsache Irina Aigner als ungenügend und wenig engagiert.

Also prüft man jetzt nachträglich jede unserer Aktivitäten, Protokolle und Vernehmungen und wir laufen Gefahr einer offiziellen, gröberen Kritik. Wir sitzen also, wie man so treffend sagt, zwischen zwei Sesseln. Sollen wir den Druck verstärken oder stillhalten?"

Als Jurek Touschek, der zum Zeitpunkt der Modenschau als Sicherheitsmann vor dem Haus Murads gestanden hatte, zur Einvernahme erschien, erkannte Bernauer in ihm denjenigen, der für Karel Meston das Tor vor der Villa des Stadtrates Nowotny geöffnet hatte. Er war es also auch, der bei Murads Modenschau als Sicherungsdienst fungiert hatte, wieso hatte er ihn damals nicht wahrgenommen? Weil Personal als Hintergrund nahezu gesichtslos ist?

Ob er Bernauer, der mit Markovsky vor Nowotnys Villa gestanden war, wiedererkannte, zeigte er durch keinerlei Re-

228

aktion. Aber vielleicht hatte er ihn sogar schon von der Modenschau her gekannt, wäre gut möglich, denn auf derartiges war Touschek sicherlich trainiert.

Jurek Touschek saß mit regungsloser Miene am Tisch des Verhörzimmers und folgte widerwillig der Aufforderung zur Schilderung der seinerzeitigen Situation.
Für Bernauer war ein Dolmetsch zugezogen worden.
Touschek gab zu Protokoll, er sei, da keine Gäste mehr zu erwarten waren, innerhalb des Geschäfts gestanden, um dem Trubel ein wenig zuzusehen. Er habe aber nur bemerkt, dass der Fotograf Karel Meston in Murads Arbeitszimmer gegangen sei, gehört habe er nichts.
„Wo war das Model Irina im Hochzeitskleid zu diesem Zeitpunkt?" fragte Dr. Kapnic.
„Weiß ich nicht."
„Haben Sie die Frau nicht gesehen, als sie in das Arbeitszimmer gegangen ist."
„Nein, habe ich nicht."
„Aber Sie standen doch im Foyer?"
„Vielleicht zu dem Zeitpunkt noch nicht."
„Könnte die Frau bereits im Büroraum gewesen sein, als Sie ins Haus gekommen sind?"
„Kann schon sein."
„Aber Sie sahen, dass Karel Meston vom Catwalk her kam und das Arbeitszimmer betrat?"
„Habe ich schon gesagt."
„Und dann? Was war dann? So kommen wir nicht weiter."
„Herr Meston hat mich gebeten Herrn Murad zu holen und der kam dann auch, aber er wollte eigentlich nicht in das Zimmer gehen und war sehr blass. Etwas später haben bei-

de den Raum verlassen und Herr Murad schickte die Schneiderin, die ihnen entgegenkam, in die Garderobe zurück, glaube ich.

Der Fotograf ging noch einmal ins Büro zurück, hat es dann aber ziemlich schnell wieder verlassen. Mich hat, denke ich, niemand zur Kenntnis genommen, weil ich, wie immer, in der Nische neben dem Eingang stand. Etwas später kam dann die Näherin angelaufen und Herr Murad ebenfalls. Dann ging auch schon das Gebrüll des Mädchens los."

„Sie haben das Model weder beim Betreten des Arbeitszimmers gesehen, noch haben Sie zu irgend einem Zeitpunkt in das Zimmer hineingesehen und Sie haben auch keine Gespräche oder Schreie aus dem Zimmer gehört?"

„Nein."

„Herr Meston gibt aber an, er habe Sie beauftragt, niemanden in den Raum zu lassen, in dem sich, seiner Aussage nach, das Mädchen befand."

„Vielleicht wollte er es sagen und hat es vergessen."

„Herr Touschek", sagte jetzt Dr. Kapnic, „gegen Sie liegt eine schwere Anschuldigung vor. Sie sollen das Mädchen geschlagen und dies sogar zugegeben haben."

„Bei wem denn und welchen Grund sollte ich gehabt haben, mich an dem Mädchen zu vergreifen? Wie gesagt, ich habe sie nicht einmal gesehen, aber fragen Sie mal den Modefritzen, warum er nicht in sein Arbeitszimmer gehen wollte, als ich ihn im Auftrag Mestons geholt habe.

Vielleicht war das Mädchen da ja schon tot und die zwei haben sie umgebracht. Die Mädchen von Murad sollen ja sehr oft ihrer eigenen Wege gehen und viele verschwinden auch, natürlich heiraten sie, sagt er, oder werden Stars im Ausland. Vielleicht hat die Kleine in dieser Richtung einige unangenehme Dinge mitbekommen, dann war klar, dass sie weg musste."

Er lehnte sich mit wissendem Lächeln erwartungsvoll zurück.

Bernauer wandte sich an den Dolmetsch; „Fragen Sie Ihn, ob er auch bei Stadtrat Nowotny tätig ist, und ob er mich kennt."

Seine eigentliche Beschäftigung sei bei Stadtrat Nowotny, sagte Touschek. Bernauer habe er aber noch nie gesehen, da sei er sicher.

Die Frage, ob er sich daran erinnern könne, die Kinder des Stadtrates beaufsichtigt zu haben, als sie im Garten der Villa fotografiert wurden, beantwortete er wahrheitsgemäß mit ja.

Die Bilder wären eine Überraschung für den Geburtstag ihrer Mutter gewesen.

„Wer lügt hier?" sagte Bernauer zu Kapnic.

„Meston und Murad haben von einem tobenden Mädchen gesprochen, Jurek Touschek hat angeblich nichts davon gehört und er kann die Anwesenheit des Models nicht einmal bestätigen, behauptet er zumindest. Die Beschuldigung, er hätte das Mädchen geschlagen, schien ihn nicht im geringsten zu berühren, weshalb auch nicht ausgeschlossen werden kann, dass entweder Murad oder Meston die Täter sein konnten, möglicherweise auch beide zusammen. Vielleicht lügt Marianne Burger, nur um ihren Chef zu schützen."

„Seriös ist Touschek sicherlich nicht, grobschlächtig und kalt, nur hat er, wie es scheint, so gut wie kein Motiv."

Eine weitere Vorladung Karel Mestons erwies sich zurzeit als unmöglich, da er sich im Spital einem kleineren Eingriff an der Wirbelsäule unterziehen musste.

„Das schwächste Glied in der Kette ist nach wie vor Mestons Sekretärin", sagte Bernauer, „wir sollten sie unerwartet noch einmal befragen, so lange er sich im Spital befindet und sie noch stärker unter Druck setzen."

Marianne Burger saß nun wiederum bleich vor dem abweisend wirkenden, breiten Vernehmungstisch und wusste, dass die Zeit der leichteren Gangart vorbei war.
„Frau Burger", sagte Bernauer, „Sie haben zwar bereits Ihre Aussage gemacht, wenn Sie aber etwas ergänzen möchten oder berichtigen, so wäre jetzt der richtige Zeitpunkt dafür."
Marianne Burger fühlte sich sichtlich unwohl, denn ihre Loyalität zu Karel Meston war ihr immer vorrangig gewesen, aber mit dem Gesetz in Konflikt zu kommen und zur Rechenschaft gezogen zu werden, war etwas anderes.
„Ich verstehe Sie nicht, haben Sie weitere Beweise?" gab sie zur Antwort.
„Ja, Herr Meston kommt dabei denkbar schlecht weg und es ist gut vorstellbar, dass er das Spital nicht als freier Mann verlassen wird."

Erschrocken weiteten sich Marianne Burgers Augen. „Haben Sie den Türsteher schon vernommen?"

„Das ist bereits geschehen. Er ist so gut wie sicher, dass das Mädchen bereits tot war, als Karel Meston ihn beauftragt hat, Herrn Murad aus dem Saal zu holen. Wenn es im Arbeitszimmer ein Gespräch oder auch nur ein Geräusch gegeben hätte müsste es Touschek gehört haben."

„Der Mann lügt", fuhr sie auf „er will sich selbst schützen, merken Sie denn nicht, wie unglaublich diese Aussage ist."

„Sich selbst schützen müsste sich Touschek doch nur, wenn er das Mädchen ermordet oder wenigstens Beihilfe geleistet hätte, aber dafür fehlt ihm ganz einfach das Motiv."

„Wie Sie bereits wissen hat Irina in meinem Büro einen getürkten Snuff gesehen und ich schwöre, wir haben noch nie ein derartiges Machwerk gedreht. Touschek deckt den Verursacher."

„Das ist doch ein wenig weit hergeholt", warf Bernauer ein, „Touschek arbeitet, bis auf etwaige Gelegenheitsarbeiten, wie zum Beispiel auf Mestons Vermittlung als Türsteher, zur vollsten Zufriedenheit für Stadtrat Nowotny.

Wen sollte er also zu decken versuchen oder noch vorrangiger, woher sollte er von der Furcht Irinas wissen, nachdem sie einen derartigen Film gesehen hatte, und zwar nachweislich in Mestons Atelier. Wenn aber Touschek Bescheid wusste und jemanden decken sollte, wäre doch wieder nur Meston dafür in Frage gekommen."

„Sie denken also allen Ernstes daran, Herrn Meston zu verhaften?" sagte sie mit zorniger Stimme.

„Es wird sich nicht verhindern lassen."

„Dann hören Sie mir jetzt gut zu."

Sie saß jetzt hoch aufgerichtet an der vorderen Kante ihres

Stuhls und Bernauer erlebte erstaunt, wie vor seinen Augen die nüchtern und beherrscht wirkende Marianne Brunner zur furiosen Nemesis mutierte.

„Vorerst zum Hintergrund dieser untadeligen Gesellschaft: Vor ungefähr dreißig Jahren zogen Herrn Murads Bruder Luth, seine Freundin und Herr Meston als Berichterstatter durch die Kriegsschauplätze Libyens. Als eines Tages ihr Jeep nach einem Achsbruch unbrauchbar geworden war, schlossen sie sich mit einem weiteren Reporter, der über ein intaktes Fahrzeug samt Fahrer verfügte, zusammen. Der Mann nannte sich Marzan.

Das Kriegsgeschehen in Libyen bestand überwiegend aus Bürgerkriegen und unmittelbare Überfälle waren an der Tagesordnung.

Eines Tages stieß die kleine Gruppe in der Morgendämmerung auf die zerfetzte Leiche eines Mannes und aus Erfahrung war ihnen klar, dass sie vor einem Minenteppich standen. Tellerminen liegen nämlich etwa fünfzehn Zentimeter unter der Oberfläche und sind mit leichtem Material bedeckt, meistens handelt es sich um Sand oder Laub, deshalb sind derartige Flächen auch mit äußerster Vorsicht zu behandeln.

Luth Murad hob vorsichtig das unbeschädigte Gewehr des Toten auf und gab eine letzte Feuersalve in die umliegenden Buschkronen ab, dann nahm es Marzan an sich, um es fachmännisch zu betrachten .

Als Luth, der zu Recht befürchtete, die Schüsse könnten in der Umgebung Aufmerksamkeit erregt haben, nervös dazu drängte, die Fahrt unverzüglich fortzusetzen, nannte ihn Marzan einen Scheißkerl und richtete die Waffe auf ihn. Wie jeder der Anwesenden dachte er, das Magazin sei leergeschossen.

234

„Tak, Tak, Tak", sagte Marzan noch, dann löste sich ein letzter Schuss und traf Luth Murad in die Brust. Natürlich war es ein Unfall, aber herbeigeführt wurde er durch den reinen Mutwillen Marzans.

Für Marzan gab es jetzt nur noch eine Lösung, Luth musste verschwinden. Als er nun beschloss, den vermutlich Toten mit Hilfe seines Fahrers in das Minenfeld zu schleudern, warf sich Luths Freundin verzweifelt dazwischen, aber sie konnte es nicht verhindern. Um der drohenden Gefahr einer Entdeckung zu entgehen entschloss sich Mazan nun auch die Mitwisserin zu beseitigen. Er und sein Fahrer warfen nicht nur Luth sondern auch die Frau in den Minengürtel. Die Sprengkörper detonierten, aber wie durch ein Wunder blieb die Frau am Leben und wurde später durch den Entminungsdienst gerettet. Sie befand sich allerdings in einem grauenvollen Zustand."

In Bernauer stieg ein schrecklicher Verdacht auf.

„Sie sind diese Frau gewesen", sagte er, „Sie waren Luth Murads Begleiterin."

„Das sehen Sie richtig", bestätigte sie. „Auch ich hatte große Pläne und wollte mich im Nachrichtendienst und politisch profilieren. Aufsehen habe ich dann allerdings auf ganz andere Weise erregt, als ich plötzlich nicht mehr aussah wie ein Mensch. Die Übeltäter haben die Sache allerdings recht brauchbar überstanden."

Dann bellte sie ein beängstigend kehliges Lachen in den Raum:

„Wenn es gewünscht wird, stelle ich Ihnen die Herren einzeln vor", doch sie erwartete offensichtlich keine Antwort.

„Der Mann, der sich Marzan nannte, ein tschechischer Staatsbürger, verlor in jungen Jahren seine Assistentenstelle an der Universität in Prag und war wegen aufrührerischer und krimineller Umtriebe des Landes verwiesen worden. Er und einige andere seiner politischen Zelle begannen sich dann in Geschäfte im afroasiatischen Raum einzuschleusen, unter anderem in den Waffen- und Drogenhandel. Marzan verdingte sich offiziell als Berichterstatter, denn dies erlaubte ihm unverdächtig zu reisen und somit ungeschoren seinen Geschäften nachzugehen. Einer seiner Handlanger hatte sich ihm angeschlossen, es war der Fahrer des Jeeps.

Als sich später die politische Situation geändert hatte und Marzan wohlhabend nach Prag zurückgekehrt war, lag eine glänzende Zukunft vor ihm, denn er hatte Geld und schmückte sich jetzt mit dem Status eines Widerstandskämpfers, der wegen seiner aufrechten menschlichen Gesinnung vom herrschenden Regime der Universität verwiesen worden war. Schließlich brachte er es sogar bis zu einem ehrenvollen Sitz im Stadtrat, allerdings benutzte er inzwischen wieder seinen eigenen Namen, Architekt Miroslav Nowotny, und aus seinem Handlanger ist später der ebenso ehrenwerte Bodyguard Jurek Touschek geworden.

Vielleicht sehen sie jetzt die Aussagen der beiden in einem etwas anderen Licht."

Die Erklärung Marianne Burgers hatte bei den Anwesenden wie eine Bombe eingeschlagen.
Bernauer fasste sich zuerst.
„Und was ist nach all dem mit Ihnen geschehen?"
„Ich lag zerfetzt im Krankenhaus, blieb aber gegen jede Voraussicht am Leben, ohne Hoffnung für die Zukunft und eine

ständige Gefahr für Architekt Nowotny. Mir jetzt noch etwas anzutun, wäre sogar für ihn zu gefährlich gewesen.

Doch auch für diesen peinlichen Fall hatte er umgehend die Lösung parat. Er hat mich noch im Krankenhaus geheiratet und dann auch dafür gesorgt, dass ich gesundheitlich und so gut es ging, auch optisch, wiederhergestellt wurde. Jetzt war er vor mir und meinen Anschuldigungen sicher."

„Aber warum haben Sie den Mann, der Ihren Freund erschossen hat und auch Sie umbringen wollte, geheiratet und nicht angezeigt, damit man ihn zur Rechenschaft ziehen konnte?"

Marianne Burger schüttelte ungläubig den Kopf:

„Was glauben Sie, wäre dann aus mir geworden? Ohne Geld, nicht mehr in der Lage einen Beruf auszuüben und vielleicht hätte man mich sogar der Komplizenschaft verdächtigt. Sollte ich Anzeige erstatten, mich angaffen lassen und erklären, wodurch ich zu dieser Kreatur geworden bin? Glauben sie wirklich, es hätte auch nur einen einzigen Menschen gegeben, der, selbst wenn es um die schäbigste berufliche Position gegangen wäre, ein abschreckend verstümmeltes Wesen ohne Gesicht eingestellt hätte?"

Sie hob gleichgültig die Schultern:

„Nun, die Ärzte haben ihr bestes getan, mehr kann man wirklich nicht verlangen."

„Aber Sie nennen sich Marianne Burger?" fragte Bernauer erschüttert.

„Das ist mein Mädchenname", antwortete sie. „Natürlich wurde die Ehe, die als Interessensvertrag nur auf dem Papier bestand, später geschieden, denn ich hatte unendliches Glück. Durch Karel Meston wurde ich finanziell unabhängig, er hat mich nach meinem Leidensweg durch die Operationssäle in seinem Büro angestellt und mir damit ein Leben in Eigenverantwortung ermöglicht, obwohl gerade er es war, der dazu keinerlei Verpflichtung hatte.

Und jetzt werde ich es nicht zulassen, dass er zum Bauernopfer gemacht werden soll."

„Aber er war immerhin Mitwisser aller dieser Straftaten", warf Bernauer ein „und hat bewusst dazu geschwiegen."

„Alles, was ich dazu noch aussagen würde, ist verjährt und so wird es auch bei den anderen Beteiligten sein."

Das entsprach zweifellos den Tatsachen.

„Dr. Bernauer", sagte sie dann ernst. „Sie sind sicher ein mitfühlender Mensch und ein guter Polizist dazu, aber vom Leben in der freien Wildbahn haben Sie nicht die leiseste Ahnung."

„Tatsache ist jedenfalls, dass Herr Meston der letzte Mensch gewesen ist, der Irina lebend gesehen hat."

„Sie glauben also Touschek wirklich?"

Einer der beiden Agenten von Interpol äußerte sich daraufhin beiläufig zu Kapnic: „Also, Meston wird trotzdem in Untersuchungshaft genommen werden müssen."

„Nein", fuhr Marianne Burger auf, „es war Touschek, der Irina erschlagen hat, das habe ich Ihnen doch schon gesagt."

„Dann sagen Sie uns jetzt auch sein Motiv."

„Das ist doch logisch nachvollziehbar. Irina hat von Pornofilmen und Mord phantasiert, Touschek hatte es gehört und nur er war es, der damit sinnvolles anzufangen wusste. Auch über ihn selbst wird ja bereits getuschelt, also hatte er ausreichend Grund, die Gefahr aus der Welt zu schaffen."

Bernauer sah überrascht auf.

„,Der Trampel quatscht nie wieder', genau das hatte er gesagt und erst dachte Herr Meston, Touschek habe das

238

Mädchen eingeschüchtert oder vielleicht sogar geschlagen, aber es war tot."

„Aber trotzdem hat ihr Chef Touschek geholfen, die Straftat zu verschleiern."

„Beweisen konnte er doch nichts und wer in die Fänge der Staatsgewalt gerät, ist meistens auch dann ruiniert, wenn er unschuldig ist."

Diese Behauptung entsprach in vielen Fällen leider der Wahrheit und es war auch der Grund, warum die Polizei so wenig Unterstützung aus der Bevölkerung bekam.

„Ist Stadtrat Nowotny im Pornogeschäft?" fragte Bernauer.

„Ja, die Filme werden im Haus Novotnys gedreht und sind in einschlägigen Kreisen als Entertainment für Erwachsene bekannt."

„War er es also, vor dem Sie Irina gewarnt haben?"

„Ja, aber verfolgt hat er sie ganz sicher nicht, das ist ausgeschlossen. So weit würde er sich nie herablassen."

„Und der andere Film, dieser Snuff?"

„Er wurde anderswo hergestellt. Den hat man Herrn Meston lediglich zur fotografischen Beurteilung übergeben."

„Von Sugar Daddy?"

„Wahrscheinlich."

„Ist Miroslav Nowotny nur ein Sugar Daddy allgemein, oder ist er dieser Sugar Daddy, den wir suchen?"

„Ich weiß es wirklich nicht, ich würde es Ihnen sagen."

„Und Sie kennen niemand, der einen gelben Lamborghini fährt?"

Sie besann sich etwas und stellte dann fest: „Ich sagte Ihnen ja schon, ich habe noch nie einen Lamborghini gesehen."

Als sie den Raum beinahe schon verlassen hatte, wandte sie sich noch einmal Bernauer zu: „Reden Sie auf jeden Fall noch einmal mit Detlef König, er ist ein guter Junge, aber ängstlich."

Stadtrat Nowotny bestand darauf, seine Aussage im Büro des leitenden Beamten zu machen und seinem Wunsch wurde, im Hinblick auf seine Stellung, stattgegeben. Der eigentliche Grund dafür war, dass sich Nowotny dadurch weniger aufmerksam verhalten würde, da er sich von Beginn an als privilegiert sah.

Dies war seiner Haltung auch deutlich anzumerken.

Nonchalant beantwortete er die Fragen zu seiner Person und stützte im Schoß locker die Handflächen aneinander.

„Stadtrat Nowotny", begann Dr. Kapnic, „Sie wissen worüber Sie befragt werden sollen?"

„Nein", sagte Nowotny, „das hoffe ich jetzt von Ihnen zu erfahren."

„Er fühlt sich überlegen", dachte Bernauer, und seine Erfahrung sagte ihm, dass diesem Mann jeder Satz abgerungen werden musste, denn er war beherrscht und nervenstark.

„Es geht um den Mord an dem Model Irina während der Modenschau im Hause Herrn Murads."

„Ich fürchte", sagte Nowotny etwas verständnislos, „da werde ich Ihnen, wie ich bereits sagte, nicht helfen können. Ich interessiere mich nicht für die Modebranche."

„Es geht hier nicht um Mode, sondern um die Hintergründe eines Mordes."

Nowotny schüttelte leicht den Kopf. „Den Tod des bedauernswerten Mädchens in meine Richtung zu recherchieren dürfte in einer Sackgasse enden, da ich weder am Tatort anwesend war, noch das Mädchen gekannt habe."

„Es spricht auch niemand von Ihrer Anwesenheit", warf Bernauer ein, „nur ihr Dienstnehmer, Herr Touschek, ist ziemlich eng in diesen Fall verwickelt und wird sogar der Tat beschuldigt."

„Dann hoffe ich, dass diese Anschuldigung auch gut untermauert ist", stellte Nowotny mit unterschwellig aggressivem Ton in der Stimme fest.

„Es handelt sich", sagte Dr. Kapnic ruhig, „ganz einfach nur um die Klärung eines Mordmotivs."

„Das da wäre?"

„Irina befand sich während der Pause der Modenschau in einem Zustand panischer Angst und hatte sich in Murads Arbeitszimmer geflüchtet. Sie fühlte sich bedroht und stieß Drohungen aus, deren Sinn den Herren Murad und Meston ihren eigenen Aussagen nach unverständlich war, aber sie versuchten die junge Frau zu beruhigen.

Da aber die Show dicht vor dem Finale stand, sollte Touschek, auf Ersuchen Herrn Mestons, das Zimmer, in dem sich das Mädchen vorübergehend wieder beruhigt hatte, bis zum Abschluss der Show gegen jeden Zutritt absichern."

„Er sollte ein Mädchen, von dessen Toben er meines Wissens nicht einmal etwas gehört hatte und dessen Anwesenheit in dem besagten Büro ihm lediglich von Herrn Meston vermittelt wurde, absichern? Dies hätte Herrn Touschek doch kaum Schwierigkeiten bereitet, welches Motiv sollte er also gehabt haben, sich dann derartig zu exponieren?"

Exponieren? Einen Mord zu begehen hatte also in Stadtrat Nowotnys Welt lediglich den Stellenwert des „sich Exponierens". Eine derartige Auslegung war sogar Bernauer neu.

„Das kommt natürlich darauf an", sagte er, „ob man den Deckmantel der Ehrbarkeit so endlos dehnen kann, bis das Verbrechen einem exponierten Verhalten gleichkommt."

Nowotny lächelte kalt: „Octavio Piccolomini?"

„Das eben ist der Fluch der bösen Tat, dass sie fortzeugend immer Böses muss gebären", vollendete Bernauer.

Nowotny nickte.

„Natürlich, der Aussage Touscheks glauben Sie ja nicht. Nur auf Verdacht hin handeln sie jetzt vorschnell, ohne Beweise und Motiv und weil er in meinem Dienst steht, verdächtigen Sie mich gleich mit?"

„Sie des Mordes zu beschuldigen wäre falsch", sagte Bernauer, „aber Sie für schuldlos zu halten, wäre ebenso unklug."

Miroslav Nowotny zuckte trotz dieser deutlichen Sprache mit keiner Wimper, nur sein arrogantes Lächeln verstärkte sich. Er sah auf die Uhr an seinem Handgelenk:

„Ich möchte nicht unhöflich erscheinen", warf er ein, „aber ich habe Termine wahrzunehmen und möchte Sie außerdem nicht mit Betrachtungen über mein Personal langweilen. Wenn nichts weiter anliegt, schlage ich vor, das Gespräch zu beenden."

„Es liegt weiteres an, Stadtrat Nowotny", mischte sich Dr. Kapnic an, „das Mordmotiv Ihres Angestellten."

Nowotny fuhr hoch: „Wollen Sie mich zum Narren halten?" herrschte er Kapnic an.

„Keineswegs", mischte sich Bernauer ein, „jetzt kommt lediglich die Erklärung."

242

„Wenn Sie sich unbedingt mit mir anlegen wollen, reden Sie", zischte Nowotny.

Bernauer zog nun seinen Stuhl näher an den Schreibtisch heran, sodass er an dessen Breitseite näher an Nowotny saß als Kapnic.

„Kommen wir also zur Vorgeschichte", sagte er.

„Sie und Jurek Touschek kennen sich seit langer Zeit, als Sie nämlich gemeinsam unter anderem die Kriegsschauplätze im krisengeschüttelten Libyen aufgesucht haben, sie mit der Kamera, Touschek als ihr Gefolgsmann und Fahrer Ihres Jeeps."

Nowotny sah gelangweilt auf seine Fingernägel und dann ebenso uninteressiert wieder auf Bernauer.

„Das hatte ich beinahe schon vergessen, eine gefährliche Zeit", sagte er und nickte leicht.

„Vielleicht ist Ihre Erinnerung wieder intensiver, wenn wir auf den Zusammenschluss mit Ihren Kollegen Luth Murad, dessen Freundin Marianne Burger und Karel Meston zurückkommen."

Miroslav Nowotny fuhr auf, wie von einer Tarantel gestochen.

„Sie sind der dritte Mann in dieser Männerfreundschaft gewesen, Sie, Karel Meston und Luth Murad. Touschek war Ihr Fahrer und Komplize und Marianne Burger die Freundin Luths. Auch wenn Sie dies in Ihrer neuen Existenz hier in Prag vielleicht ebenfalls schon vergessen haben sollten."

Nowotny hatte sich blitzartig wieder in der Gewalt.

„Und wenn es so gewesen ist? Woraus konstruieren Sie für meinen Angestellten oder mich da einen wie immer gearteten Zusammenhang zum Tod dieses Mädchens? Es war zu dem Zeitpunkt ja noch nicht einmal geboren."

„Richtig, dieses Mädchen war noch nicht geboren und steht damit auch nicht im unmittelbaren Zusammenhang", stimmte ihm Bernauer zu, „und auch die Tatsache nicht, dass Sie, obwohl es ein Unfall gewesen sein soll, den Bruder Adil Murads erschossen und ihn dann samt seiner Begleiterin Marianne Burger, mit Hilfe Ihres Fahrers, in das Minenfeld geworfen haben. Sie nannten sich allerdings zu dieser Zeit noch Marzan."

Stadtrat Nowotny bewegte sich nicht.

„Das werden Sie zu beweisen haben, sonst werden die Folgen für Sie und Ihre dubiosen Informanten ziemlich nachhaltig sein ", sagte er eisig.

„Ich interessiere mich auch nicht für die Vergangenheit, ich habe nur einen gegenwärtigen Mord aufzuklären", gab Bernauer zur Antwort, „und wir ermitteln hier lediglich wegen eines Mordmotivs für Ihren Bodygard."

Nowotny sah Bernauer plötzlich interessiert an.

„Ich höre", sagte er.

„Sie sind beide vom gleichen Holz, Sie und Ihr Angestellter, Menschenleben bedeuten Ihnen wenig", stellte Bernauer fest, „die einzige Unterscheidung liegt hier in der Gesellschaftsschicht. Sie beide tarnen sich lediglich auf andere Weise."

Nowotny sah Bernauer erstaunt an und sagte mit Bedauern in der Stimme:

„Ich habe zwar hinlänglich Verständnis für Ihr berufsbedingt desillusioniertes Weltbild, aber Sie sollten auf dem Boden der Tatsachen bleiben."

Für Bernauer war es ganz offensichtlich, dass Nowotny nur taktierte und er fuhr daher betont provokant fort:

„Touschek erledigt die Dinge mit roher Gewalt, Sie dagegen haben Marianne Burger geheiratet und ihre Krankenhauskosten und Operationen bezahlt, dafür hat sie über die wahren damaligen Vorkommnisse geschwiegen, auch gegenüber Adil Murad. Davon profitiert natürlich auch Jurek Touschek und macht daher noch immer die Drecksarbeit für Sie."

„Ich finde, jetzt gehen Sie wirklich zu weit", unterbrach ihn Nowotny, „ich werde meinen Anwalt beiziehen."

„Mein gut gemeinter Rat, tun Sie das erst zum gegebenen Zeitpunkt", gab Bernauer zu bedenken, „vielleicht kommt das Gespräch noch auf Dinge, die Sie selbst besser im kleinen Rahmen dieses Raumes halten wollen, da sie öffentlich Ihrer Position ziemlich abträglich sein könnten."

Nowotny überlegte und zeigte dann mit der Hand seine Bereitschaft an, weiterzumachen.

„Es wäre immerhin vorstellbar, dass Touschek Irinas Drohung, gewisse Vorkommnisse auffliegen zu lassen, gehört hat und in Panik geraten ist."

„Die Anschuldigungen des Mädchens konnten sich doch nicht auf ihn bezogen haben, die beiden hatten meines Wissens keinerlei Kontakt", widersprach Nowotny.

„Mag sein, aber indirekte Folgen hätten auch ihn treffen können, nämlich über Ihre Person."

Wieder deutete Nowotny lediglich durch eine Handbewegung Bernauer an, weiterzureden.

„Es liegt inzwischen eine Aussage vor, die im gegebenen Fall unweigerlich auch von Ihrem langjährigen Geschäftspartner Karel Meston bestätigt werden wird, nämlich diejenige, dass in Ihrem Haus Pornofilme gedreht werden, und für

Irina das Angebot bestand, ebenfalls mitzuwirken. Eine Tatsache, die mich lediglich peripher interessiert. Seit die junge Frau aber in seinem Atelier zufällig einen fingierten Snuff gesehen und ihn für echt gehalten hatte - ob er ebenfalls bei Ihnen aufgenommen wurde oder nur durch Ihre Hände gegangen ist, wird sich zeigen - lebte sie in panischer Angst, ebenfalls Opfer eines derartigen Massakers zu werden.

Schon die Publikmachung dieser Anschuldigungen, auch ohne die Erbringung von Beweisen, genügt, um Ihre politische Karriere zu zerstören und mit Ihnen steht und fällt auch der Lebensstandard Ihres Bodyguards Touschek, der nicht zögern würde alles dafür zu tun, um dies zu verhindern."

Miroslav Nowotny hatte Bernauers Darstellung ungerührt zugehört.

„Es dürfte zu diesem Zeitpunkt wenig Sinn haben sich moralischer Entrüstung hinzugeben, allerdings weise ich die Verdächtigungen, Snuff-Filme, selbst wenn es sich um Fakes handelt, gedreht zu haben, schärfstens zurück. Die gelegentliche Aufnahme von Pornofilmen bestreite ich nicht, aber sie dienten ausschließlich privaten Interessen.

Da in meinen Filmen niemals Minderjährige mitgewirkt haben, bin ich diesbezüglich auch nicht mit dem Gesetz in Konflikt geraten und steuerrechtliche Belange dürften mangels gewerblicher Vermarktung wohl auch nicht von Interesse sein.

Was immer auch zum Tod des Mädchens im Hause von Adil Murad geführt hat, steht in keinerlei Beziehung zu mir.

Da ich die Umstände des Falles nicht kenne, bin ich auch nicht in der Lage zweckdienliches auszusagen und wie weit Herr Touschek Zeuge der Umstände wurde oder beteiligt ist, entzieht sich ebenfalls meiner Kenntnis. Wenn Sie da etwaige Zusammenhänge vermuten oder aus seinem Dienstverhältnis zu mir Folgerungen ziehen wollen, werden Sie nicht sehr weit kommen."

„Ich versichere Sie, Stadtrat Nowotny, Sie werden die erste Person sein, die dann sofort erfährt, wie weit ich gekommen bin."

Nowotnys Reaktion war durch ein laues Lächeln eindeutig erschöpft.

Bernauer wandte sich noch einmal an ihn: „Wer ist Sugar Daddy?"

Für einen Augenblick glaubte Bernauer ein Funkeln in den Augen Nowotnys gesehen zu haben.

„Wenn das, was man so zu hören bekommt, den Tatsachen entspricht, haben Sie es hierbei mit einer nicht unbeachtlichen Auswahl zu tun. Nun, Sie werden schon den richtigen herausfinden."

Beinahe zeitgleich mit dem Ende der Vernehmung Nowotnys bekam Bernauer einen Anruf Hofrat Sassmanns, der erfolgreich die Gesellschaftsmitglieder des Antiquitätenhandels in Zürich hatte recherchieren lassen.

Unter anderem war eingetragener Gesellschafter Architekt Miroslav Nowotny, ebenso der Geschäftsführer der Filiale in Zürich, Baron Jean J. Dechaump.

„Das war zeitlich knapp daneben", stellte Dr. Kapnic fest, als ihm Bernauer das Ergebnis aus Zürich berichtete.

„Er wäre uns ohnehin wieder nur ausgewichen, wir brauchen jetzt handfeste Beweise. Schließlich handelt es sich bei den Beschuldigten, die hier ein und aus gehen, auch nicht gera-

dezu um Personen, die man eben mal auf Verdacht fest-
setzt."
„Beginnen wir trotzdem am Nachmittag", sagte Kapnic, „es
hat sich nämlich schon Karel Meston bei mir gemeldet. Er
weiß inzwischen von der Aussage Frau Burgers und möchte
dazu gehört werden."

Karel Meston hatte trotz seines zwischenzeitlichen Spitals-
aufenthaltes nichts von seiner Wirkung eingebüßt.
Völlig ruhig hatte er Platz genommen und begann dann,
noch ehe er aufgefordert worden war:
„Ich kenne die Aussage Frau Burgers und bestätige sie in-
soweit, als dass bei einem Unfall in einem libyschen Minenfeld Luth Murad ums Leben kam und Frau Marianne Burger
schwerst verletzt wurde. Dies ist meine Version als Zeuge
dieser Angelegenheit."
Damit hatte Bernauer allerdings gerechnet.
„Beginnen wir also mit der Gegenwart", sagte er und begann
umständlich in seinen Unterlagen zu wühlen.
„Frau Marianne Burger ist die geschiedene Frau des Stadtrates Nowotny, ist das richtig so?"
Meston nickte zustimmend.
„Warum hat er sie geheiratet?"
„Aus dem gleichen Grund, warum ich sie bei mir angestellt
habe. Wir haben beide unser bestes getan, um einer in Not
geratenen Kollegin zu helfen."
„Inwiefern war Frau Burger durch die Heirat geholfen?"
„Eine verheiratete Frau hat sogar in unserer Gesellschaft,
und noch viel mehr in afroasiatischen Staaten, einen we-

sentlich höheren Stellenwert. Dies ist von ganz besonderer Wichtigkeit dann, wenn diese Frau wie in unserem Fall, nur mehr aus einem unkenntlichen, blutigen Fleischbündel besteht."

Feindlich starrte er Bernauer an.

„Frau Marianne Burger ist Ihnen natürlich überaus dankbar dafür, dass Sie ihr eine selbständige Existenz ermöglichen?"

„Selbstverständlich ist es so und sie wird es Ihnen wohl kaum verheimlicht haben. Aber könnte es sein, dass Sie aufgrund dieser ganz natürlichen Reaktion Frau Burger unterstellen, sie würde sich für mich auf absolut gefährliche Lügen einlassen?"

„Ich unterstelle gar nichts, ich frage Sie nur, haben Sie Frau Burger mitgeteilt, Jurek Touschek sei der Mörder des Mädchens Irina gewesen? Er hat nämlich behauptet, die junge Frau weder gesehen noch ihre Stimme aus dem Büro gehört zu haben. Er wisse jedenfalls nichts von hysterischen Ausbrüchen oder Drohungen und die junge Frau zu töten, hätte er keinerlei Grund gehabt."

„Und welchen Grund hätte ich dafür gehabt?" fragte Meston.

„Irina hat immerhin Drohungen ausgestoßen, sagten Sie selbst. Vielleicht wollten Sie Irina gar nicht vorsätzlich umbringen, aber Gewalt ist ein gebräuchliches Mittel des Verhandelns, wenn nicht alles nach Plan läuft."

„Das Mädchen hatte sich doch bereits beruhigt, als ich ihm versicherte, dass niemand das Zimmer betreten könnte. Es kam für mich zwar ganz unvermittelt, aber Irina hatte mir plötzlich geglaubt."

Dies sprach wiederum für Meston, entschied Bernauer bei sich. Das Mädchen hatte sich beruhigt, weil es jetzt, wenn niemand den Raum betreten könnte, die Möglichkeit gesehen hatte, ungestört durch das Fenster zu entkommen. Davon hatte Meston natürlich nichts gewusst und daher Irinas Beruhigung seiner eigenen Beredsamkeit zugeschrieben. Bernauers Verdacht gegen den Türsteher verdichtete sich.

„Haben Sie Touschek beauftragt, nach dem Mädchen zu sehen?"

„Nein, mir lag nur daran, dass Irina in Murads Büro nicht gestört würde. Ich habe ihn lediglich beauftragt, das Zimmer abzuschotten.

„Das stellt er in Abrede. Hat Touschek ausdrücklich zu Ihnen gesagt, er hätte das Mädchen umgebracht?"

„Nein, genau genommen sagte er mit den Worten: ‚Der Trampel quatscht nie wieder', er hätte das Problem aus der Welt geschafft."

Das mochte vom Wortsinn her zutreffen, aber Bernauer hatte jetzt endgültig die Nase voll. So kamen sie nicht weiter.

„Herr Meston", sagte er laut und unnachgiebig, „hier wird nicht Katz und Maus gespielt, sondern eine Mordermittlung geführt. Durch vage und lauwarme Aussagen zieht sich das Ganze natürlich in die Länge, aber letzten Endes setzt sich die Wahrheit durch und die wird für Sie folgendermaßen aussehen:

Sie werden nicht mehr auf freiem Fuß einvernommen und verbleiben bis zum Beweis Ihrer behaupteten Unschuld in Untersuchungshaft. Das kann allerdings bis zur Verhandlung dauern.

Außerdem hängt von Ihrem Verhalten das Schicksal Frau Burgers und möglicherweise auch das Herrn Murads ab, da wir uns dann unweigerlich mit der Möglichkeit einer Täter- oder Mittäterschaft befassen müssen.

250

Genügt es nicht, wenn die Fassade bröckelt, aber vielleicht wieder irgendwie zu kitten sein wird?"

„Also Schadensbegrenzung?"

„Ja, und Sie selbst gehen dabei das geringste Risiko mit dem gleichzeitig größten Nutzen ein. Sie sind ein Künstler, dessen Publikum eine gewisse Exzentrik in Kauf nimmt und wenn Ihnen kein schweres Vergehen angelastet werden kann, kommen sie mit einem blauen Auge davon."

Karel Meston zog arrogant die Augenbrauen hoch.

„Mein persönliches Befinden steht nicht zur Disposition", sagte er hochmütig, „ich nehme die Menschen lediglich vor meine Linse und dokumentiere. Wie sie sich präsentieren, ist ihre Sache. Folglich belaste ich auch niemanden angesichts beliebiger Phantasien."

Wieder legte er mit eleganter Geste die Fingerspitzen seiner beiden Hände aneinander.

Sein geradezu hypnotischer Blick richtete sich auf die kahle Wand hinter Dr. Kapnic und ohne sichtbare Gefühlsbewegung begann er zu reden:

„Als ich nach dem Defilee besorgt zu Murads Büro zurück eilte, stand Jurek Touschek vor der Türe und grinste mich zufrieden an.

,Der Trampel quatscht nie wieder', sagte er und hob seine geballte rechte Hand. Diese Geste ist mir aus unserer gemeinsamen Zeit in Libyen sattsam bekannt. Sie bedeutet einen Angriff mit dem Schlagring."

Meston zog fragend eine Augenbraue nach oben.

„Hat man nach dem Tod Irinas die Tatwaffe gefunden?"

Kapnic zog noch einmal den Akt Irinas zu Rate.

„Nein", sagte er, „obwohl der Tatort und die gesamte Etage akribisch abgesucht wurden."

„Die tödliche Wunde müsste ausgesehen haben, als wäre sie durch einen schmalen Fleischschlägel verursacht worden, rasterförmige Verletzungen und rechteckige Wunde."

„Das ist richtig", bestätigte Kapnic.

„Sie stammt von einem Schlagring der Marke Heldth, wie ihn Touschek bereits in Libyen besessen hat. Den konnten Ihre Leute natürlich nicht finden, da er ihn einfach nur in die Tasche gleiten ließ."

Ein Dejavu für Bernauer. Wies nicht das seinerzeit ertrunkene Mädchen im Teich unter der Villa des Stadtrates eine ähnliche Verletzung auf? Allerdings war damals die Verwundung nicht tödlich gewesen, aber auch in diesem Fall wäre dann Touschek mit diesem scheußlichen Schlagring in der Nähe des Opfers gewesen.

„Wissen Sie etwas über einen Fall, der etwas mehr als ein Jahr zurückliegt? Ein Mädchen ist in einem Teich unter Stadtrat Nowotnys Villa ertrunken?" fragte Kapnic.

„Ich habe davon gehört", gab Meston zu, „von Frau Burger, meiner Sekretärin, und sie musste es wiederum von Irina erfahren haben. Irgendwie kam hier auch Herr Murad ins Spiel."

„Könnte sein, denn die junge Frau hat dort illegal geputzt, aber wer sie zu Probeaufnahmen eingeladen hat, ist noch nicht geklärt. Vermutlich sollten sie in Architekt Nowotnys Villa stattfinden."

„Er macht dort vielerlei Geschäfte, mit denen ich nichts zu tun habe. Ob sich das Mädchen damals in seinem Haus befunden hat, entzieht sich meiner Kenntnis und auch von Probeaufnahmen weiß ich nichts."

„Ist Architekt Nowotny Sugar Daddy?" Bernauer musste es jetzt wissen.

Karel Meston lächelte abfällig: „Er ist ein Sugar Daddy, oh ja."

„Auch derjenige, der Ihnen den fingierten Snuff übergeben hat?"

„Auch der."

„Was sollten Sie damit?"

„Ihn fachlich beurteilen, denn es handelte sich um das Werk eines Amateurs."

„Eine unverzeihliche Sorgfaltslosigkeit", unterbrach ihn Bernauer abfällig.

Wieder überzog das faunische Lächeln Mestons Gesicht.

„Wissen Sie denn überhaupt, wie viel Geld man beim Ankauf eines derartigen Kurzfilmes hinlegen muss? Diese Kunden befinden sich nur in den oberen Steuerklassen, Major. Natürlich lässt sich bei solcher Materie über Moral und Geschmack nicht streiten, aber es handelt sich letztlich, wie überall, wiederum nur um Geschäfte, die weniger blühend wären, wenn nicht die Menschen eine so niederträchtige Natur besäßen. Hier befriedigt man deren abnorme Wünsche mit Fälschungen und hält sie vielleicht davon ab, selbst diese Taten zu begehen oder andere dazu anzustiften."

Diese Behauptungen trafen sicher in vielen Fällen zu, waren aber schwer zu verdauen. Bernauer zögerte, aber Karel Meston ließ ihm keine Gelegenheit sich zu äußern.

„Wenn Sie je, wie ich, gesehen hätten, in welch widerliche Kreaturen sich brave Familienväter und fromme Gläubige in Zeiten des Krieges verwandelt haben, würde Sie das ganze jetzt nicht so maßlos überraschen."

Nicht maßlos überraschen?

Nicht dass Bernauer die Ausführungen Karel Mestons für unrealistisch hielt, aber die Sachlichkeit der Betrachtungen war für ihn so erschreckend unmenschlich, wie der Auswurf einer Maschine.

„Woher hatte Architekt Nowotny diesen Film?" fragte er.

„Das weiß ich nicht", antwortete Meston, „vielleicht aus der Schweiz?"

„Er wurde in Salzburg gedreht", sagte Bernauer, „und Sie könnten jetzt Ihre Karten auf den Tisch legen. Architekt Nowotny hält Gesellschaftsanteile an einem internationalen Kunsthandel und sein Geschäftsführer in Zürich ist der Eigentümer eines gelben Lamborghinis. Der fingierte Snuff kam also über die Schweiz, der gelbe Lamborghini wurde in Salzburg nahe des Drehortes gesehen und Sie sollten den Amateurfilm fachlich begutachten. Waren Sie es, der mit Jean Dechaump eine oder zwei Wochen zuvor den Drehort besichtigt hat? Wir können Sie auch den Kindern, die den Wagen vor dem Gasthof gesehen haben, gegenüberstellen und natürlich auch dem Hotelpersonal."

„Sparen Sie sich die Mühe", sagte Karel Meston, „ja, Dechaump und ich besichtigten einige Adressen in Salzburg, die unheimlich genug und auch fototechnisch geeignet waren, um als Hintergrund einschlägiger Filme zu dienen. Ich habe die Empfehlung dazu abgegeben, dies war meine Aufgabe, nicht mehr und nicht weniger."

„Wer hat dann beim Henkerhaus diesen Film gemacht?"

„Vermutlich Dechaump."

„Das Mädchen ist dabei erstickt."

Karel Mestons Blick, den er bisher seltsam scharf auf die kalkweiße Wand geheftet hatte, bohrte sich jetzt in Bernauers Augen.

„Erstickt, das ist doch ganz und gar unmöglich."

„Nicht bei unterlassener Hilfeleistung", bemerkte Bernauer.

254

Mestons Beherrschung funktionierte auch nach dieser schockierenden Nachricht tadellos.

„Ich habe Ihnen alle mir bekannten Hintergründe geliefert, mehr kann ich nicht tun."

„Eine Frage noch", sagte Bernauer: „Wie passt Adil Murad in dieses Bild?"

„Da habe ich keine Ahnung. Unsere Beziehung ist rein geschäftlicher Natur, mit der Pornoszene ist er, soweit mir bekannt ist, nicht in Berührung gekommen, für den Mord an Irina sehe ich bei ihm kein Motiv und wessen Sie ihn sonst verdächtigen, ist mir nicht bekannt."

„Immerhin soll er bei einer Wiener Bühne eine schriftliche Empfehlung für die Ihnen bekannte Zürcher Tänzerin Helene Dietrich abgegeben haben und über den oftmaligen Wechsel seiner Models sind ebenfalls bereits Gerüchte entstanden."

„Also, dass er eine kleine unroutinierte Tänzerin protegieren wollte, ist allein schon ziemlich unglaubhaft und wenn Sie hinsichtlich der Gerüchte an einen Zusammenhang mit dem Tod Irinas denken, so halte ich das für ausgeschlossen. Er ist bei den Mädchen sehr beliebt und niemals hätte der Mann seine eigene Veranstaltung so gefährdet."

Kapnic und Bernauer hatten sich für den Abend wiederum in dem unglaublich romantischen Speiselokal in der Altstadt verabredet und besprachen nun nach dem Verzehr des köstlichen Bratens bei einer Flasche Vino de Pays den momentanen Stand der Ermittlungen.

Kapnic hatte seine eigene Anschauungsweise. „Irgendwie

verwischen sich die Kreise zwischen Mord und Menschenhandel immer mehr, beziehungsweise bedingen sich untereinander und leider haben wir viel zu spät mit einer gehaltvollen Zusammenarbeit angefangen", meinte er. „Der Mord an Irina geschah eindeutig vor dem Hintergrund einschlägiger Filme und die dort beschäftigten Mädchen kommen dann überwiegend aus der Modeszene, die wiederum einen bequemen Handel mit jungen Frauen ermöglicht und geradezu eine Plattform für Angebot und Nachfrage darstellt."

„Für mich steht eindeutig fest", sagte Bernauer, „dass Erzeugung und Vertrieb der Filme bei Stadtrat Nowotny liegen, der eine weitere Quelle in Form der getürkten Snuffs aufgetan hat und zwar zusammen mit dem Geschäftsführer des Antiquitätenhandels in Zürich. Vielleicht wollte man Meston nicht nur zur Begutachtung mit ins Boot holen?"

„Was dieser sicherlich nie zugeben würde", beendete Kapnic."

Bernauer nickte ziemlich zweifelnd.

„Ungeklärt ist auch noch, wem diese Art von beruflichen Lovern angehört, die den Mädchen Liebe und Reichtum vorspiegelt, so dass sie, selbst wenn sie vorerst auch noch nach Hause zurückkehren, über kurz oder lang wieder bei diesen Kerlen landen, wo dann der Weg nach unten bereits vorgezeichnet ist. Die opulenten Erzählungen von Reichtum und Glück halten die Menschen in der Heimat dann auch noch für wirklich gewordene Märchen aus Tausend und einer Nacht."

„Die triviale Wahrheit kommt nie gut an, wen interessiert schon das Sein, wenn der Schein schön ist." sagte Kapric, „Das ist dann wenigstens nicht unsere Materie", stellte Bernauer fest."

„Wer konnte denn so etwas ahnen?"

Kapnic schob sein Glas auf dem Tischtuch hin und her.

„Geradezu paradox ist es schon, dass man Interpol eingeschaltet hat, um Verzögerungen und Begünstigungen im Mordfall Irina aufzudecken, weil wir offensichtlich zu wenig rasch und gründlich gegen das Haus Murad und möglicherweise weitere Beteiligte vorgegangen sind, nur weil wir uns auf Weisung von oben hin bedeckt halten mussten."

„Wer hatte denn überhaupt so großes Interesse an Irina aufgebracht, dass er der mächtigen Clique Murads und seiner zahlungskräftigen Klientel den Kampf angesagt hat und die nötigen Informationen an Interpol geliefert hat, weiß man das?" fragte Bernauer,

„Jetzt ja", antwortete Kapnic, „aber Sie werden es nicht glauben!"

Bernauer richtete sich auf. „Wer?" fragte er.

Kapnic kostete die Spannung weidlich aus.

„Marianne Burger", sagte er.

„Sie wusste natürlich um die Vorgänge in Nowotnys Villa und dass einige Mädchen dabei aus dem Kreis um Adil Murad kamen, aber ob es zwischen Nowotny und Murad auch einen Interessenzusammenhang auf diesem Gebiet gab, wusste sie nicht. Also konnte Touschek durchaus auch im Sinne Murads gehandelt haben, als er das Mädchen zum Schweigen gebracht hatte. Vom Betreiben eines organisierten Menschenhandels hatte sie natürlich keine Ahnung.

Als Meston aber den getürkten Snuff mitbrachte, Irina eine Woche später ermordet wurde und unsere Nachforschungen anscheinend zum Schutze des prominenten Designers merklich schleppend vorangingen, hatte die Burger beschlossen, dem Treiben ein Ende zu bereiten."

„Aber ihre Loyalität zu Karel Meston, ich kann es nicht glauben", staunte Bernauer.
„Wenn er das Mädchen nicht umgebracht hat, und davon ist die Burger fest überzeugt, wird ihn das alles kaum betreffen. Selbst einige Kratzer in moralischer Hinsicht nützen einem Künstler meist mehr als sie ihm schaden und die explizite Beteiligung an ungesetzlichen Machenschaften müsste ihm erst bewiesen werden. Eines steht für mich grundsätzlich fest: die Herstellung oder der Handel mit getürkten Snuffs war für die Burger eindeutig zu viel. Noch ist Meston nicht straffällig in diese Sache verstrickt und ich denke, es ist ihr eben so viel daran gelegen, dass es so bleibt, wie an der Auffindung von Irinas Mörder."
„Ich werde noch einmal mit Detlef König sprechen", sagte Bernauer. „Ich bin sicher, dass er noch immer etwas zurück hält, der Kerl macht mich wahnsinnig."

Detlef König hatte sich eben das Frühstück in sein Atelier getragen, um nebenbei einen Film aus seiner Kamera zu betrachten, als Bernauer mit einem ansehnlich gefüllten Papiersack aus der Bäckerei erschien.
„Wir sollten beim Frühstück noch eine kleine Unterhaltung führen", sagte er.
Das Gesicht des Fotografen war wieder misstrauisch.
„Denn meine Geduld in dieser Angelegenheit ist jetzt langsam erschöpft."
König, der wegen des wunderbaren Geruchs, der aus Bernauers Papiertüte kam, schon beinahe zu hinken vergaß, richtete sich auf:

„Ich bin schon über meinen Schatten gesprungen, als ich Sie überhaupt ins Vertrauen gezogen habe. Jede unbedachte Information von mir hätte mich umbringen können."

Er nahm genussvoll einen Schluck Kaffee.

„Ich sollte über die Vorgänge im Park sprechen?"

König blickte gespannt auf Bernauer und bestrich dabei eines der Briochehörnchen dick mit Butter und Marmelade.

„Es wäre jetzt höchste Zeit."

„Sie haben noch im Gedächtnis, was ich Ihnen über Myš erzählt habe?" fragte er.

„Dass sie illegal gelebt hat und zu einem Casting für Filmaufnahmen geladen worden war?"

Bernauer nickte.

„Wer sie darauf angesprochen hat weiß ich nicht, aber das Casting fand dann in der Villa im Park statt", sagte König.

„Das haben Sie gewusst?"

„Nein", wehrte König ab, „aber der Mann im Rollstuhl hat es gesehen."

Wieder überlegte er einige Sekunden.

„Damals wollte er zum Teich unter der Villa, um die Enten zu füttern. Als er mit seinem Rollstuhl knapp vor dem Haus stehen geblieben war, fuhr ein gelber Sportwagen vor, aus dem ein Mädchen und ein Mann ausstiegen und hinter einem vierschrötigen Kerl in schwarzer Kleidung im Haus verschwanden. Das musste der Mann gewesen sein, der die Kinder beim Fotografieren vor der Villa beaufsichtigt hat."

„Die Automarke?" fragte Bernauer elektrisiert.

„Das hat er nicht gesagt", gab König zur Antwort, „und die Sache hat ihn auch nicht weiter beschäftigt, aber als das Bild des toten Mädchens in die Zeitung kam, erkannte er es wieder, allerdings war es da dann eher lächerlich kostümiert,

sollte wahrscheinlich griechisch oder römisch sein."
„Was ist griechisch oder römisch?"
„Na, ja. Eine weiße Tunika, mit einem dicken goldenen Reif auf dem Oberarm. Als sie aus dem Auto stieg trug sie Jeans und ein schwarzes T-Shirt, auch die Haare hatte sie nicht aufgesteckt. Sie musste sich also im Haus umgezogen haben."

Dass der gelbe Sportwagen, den der Rollstuhlfahrer gesehen hatte, mit dem Lamborghini des Schweizer Antiquitätenhändlers ident war, wurde nun für Bernauer zur Gewissheit und seine Assoziation zur Szene im Salzburger Henkerhaus nahm greifbare Gestalt an. Die Idee, derartige Filme zu drehen, war offenbar nicht neu, sondern wurde in dieser Prager Villa bereits vor mehr als einem Jahr entweder schon umgesetzt, oder es hatte sich um eine Art Probelauf gehandelt. Dazu hatte man Myš als Vestalin oder Sklavin eingekleidet und vermutlich waren ihr die Drogen in den Getränken verabreicht worden. Etwas später dürfte allerdings die Situation aus dem Ruder gelaufen sein und einige Männer waren über das Mädchen hergefallen.

Entweder hatte sie entkommen können und wurde wieder eingeholt, dafür sprachen auch ihre Verletzungen, oder Sie könnte auch mit Gewalt an den Teich geschleppt und ertränkt worden sein.

„Und seit wann wissen Sie das alles?" fragte Bernauer ungläubig.

„Seit dem ich dem Rollstuhlfahrer erzählt habe, dass ich den Auftrag hatte, die Kinder vor dieser Villa zu fotografieren. Die Bewohner dieses Hauses hätten ihn ohnehin schon längst interessiert, sagte er, besonders die Eigentümerin hätte er gerne gesehen. In der Folge hat er die Örtlichkeit so

260

quasi ein wenig überwacht und sich gelegentlich in der Sonne platziert, einfach nur so die Augen offen gehalten."

„Und das hat ihn wahrscheinlich das Leben gekostet", dachte Bernauer bedrückt, aber er nahm jetzt ziemlich sicher als gegeben an, dass Jurek Touschek das ausübende Organ der Organisation war, welche Rollen Murad, Meston und Nowotny tatsächlich spielten, konnte er noch nicht beweisen, aber die Ermittlungen kamen nun endlich auf ein greifbares Fundament.

Bernauer und Kapnic waren nun übereingekommen, vorerst noch einmal Adil Murad zur weiteren Einvernahme ins Präsidium zu bestellen.

Er habe allerdings keine Ahnung, meinte er, was er zur Klärung der Sache noch weiter beitragen könnte.

„Herr Murad", sagte Bernauer, „Sie wissen, dass Sie ebenso im Dunstkreis des Mordverdachtes stehen, wie Karel Meston und Jurek Touschek. Besonders belastend für Sie ist die Anschuldigung, Sie hätten Irina auf eine Art und Weise überwachen lassen, die sie in jene Panik verfallen ließ, durch die sie dann ums Leben kam.

Adil Murad war blass geworden.

„Dies ist eine ungeheure Unterstellung, Major Bernauer", sagte er, „es war wohl ein Fehler von mir, ohne Anwalt bei Ihnen zu erscheinen, aber dies hätte ich nicht im mindesten erwartet."

Er überlegte einige Sekunden.

„Aber Sie würden es ohnehin herausbekommen", sagte er dann.

261

„Es ist nicht das erste Mal gewesen, dass man sich auf eine schriftliche Empfehlung meinerseits berufen hat und zwar immer im Zusammenhang mit jungen Frauen. Derartiges habe ich aber nie getan. Fest steht also, es verschafft sich jemand laufend unbefugten Zugriff auf mein Geschäftspapier, obwohl ich es jetzt in einer Lade versperrt halte. Diese Person gibt vermutlich auch meine Geschäftsinterna weiter und kann sich daher nur in meinem näheren Umfeld befinden. Mein Verdacht wurde unter anderem dadurch geweckt, dass uns einige Mädchen unter ziemlich unkontrollierbaren Umständen verlassen haben. Es ist unzweifelhaft alles berechenbar, und man weiß anscheinend auch, wer sich zu welchem Zeitpunkt und dann auch wo aufhält. Einige meiner Recherchen verliefen bereits im Sand und über Irinas Persönlichkeit wusste ich nichts, lediglich dass sie aus Österreich kam, ihre Kontakte in Prag waren mir ebenfalls unbekannt. Eine sehr schöne Frau, die nur, meiner Meinung nach, den Anforderungen eines Lebens am Laufsteg nicht gewachsen war. Mein Verdacht war daher leider auf sie gefallen."

„Sie haben sie also von dem Mann überwachen lassen, den ich im Schloßhotel Fuschl bei Salzburg gesehen habe und vor dem sich Irina irrtümlicherweise als gewarnt betrachtete?"

„Von wem wurde sie denn nun vor meinem Detektiv gewarnt und wieso? Von ihm drohte ihr doch keinerlei Gefahr."

„Ich sagte bereits, es handelte sich um einen Irrtum in der Person, eine äußerliche Ähnlichkeit."

„Und diese Verwechslung soll zum Tod des Mädchens beigetragen haben?" fragte Murad ungläubig und erschüttert.

„Sie dürfte zumindest der Auslöser gewesen sein", antworte-

262

te Bernauer, „aber anscheinend hatte Ihr Detektiv über Irina nichts herausgefunden, sonst wäre er in Fuschl kaum weiterhin präsent gewesen."

„Es hat sich nichts ergeben", sagte Murad bedrückt „und deshalb ließ ich ihn weiter recherchieren."

„Glauben Sie dem Murad?", fragte später Dr. Kapnic, „ziemlich zweifelhaft die ganze Angelegenheit", aber Bernauer konnte nicht übersehen, wie sehnlich Kapnic sich wünschte, Adil Murad würde aus der Schusslinie genommen werden.

„Kann sein oder auch nicht, auf jeden Fall sind seine Behauptungen angesichts der Umstände schlüssig."

Die Amtshilfe der Zürcher Kollegen bezüglich Baron Jean J. Decaumps hatte nur ergeben, dass er sich, laut eigener Angabe, gelegentlich geschäftlich in Prag aufhalte und von Geschäften außerhalb des Antiquitätenhandels angeblich keine Ahnung habe. Er sei auch mit seinem Lamborghini nie in Salzburg oder Umgebung gewesen, dazu hätte er keine Veranlassung gehabt.

„Hier steht Aussage gegen Aussage, Karel Meston behauptet das Gegenteil", sagte Kapnic, „ich hege keinen Zweifel, dass Meston die Wahrheit sagt, aber noch fehlt uns jeder Beweis."

263

„Befragen wir vielleicht doch noch einmal Stadtrat Nowotny, ehe wir uns Touschek vornehmen und Untersuchungshaft für ihn beantragen", schlug Bernauer vor.

Architekt Nowotny erschien diesmal zur Vernehmung mit seinem Rechtsanwalt. „Mein Mandant hat bereits eine umfassende Darstellung seiner Sicht der Dinge niedergelegt", begann der Anwalt in hochtrabendem Ton. „Wenn Sie also keine weiteren Erkenntnisse oder Beweise vorzubringen haben, wünscht er von seinem Recht, die Präfektur zu verlassen, Gebrauch zu machen."
„Davon wird Architekt Nowotny nicht Gebrauch machen wollen, sollte er die Möglichkeit der Verhängung einer Untersuchungshaft vermeiden wollen."
„Dann haben wir jetzt das Recht, über die veränderten Umstände aufgeklärt zu werden."
Bernauer fragte sich, wie weit Nowotny den Anwalt überhaupt eingeweiht hatte, obwohl es keinen Zweifel daran gab, dass auch dieser nicht zu den Mitgliedern einer frommen Bruderschaft gezählt werden durfte.

Da Joschi Bernauer in keinerlei Bezug zur Stadt Prag oder einer Person dieser Stadt stand und daher auch nicht als befangen gelten konnte, führte er im Einverständnis mit Dr. Kapnic zumindest den Beginn der Einvernahme.
Er schlug eine Seite der vor ihm liegenden Mappe auf, und begann zu rekonstruieren:
„Ist es richtig, dass Sie konzedieren, ohne gegen gesetzliche Bestimmungen zu verstoßen, zwar Pornofilme zum per-

264

sönlichen Gebrauch gedreht, aber bestreiten, einen Schein-Snuff an Karel Meston weitergegeben zu haben?"

Stadtrat Nowotny nickte gelangweilt.

„Und Sie hatten auch keinerlei Kenntnisse oder Interesse bezüglich der Modebranche, insbesondere der Vorgänge im Hause Adil Murads und der Ausdruck Sugar Daddy ist Ihnen zwar ein Begriff, aber Sie hätten keine konkrete Vorstellung bezüglich einer bestimmten Person."

Jetzt begann sich Nowotnys Anwalt einzuschalten:

„Ich unterbreche nur sehr ungern, aber mein Mandat hat sich bereit erklärt in der Sache Auskunft zu geben, bis jetzt bewegt sich das Gespräch aber eher auf dem Niveau einer erinnerungsträchtigen Unterhaltung."

Damit waren nun bei Dr. Kapnic auch die letzten vielleicht noch vorhandenen Reserven verbraucht.

„Dann werden wir jetzt umgehend Ihr mangelhaftes Interesse erwecken und uns den strafrechtlichen Aspekten zuwenden."

„Einige Hintergrundinformationen, die allerdings nicht primär den gegenständlichen Fall betreffen, werden vorab auch dann zu erläutern sein, wenn sie der Beweisführung dienen", sagte Bernauer, „um die etwaige Verfolgung wird man sich dann später und gegebenenfalls auch bei einem anderen Dezernat kümmern."

Nach diesen Worten hing das arrogante Grinsen Nowotnys erstmals ein wenig schief und er suchte etwas unsicher im Gesicht seines Rechtsbeistandes zu lesen.

Bernauer wandte sich an Stadtrat Nowotny.

„Wie Sie sich erinnern werden, ist im Teich, ganz in der Nähe Ihrer Villa, vor ungefähr einem Jahr eine tote junge Frau gefunden worden, sie hielt sich illegal in Prag auf und wurde Myš gerufen. Dieses Mädchen wurde von einer uns noch unbekannten Person zu einem Casting eingeladen. Dieses Casting fand dann allerdings in Ihrem Haus im Park neben dem Teich statt. Ein zufällig anwesender Zeuge sah das Mädchen, mit Jeans und T-Shirt bekleidet, aus einem gelben Sportwagen steigen und zusammen mit dem Fahrer des Wagens Ihr Haus betreten.

Am nächsten Morgen wurde das Mädchen gefunden, es war im Teich knapp unter Ihrem Haus, bekleidet mit dem Kostüm einer Vestalin, ertrunken. Die Frau muss sich also in Ihrer Villa umgezogen haben. Die Obduktion hat allerdings ergeben, dass das Mädchen erheblich unter Drogen stand und vor seinem Tod durch Ertrinken noch schwer misshandelt worden war, insbesondere mit einem Schlagring der Marke Heldth. Wer dieses Instrument bereits seinerzeit in Libyen benutzt hat, brauche ich Ihnen wohl nicht zu erklären."

„Das ist im gegenständlichen Fall doch völlig irrelevant", fuhr der Anwalt Nowotnys auf.

„Da irren Sie leider", belehrte ihn Bernauer, „die Relevanz besteht genau darin, dass die Verwendung eines solchen Schlagringes auch zum Tod des Models Irina geführt hat. Die Aufklärung des Mordes an dem Mädchen Myš wird dann allerdings Gegenstand eines weiteren Verfahrens sein, in dem Stadtrat Nowotny aktiver Teilnehmer sein wird."

Bernauer wandte sich jetzt gezielt an Nowotny:

„Was immer Touschek von Irina im Arbeitszimmer Adil Murads an Drohungen gehört hat, er muss es irgendwie mit Ihnen in Verbindung gebracht haben, hat prompt gehandelt und das Mädchen zum Schweigen gebracht. Glauben Sie mir, Architekt Nowotny, Touschek wird reden."

266

Der Antrag des Anwaltes, sich mit seinem Mandanten beraten zu können, folgte ebenso blitzartig wie zu erwarten war.

Nach einer Unterbrechung von etwa einer Viertelstunde gab Architekt Nowotny folgendes zu Protokoll:

Er wisse, dass Jurek Touschek in Libyen einen Schlagring der Marke Heldth besessen habe, hätte aber keine Ahnung, was damit geschehen sei. Er wisse auch nichts über den Tod der ertrunkenen jungen Frau, da Touschek von Nowotny damals den Auftrag hatte, ein Taxi für ihre Heimfahrt zu bestellen. Dass Touschek das Mädchen, anstatt seinen Auftrag auszuführen, umgebracht habe, könne er sich allerdings nicht vorstellen. Er selbst habe angeekelt die Gesellschaft beendet und sei zu Bett gegangen, da er sich am nächsten Morgen zeitig auf Geschäftsreise begeben habe, wodurch er auch vom Tod des Mädchens bis zum heutigen Tag keine Kenntnis gehabt habe. Das Model Irina habe er selbst nie gesehen und auch nie von ihm gehört, also konnte die Frau auch nichts Belastendes über ihn gewusst oder geäußert haben.

Falls Touschek mit dem Tod dieses Mädchens, oder vielleicht sogar beider, zu tun habe, stünde dies in keinerlei Verbindung zu seiner eigenen Person und daher selbstverständlich in der alleinigen Verantwortung Touscheks.

„Die Ratten verlassen das sinkende Schiff", dachte Bernauer und gerade deshalb erhoffte er sich in Touschek einen fallen gelassenen und daher wütenden Täter zu finden.

„Eine Frage noch, Stadtrat Nowotny", wandte er sich noch einmal an den Architekten, der sich bereits erhoben hatte, um mit seinem Anwalt den Raum zu verlassen, „Ihr Geschäftsführer in Zürich fährt doch einen gelben Lamborghini?"

„Ja, spielt das hier eine Rolle?"

„Möglicherweise, hat er Sie damit vor einem Jahr am Tag einer Party in Prag aufgesucht."

„Möglicherweise, aber geschäftliche Besuche erwarte ich zuweilen von meinem Geschäftsführer. Sollte das ein Witz sein?"

„Natürlich nicht, aber einem gelben Sportwagen entstieg vor Ihrem Haus nicht nur das Mädchen Myš, sondern der Baron und Herr Meston unternahmen in diesem Wagen auch eine Besichtigungsfahrt Richtung Salzburg, um sich dort nach einem geeigneten Hintergrund für getürkte Snuffs umzusehen, von denen Sie ja behaupten, nichts zu wissen."

Der Anwalt schnitt Nowotny das Wort ab, bevor sich dieser so weit gefangen hatte, dass er antworten konnte.

„Mein Mandant hat Ihnen zum Tod des Models bereits in entgegenkommender Weise erschöpfend Auskunft gegeben, so gut er konnte. Was berechtigt Sie also, ihn in Dinge verwickeln zu wollen, die mit den konkreten Ermittlungen dieses Falles in keinem Zusammenhang stehen?"

Nach diesem Auftritt war sofortiges Handeln geboten und Jurek Touschek, der noch keine Kenntnis von der Entwicklung der Dinge hatte, wurde wegen dringenden Tatverdachtes festgenommen.

Da die Fakten der Recherchen Bernauers zum Tod des Mädchens im Henkerhaus unübersehbare Parallelen zu denen der Ermittlungen im Falle der ermordeten Myš in Prag aufwiesen, wurde für Bernauer wiederum ein Dolmetsch zur

Vernehmung beigestellt, sodass er auch während der Einvernahme einschlägige Fragen stellen konnte.

Mit steinerner Miene blieb Touschek bei seiner bereits gemachten Aussage und beschuldigte wechselweise Murad und Meston, das Mädchen Irina umgebracht zu haben.

Erst als ihn Kapnic mit der Aussage Stadtrat Nowotnys konfrontierte, dass tatsächlich in seinem Hause die Party stattgefunden hatte, bei der anschließend das Mädchen Myš im Teich ertrunken war, begann er unruhig zu werden. Seine Augen verengten sich zu schmalen Schlitzen, als er dann noch zur Kenntnis nehmen musste, dass der Stadtrat weiter ausgesagt habe, er hätte Touschek den Auftrag gegeben, das Mädchen mit einem Taxi nach Hause befördern zu lassen. Alles weitere wäre dann Sache Touscheks gewesen.

Sollte dieser bis dahin noch erwogen haben eisern zu schweigen und einen Rechtsanwalt beizuziehen, so verlor er dann die Beherrschung, als ihm die Passage in der Aussage Stadtrat Nowotnys vorgelesen wurde, wo dieser bestätigte, dass Touschek einen Schlagring der Marke Heldth besitzen würde.

Für ihn gab es jetzt keinen Zweifel mehr, er sollte der alleinig Schuldige sein, für alles den Kopf hinhalten und die sauberen Kumpel hatten sich abgesetzt.

Er sprang auf und ballte die Fäuste.

Noch bevor er gewaltsam zur Ruhe gebracht werden musste, hatte er sich wieder gefasst und war in seinen Sessel zurückgekehrt, aber er war ganz offensichtlich nicht bereit, den Verräter und seine Verbündeten ungeschoren davonkommen zu lassen.

Dr. Kapnic hielt ihm dann auch noch die Aussichtslosigkeit der Angelegenheit vor Augen, indem er ihm erklärte, es gäbe noch weitere Zeugen und wenn er jetzt nicht endlich die Wahrheit sagte, kämen den Aussagen Stadtrat Nowotnys und Karel Mestons besondere Bedeutung zu und eine umso solidere Basis für einen Mordprozess gegen ihn wäre die Folge. Jedenfalls gehe es hier ja nicht um die Klärung des Todes von Myš, sondern lediglich um den von Irina.

Touschek richtete sich auf und verschränkte die Finger im Schoß.

„Wie soll es gehen?" fragte er.

„Schildern Sie nur was geschehen ist", forderte ihn Kapnic auf und Touschek kam umgehend zur Sache.

„Ich wollte das Mädchen Irina nicht umbringen", sagte er, „es ist einfach passiert."

Natürlich hatte er den Disput im Arbeitszimmer Adil Murads gehört und war, da das Entree jetzt leer gewesen sei, hinter die Türe getreten und hatte gelauscht. Vollkommen verstanden hatte er Irinas Worte nicht, da sie als Österreicherin mit starkem Akzent gesprochen habe, aber dass sie wüste Beschuldigungen geäußert hätte und von Mördern und Menschenhändlern die Rede war, war ihm schon klar geworden.

Touschek wusste natürlich nicht, dass Irina von Meston für einschlägige Filme angeheuert worden war und auch nicht, dass sie im Büro Mestons den getürkten Snuff gesehen hatte und zudem die Tötung des Mädchens im Film für echt gehalten hatte. Auch von ihrer Angst vor dem Detektiv im Kaschmirmantel, in dem sie bereits einen auf sie angesetzten Mittäter der Mörder gesehen hatte, wusste er nichts.

Und so kamen für ihn als Grund des hysterischen Ausbruchs nur die Geschehnisse im Hause Stadtrat Nowotnys in Betracht, bei denen es sich um Herstellung und Vertrieb von Pornofilmen, sexuelle Belästigung und Missbrauch sowie Drogendelikte handelte. Dazu kam der seinerzeitige Tod des Mädchens im Teich. Inwieweit Irina darüber Bescheid wusste, konnte er nicht ermessen, aber die Gefahr, die durch ihren unkontrollierten Ausbruch entstanden war, wurde im schlagartig klar. Nach seinem Dafürhalten musste Irina von den Vorgängen im Hause Nowotnys, die auch mit ihm selbst verbunden waren, Kenntnis erlangt haben, was nun unaufhaltsam in die Katastrophe führte.

Als sich daher der Fotograf Meston in Richtung Laufsteg entfernte und von dem Mädchen kein Laut zu vernehmen war, hatte Touschek die Tür einen Spalt geöffnet und in das Zimmer gespäht.

Irina stand vor dem Fenster, das sie zu öffnen versuchte und über ihre Schulter hinweg sah er auf dem gegenüberliegenden Gehsteig Detlef König stehen, der sich anschickte, die Straße zu überqueren.

Jetzt musste Touschek, wollte er das Ärgste verhindern, handeln. Er stand mit drei Schritten hinter dem Mädchen und riss es vom Fenster weg, worauf es wiederum zu schreien begann und heftig versuchte, sich loszureißen. Dabei behinderte der umfangreich gebauschte Rock ihres Hochzeitskleides Irina und auch Touschek und da die Tür einen Spalt offen geblieben war, bestand die Gefahr, man würde Irina bis in den Vorführraum schreien hören. Dies musste verhindert werden. Er holte aus der Innentasche seines Jacketts den Schlagring und versetzte ihr einen Hieb. „Ich wollte sie nicht umbringen", sagte er, „aber es blieb keine Zeit für Kinkerlitzchen, kaum war ich aus dem Zimmer, kam auch schon die kuhäugige Schneiderin und brüllte

271

ebenfalls los. Den Murad hat dann auch gleich darauf das schlechte Gewissen in sein Büro getrieben."

„Was wissen Sie denn über Herrn Murad im Zusammenhang mit den verschwundenen Mädchen, die Sie ständig ins Spiel bringen?"

„Ich nichts, aber vielleicht fragen Sie den ehrenwerten Herrn Stadtrat dazu und seine Helfershelfer, die wissen bestens Bescheid."

„Und wer sind diese Helfershelfer?"

„Finden Sie es heraus. Das gehört ja wohl nicht mehr hierher."

„Einer davon sind allerdings Sie, kommt Ihnen das eigentlich nicht zu Bewusstsein? Sie haben Irina getötet um die Vorgänge im Hause Nowotnys zu vertuschen, und zum Tod von Myš und dem des Rollstuhlfahrers, der das Mädchen die Villa des Stadtrates betreten sah, werden ebenfalls Untersuchungen stattfinden. Stadtrat Nowotny hat Sie auch da schon erheblich belastet."

Über Touscheks Schläfen zogen sich nun dicke dunkelblaue Aderstränge und Bernauer hatte plötzlich das beängstigende Gefühl, das Herannahen eines Schlaganfalles mitzuerleben.

Er wandte sich an Dr. Kapnic.

„Fragen Sie ihn auch noch über die Farce mit Detlef König, der die Kinder Architekt Nowotnys fotografieren sollte."

„Habe ich doch schon gesagt, der hat mich sicherlich am Tag der Modenschau von der anderen Straßenseite her hinter dem Mädchen im Büro Murads gesehen. Der brauchte eine kleine Abreibung, sonst nichts. Ich hätte ihn nur unverfänglich in die Villa gelockt und etwas härter mit ihm geredet. Das wirkt zuverlässig."

272

Dies schien Bernauer nicht die volle Wahrheit zu sein, denn Detlef König war für Touschek so etwas wie eine gezogene Handgranate geworden.

„Und was ist dann schief gelaufen?" fragte er.

„Ich habe den König natürlich beobachtet. Er hat sich mit dem Rollstuhlfahrer unterhalten, bevor er zur Villa gekommen ist. Da war das Risiko dann doch zu groß."

„Den Fehler haben Sie dann vor der Karlsbrücke zu korrigieren versucht und König vor die Straßenbahn gestoßen?"

„Natürlich, ich schleiche unauffällig hinter einem Verrückten durch die Stadt und bin dann nicht in der Lage diese halbe Portion auf die Schienen zu treten?"

Touschek schüttelte den Kopf: „Das hängen Sie mir nicht an, haben Sie auch nur einen einzigen Zeugen dafür?"

Einen Zeugen würde man ganz sicherlich nie finden, aber Bernauer war überzeugt, dass Touschek der Täter gewesen war, der dann aber zu seinem eigenen Leidwesen wieder nicht den gewünschten Erfolg gehabt hatte, sodass Detlef König den Sturz überlebte. Der Alte mit dem Rollstuhl dagegen hatte leider überhaupt keine Chance gehabt.

„Gut", sagte er, „der Rollstuhlfahrer stellte als Zeuge ebenfalls ein Risiko für Sie dar, aber die Kinder des Stadtrates, die wären glatt mit hineingezogen worden?"

„Es waren natürlich nicht seine Kinder, die habe ich mir von ihren Eltern am Teich hinter der Villa ausgeliehen, mit den 1200 Kronen die sie dafür bekommen haben, wurde es für sie sicher noch ein lustiger Tag. Der Rollstuhlfahrer hatte, soviel ich weiß einen tödlichen Unfall, aber dazu kann ich dann überhaupt nichts sagen."

Jetzt glaubte Bernauer auch zu wissen, wieso sich König so sehr über das bösartige Benehmen der Kinder beklagt hatte, die hielten das ganze einfach für einen großartigen Witz und hatten sich entsprechend verhalten.

„Wenn Sie diese 1200 Kronen je von Herrn Nowotny rückerstattet bekommen haben", sagte Dr. Kapnic ungerührt, „wird es wohl das letzte Mal gewesen sein, dass er etwas für Sie getan hat, denn natürlich wird er dies genauso bestreiten, wie die strafrechtlichen Handlungen in seiner Villa überhaupt. Sie haben ja leider keinerlei Beweise gegen ihn."

„Ach nein?" höhnte Touschek. „Vielleicht nehmen Sie erst einmal den ehrenwerten Baron Dechaump, den Geschäftsführer des Stadtrates in Zürich, unter die Lupe. Er ist die Verbindung zu den getürkten Snuffs, die in der Schweiz gedreht wurden. Er selbst hätte es ja auch versucht, jämmerlich natürlich, deshalb wollte man Meston dafür gewinnen, denn der Markt ist vielversprechend.

Bei dieser Gelegenheit könnte man ja auch anhand der Buchhaltungsunterlagen von Herrn Murad feststellen, welche Mädchen für ihn gearbeitet haben und vor allem, wie viele davon noch auffindbar sind. Stadtrat Nowotny hat vielleicht den Überblick verloren, wohin sie vermittelt wurden, aber an einige wird er sich sicher noch erinnern können, der saubere Herr Baron."

Er fuhr mit dem Zeigefinger seiner linken Hand über die deutlichen Schwielen an der Handfläche seiner rechten. „Ich weiß", sagte er, „das betrifft nicht die Ermittlungen zum Tod des Models in der Boutique, aber ich denke, es ist nur gerecht, dass jeder zu dem steht, was er zu verantworten hat."

Touschek zeigte bleckend zwei Reihen tadelloser Zähne und konnte trotz aller Vorsicht nicht an sich halten:

„Die volle Wahrheit werden Sie ohnehin nie erfahren, denn diesen Typen bekommen Sie ganz sicher in Österreich nicht vor den Kadi."

„Irrtum", sagte Dr. Kapnic, „bei Kapitalverbrechen arbeiten die europäischen Sicherheitsdienste Hand in Hand."

Touschek hatte sich wiederum auf seinen Stuhl zurückgezogen und gab ziemlich teilnahmslos seine weitere Aussage zu Protokoll:

Die Party, nach der die kleine Myš zu Tode gekommen war, sei die einzige gewesen, die im Hause Nowotnys stattgefunden hätte und habe sozusagen als Probegalopp für einen Einstieg ins Geschäft getürkter Snuffs in eigener Erzeugung gedient.

Stadtrat Nowotny hätte seine Villa ohnehin nur zu geschäftlichen Zwecken genutzt, für seine private Unterhaltung aber Partys verabscheut, da sein Interesse nur jungen frischen Mädchen, die noch nicht die Abgebrühtheit ehrgeiziger aufstrebender Models besaßen, galt. Er sei in der Szene auch dafür bekannt, der geradezu perfekte Sugar Daddy für kluge stilvolle Kindfrauen zu sein.

Models hatten für ihn lediglich einen gewissen Marktwert, da man sie diesen geilen Böcken für teures Geld verkaufen konnte und auch das noble Nachtgeschäft gierte ja immer wieder nach ansehnlichen Körpern.

Touschek war in diesen Teil der Geschäfte allerdings nicht miteinbezogen worden und Bernauer konnte sich auch vorstellen, wieso.

Das Geschäft mit den Mädchen lief auf einer völlig anderen Schiene. Hier ging es nicht um gewaltsames Vorgehen oder ähnliche Machenschaften, die Mädchen gingen elegant und beneidet vor den Augen der Freunde und Verwandten von der Bühne ihres bisherigen Lebens ab. Hier hätte Touschek tatsächlich schlecht ins Bild gepasst.

Aber wer mochte es nun sein, der Architekt Nowotny so perfekt unterstützte, dass alles wie am Schnürchen lief und ihm jede notwendige Information lieferte? Wer wusste im vorhinein, welche Models wann und wo auftreten würden, kannte ihre Geschichte, ihren Gemütszustand und wie man an sie herankam, denn einige der Mädchen waren immerhin von beachtlicher Intelligenz.

Joschi Bernauer und Dr. Kapnic hatten sich Kaffee bringen lassen und saßen in der kleinen Cafeteria des riesigen Polizeigebäudes.

„Stadtrat Nowotny hat zwar noch nicht gestanden, aber die Auswahl der Mittäter im Menschenhandel ist nicht mehr groß", stellte Kapnic fest, „letztlich bleiben nur Adil Murad und Karel Meston, aber da der Mord an Irene Aigner durch das Geständnis von Touschek ausreichend recherchiert ist, wird die Staatsanwaltschaft Anklage gegen ihn erheben und unsere Tätigkeit in der Sache ist hiermit beendet. Es war eine gute überregionale Zusammenarbeit, auch wenn der Beginn unserer Ermittlungen irrtümlich etwas überschattet war."

Bevor Bernauer nach Salzburg zurückkehrte, beschloss er noch, nach seinem neuen kleinen Besitz zu sehen, denn jetzt, da seine Mitwirkung am Fall des getöteten Models Irina

276

beendet war und er sich wieder seinen dienstlichen Obliegenheiten in Salzburg zu widmen hatte, würde er, bevor das schlechte Herbstwetter und dann der Winter kam, eine Entscheidung zu treffen haben, wie es mit seinem Besitz weitergehen sollte.

Voll Stolz glitt sein Blick über das unscheinbare, graue Stadthaus an der Grenze zum Judenviertel und er strich in einer geradezu zärtlichen Anwandlung mit der Hand über den ehrwürdig abgenützten hölzernen Handlauf der Stiege im Treppenhaus, der jetzt zu seinem eigenen kleinen Reich in der Altstadt von Prag gehörte.

Doch lange war ihm das nostalgische Eintauchen in den Glanz der ehemals Goldenen Stadt nicht vergönnt, sein Handy meldete sich unangenehm neuzeitlich schellend und Bernauer vernahm die geschäftige Stimme Hofrat Sassmanns, der absolut ungerührt von Bernauers Gefühlswallungen zur Eile drängte.

„Bernauer, Mann Gottes, wann kommen Sie zurück, es gibt zu tun in Salzburg."

„Was ist geschehen?"

„Wir haben Zeugen, Untersuchungen, Täter vielleicht, na, man wird schon sehen."

„Sprechen Sie von dem Todesfall im Henkerhaus?"

„Könnte sein, die Ansätze sind jedenfalls gut. Das zuständige Dezernat hat in Zusammenarbeit mit Interpol nach längerer Überwachung in Salzburg einen Transport für Kunsthandel perlustriert und dabei zwei Mädchen angehalten, die man eben in ein Filmstudio im Industriegebiet nahe Salzburgs brachte. Die Mädchen haben zwar Papiere dabei, sind aber der deutschen Sprache nicht mächtig. Und nun raten Sie, wer der Besitzer dieses Filmstudios ist?"

„Howdy Miller", antwortete Bernauer prompt.

„Sie haben es erfasst", lachte Hofrat Sassmann, „und da der Mann im Zuge unserer eigenen Ermittlungen bereits einvernommen wurde, habe ich eine richterliche Anordnung zur Durchsuchung seines Studios sowie seiner Wohnung in der Judengasse erwirkt. Man ist zwar, wie seinerzeit in Prag, im zuständigen Dezernat über unsere Mitwirkung nicht sehr erfreut, aber da wir immerhin noch den Todesfall im Henkerhaus aufzuklären haben, wird man uns weiter an dem Verfahren teilhaben lassen müssen. Den schwarzen Mercedes mit Schweizer Kennzeichen hat übrigens einer Ihrer neuen, eleganten Bekannten gefahren, Baron Dechaump aus Zürich."

Bernauer checkte aus und startete knapp danach Richtung Salzburg.

Im Studio Howdy Millers war nichts auffälliges gefunden worden, aber in seiner Privatwohnung gab es eine Mappe mit Passfotos verschiedener Mädchen und Blankodokumente, die ganz offensichtlich dazu dienten, zu benötigten Pässen, Führerscheinen und ähnlichen Legitimationsunterlagen umfunktioniert zu werden. Ein vermutlich auch nicht schlecht dotierter Nebenverdienst des Regisseurs.

Entsprechend bemerkenswert war daher auch seine Bereitwilligkeit auszusagen.

Ein Teil der Mädchen, die er in seinen Filmen beschäftige, würde ihm über Baron Dechaump vermittelt. Auch auf die junge Frau aus dem Henkerhaus wäre er auf diese Weise gestoßen. Dass es später zu einem Unfall gekommen sei,

278

habe er erst bei dem damaligen Besuch Bernauers in seinem Studio erfahren, denn der Baron sei einige Zeit nicht mehr erschienen, deshalb sei auch er, Howdy Miller, überrascht gewesen, als ihm Bernauer mitgeteilt habe, dass das Mädchen tot sei. In dem von ihm selbst gedrehten Film wäre sie noch sehr lebendig gewesen, wie der Major ja selbst gesehen habe.

Bernauer schenkte den Aussagen Howdy Millers zwar nur sehr eingeschränkt Glauben, aber zuerst musste der Baron selbst vernommen werden.

„Ist Ihnen bewusst, dass Sie sich der Beihilfe zum Menschenhandel schuldig machen?" fragte er Miller, „auch wenn es sich nur um einige, wenige Personen handelt, die gegen ihren Willen bei Ihnen gelandet sind?"

„Gegen ihren Willen?" Miller grinste abfällig. „Das sind doch Vorstellungen aus schlechten Kriminalromanen und Filmen, wo die Mädchen versteckt und verkeilt in Lastwagen transportiert werden, wie Viehtransporte, die will doch keiner mehr. Die Wahrheit sieht ein wenig anders aus.

Diese Mädchen reisen mit ihrem eigenen Einverständnis in Luxusklamotten samt Pass und allen Bequemlichkeiten als Beifahrerinnen im schicken Schlitten ganz offiziell ein und aus. Da fragt kein Mensch, ob die Braut vielleicht hinter dem Misthaufen hervorgekrochen ist oder aus dem Seidenbettchen kommt. Wenn sie dann nicht dort landet, wo sie es sich vorgestellt hat, ist das eine andere Sache, aber Menschenhandel? Diese Mädchen würden nie ins große Geschäft kommen, deshalb sind sie letztlich, so lange sie noch jung und ansehnlich sind, auch ganz zufrieden damit, eine Menge leicht verdienter Kröten mitzunehmen. Die kommen doch nicht ins Land, um für ehrlichen, mageren Lohn hier

Drecksarbeit zu verrichten. In meiner Branche kann sich ein Mädchen, wenn es nicht zickig ist, die Grundlage für eine solide Existenz schaffen, ohne Zuhälter, nur Geld in den Sparstrumpf.

Das adelige Bindeglied aus der Schweiz für Ihren Fall in Salzburg wird man Ihnen aber längere Zeit leider nicht freiwillig überlassen."

Howdy Miller schien über seinen kleinen Triumpf so aufgekratzt zu sein, dass Bernauer nicht völlig ruhig bleiben konnte. „Aber Sie sind auf jeden Fall der Fälschung überführt", sagte er verärgert.

„Das ist wieder eine andere Sache", meinte Howdy boshaft, „schade, dass ich dabei völlig nutzlos für Sie und Ihren verzwickten Fall im Henkerhaus bin."

Baron Dechaump musste jetzt rasch vernommen werden, obwohl Bernauer ziemlich sicher war, dass für seinen eigenen schwebenden Fall im Scharfrichterhaus nichts weiter als Unterlassung der Hilfeleistung, durch wen auch immer, zur Anklage kam. Zuvor aber, während sich die Polizei mit Dechaump wegen Menschenhandels beschäftigte, würde er vermutlich, wie Miller angedeutet hatte, Bernauers eigener Ermittlung fürs erste entzogen sein.

Am Morgen des nächsten Tages, als Bernauer sich eben in die Präfektur begeben wollte, klingelte sein Handy in der Jackettasche. Es würde Markovsky sein, dachte er instinktiv, aber das war ein Irrtum.

„Dr. Bernauer, hier ist Chantal", klang es vorwurfsvoll aus dem Handy, „was geht da vor sich? Wie ich gerade gehört habe, ist Eloise verhaftet worden."

„Eloise ist verhaftet worden?" wiederholte Bernauer verblüfft, „wieso denn?"

„Das frage ich Sie", kläffte sie zurück, „haben Sie vielleicht damit zu tun?"

„Das kann nur ein Irrtum sein", sagte Bernauer, „der Tod Irinas ist geklärt und meine Mitwirkung an diesem Fall ist mit der Klärung der Angelegenheit auch beendet. Woher haben Sie diese Information, das kann doch nur ein schlechter Scherz sein."

„Leider nicht", antwortete sie, „Eloise hat mich eben davon verständigt und sie hat keine Ahnung, warum."

„Das ist doch nicht möglich", sagte Bernauer wiederum ungläubig.

„Ich nehme die nächste Maschine", sagte sie, „wäre es Ihnen inzwischen möglich festzustellen, was Eloise vorgeworfen wird und ob es nötig sein wird, einen Anwalt zu konsultieren. Sie werden doch jetzt nicht nach Salzburg zurückfahren, bevor ich eintreffe?"

„Ich bin bereits wieder in Salzburg", gab Bernauer zur Antwort, „aber ich werde sehen, was ich tun kann."

Bernauer setzte sich mit Dr. Kapnic in Prag in Verbindung und bekam die Auskunft, dass diese Sache zwar nicht in seine Zuständigkeit fiele, aber soviel könne er sagen, dass bei der Kriminalpolizei ein anonymes Schreiben eingegangen sei, laut dem beobachtet wurde, wie Eloise anlässlich einer Kleiderprobe sich am Schreibtisch in Murads Büro heimlich Notizen gemacht habe. Infolge der zuletzt durch Jurek Touschek gemachten schweren Anschuldigungen hätten in der Villa von Stadtrat Miroslav Nowotny und in der Folge dann auch bei Adil Murad Hausdurchsuchungen stattgefunden. Bei Stadtrat Nowotny hätte sich eine Menge belastendes Material in Form von bebilderten Akten über junge Mädchen aus und um die Künstlerszene gefunden.

Verglichen mit den Unterlagen der Models aus dem Hause Murad ergab sich eine beängstigend hohe Trefferquote. Nowotnys Aufzeichnungen enthielten umfassende Beschreibungen der Mädchen beziehungsweise welches wann und wo bei Murad zum Einsatz kam oder gekommen war.

Wenn aber zwischen Adil Murad und Stadtrat Nowotny keine Zusammenarbeit erfolgt war, was aufgrund der Beschäftigung des Detektivs durch Murad als glaubhaft gelten konnte, kam als Informant nur eine Person in Betracht, die fest bei Murad verankert war und somit Einblick in die Interna des Betriebes hatte.

Die einzige Person, die bereits seit längerer Zeit Murads Vertrauen genoss, sich in seiner unmittelbaren Nähe aufhielt und alle notwendigen Informationen besaß, war eben Eloise. Dazu gab es die anonyme Anzeige über ihre Aktivität im Büro Murads.

Aufgrund dieser Indizien fand auch bei Eloise eine Hausdurchsuchung statt, die das Handy von Helene Dietrich zutage gebracht hatte. Es befand sich in der Krawattenspalte von Eloises Flugkoffer und auf einer Konsole neben dem Vorzimmerspiegel ihrer Wohnung lagen die Schlüssel zu Helene Dietrichs Wohnung.

Nun wurde gegen Eloise auch im Zusammenhang mit dem Verschwinden Leni Dietrichs recherchiert. Auch dass sich Frau Dietrich überhaupt in Wien aufgehalten habe, wurde in Zweifel gezogen.

„Das ist doch nicht möglich", sagte Bernauer, „natürlich ist sie in Wien gewesen, ich habe es doch überprüfen lassen."

„Und wie weit ist man in Wien mit den Ermittlungen gekommen?" fragte Kapnic erstaunt.

„Es gab nur eine halbherzige Bearbeitung der Sache", antwortete Bernauer, „eigentlich nicht einmal einen Fall. Frau Dietrich wurde nicht offiziell als vermisst gemeldet. Sie, oder zumindest ihr Handy, hat sich dann auch noch einige Male via SMS gemeldet. Grund genug für die Polizei, nichts weiter zu unternehmen."

„Bernauer", empfing ihn am Nachmittag Hofrat Sassmann, „wo sind Sie denn da wieder hineingeraten, ich meine, dass Sie jetzt plötzlich in Prag als Zeuge auftreten sollen?"

„Ziemlich überraschend. Die Ermittlungen im Mordfall Irina kreuzten sich von Anfang mit denen wegen Menschenhandels. Eine junge Frau, die jetzt wegen dringendem Verdacht der Beteiligung verhaftet wurde, hat sich seinerzeit an mich gewandt, weil sich ihre vermisste Freundin zuletzt in Wien aufgehalten haben soll."

„Glücklich sind Sie mit der ganzen Sache ohnehin nicht geworden, das weiß ich", sagte Sassmann, „aber vielleicht bekommen Sie in Prag sogar noch einen Hinweis in unserer eigenen Sache."

Als Bernauer in Prag sein Quartier bezogen hatte, wählte er die Nummer Marianne Burgers und bat sie um eine Unterredung. Wenn er zu jemandem Vertrauen hatte und mit ihm offen reden konnte, war sie es.

Ohne Umschweife sagte sie zu, sich mit Bernauer an der Bar seines Hotels zu treffen.

Sehr zu seiner Verwunderung war sie dann aber in Gesellschaft Detlef Königs und der kleinen Näherin, die seinerzeit das Model Irina tot im Büro Murads gefunden hatte.

„Major Bernauer", sagte Marianne Burger, „das Mädchen hat einen schweren Verdacht, den es allerdings der Polizei nicht mitteilen wollte. Würden Sie die Angelegenheit beurteilen und uns sagen was zu tun wäre?"

Bernauer nickte.

Nach einigen aufmunternden Worten Marianne Burgers begann das Mädchen zu erzählen und Frau Burger übersetzte für Bernauer aus dem Tschechischen.

„Eine der Schneiderinnen, die für Adil Murad arbeitet, hat einen phantastisch aussehenden Mann mit einigem Vermögen kennengelernt, der sehr verliebt in sie ist und ihr außerdem versprochen hat, sie im nächsten Fasching zum Karneval von Venedig mitzunehmen. Momentan ist er einige Zeit geschäftlich im Ausland unterwegs, aber das Mädchen ist überglücklich und träumt bereits von Heirat und als Beweis für die Freundinnen hat es unbemerkt ein Handyfoto von ihm geschossen."

„Klingt ja sehr vielversprechend", meinte Bernauer.

„Schon, aber ich kenne diesen Mann", sagte die Schneiderin, „das heißt, ich habe ihn gesehen, rein zufällig. Er saß in

284

einem schwarzen Mercedes mit Schweizer Kennzeichen, Irina kam damals mit zwei Eistüten über den Gehsteig und ist zu ihm eingestiegen. Dann sind sie weggefahren."

„Und", bestätigte Marianne Burger, „eine derartige Geschichte ist auch mir bekannt. Ein sehr geheimnisvoller, gut betuchter, blendend aussehender, sehr verliebter Mann fuhr einen schwarzen Mercedes mit Schweizer Kennzeichen und lud Irina zum Filmball in Venedig ein, wo er angeblich als Juror mit den wichtigsten Regisseuren und Produzenten zu tun gehabt hätte.

Ich fürchte, diese Organisation beschäftigt eine Art Liebes-Attache, man spielt Dolce Vita, verführt die Mädchen und lässt sie dann ganz bequem in der Versenkung verschwinden. Jetzt ist einer von ihnen offenbar wieder auf dem Kriegspfad.

Bei Irina kam das alles nicht mehr zum Tragen, da sie die Fortsetzung der Angelegenheit nicht mehr erlebt hat. Aber offensichtlich geht jetzt das Spiel ungehindert weiter. Kann man unter diesen Umständen Anzeige erstatten?"

„Man kann nicht nur, man muss, da diese Anzeige, zusammen mit Ihrer Aussage, ein schwerwiegendes Indiz für die Beteiligung Baron Dechaumps, denn um ihn handelt es sich hier zweifellos, an verschiedenen Verbrechen darstellt. "

Da man Bernauer, ehe er seine Aussage gemacht hatte, keinen Kontakt mit Eloise gestattete, fand er sich am nächsten Tag gegen Mittag vor demjenigen Zimmer ein, an dem er, diesmal ausnahmsweise auf der Zeugenseite des Vernehmungstisches, Platz nehmen würde.

Als er eintreten wollte, kam aus der geöffneten Tür des Lifts gegenüber eine Gestalt, die er sofort erkannte, obwohl sie das Gesicht abgewandt hatte. Es war Chantal.

Jetzt sah sie auf und als sie ihn erkannte, trug ihr Gesicht ein so bezauberndes Lächeln, dass für Bernauer geradezu die Sonne aufging und auch sein uniformierter Kollege, der an der Tür des Vernehmungsraumes stand, nahm sichtlich Haltung an.

Chantal trug ein doppelreihiges, flaschengrünes Kostüm mit einem ausladenden Kragen, der sich weit hinaus über die Schultern schmiegte. Die schmale Taille und der bis zur Mitte der wohlgeformten Waden reichende Rock verliehen ihr zwar die Wirkung einer Diva, aber ihre natürliche Art auf ihn zuzugehen und die Freude ihn wieder zu sehen, zeugten von Wärme und Herzlichkeit.

„Schlimm", sagte sie, „sich unter solchen Umständen sehen zu müssen, aber", sie hob den Zeigefinger ihrer rechten Hand, „wir werden kämpfen und diesen Filz aufreißen. Unser kleines Mädchen lassen wir nicht im Stich."

Bernauer drückte seinen Zeigefinger gegen den ihren und nickte, nahm aber doch etwas sorgenvoll auf dem Stuhl vor dem unpersönlichen, für seinen Geschmack etwas zu großflächigem Tisch Platz.

Am Vormittag hatten die Einvernahmen von Stadtrat Nowotny und Baron Dechaump stattgefunden, die zwar das Zugeständnis machten, an der Herstellung und dem Vertrieb von

Pornofilmen beteiligt zu sein, doch wäre nie ein Mädchen gegen seinen Willen gezwungen worden in irgendeiner Weise mitzuwirken und auf keinen Fall hätte man in die Geschäftsinterna Adil Murads Einblick genommen und stünde daher auch mit dem Kommen und Gehen seiner Models in keinerlei Beziehung. Das einzige Bindeglied zwischen dem Hause Murad wäre der Fotograf Karel Meston, der ein fixer Geschäftspartner Murads sei. Mädchen, die zufällig auch für Murad tätig gewesen wären, hätten unabhängig davon freiwillig mit Stadtrat Nowotny Kontakt aufgenommen.

Als der einvernehmende Kriminalbeamte sie mit den Ermittlungen gegen Eloise Landers konfrontierte, behaupteten beide, sie nicht zu kennen. Tatsächlich war in den beschlagnahmten Unterlagen auch nichts über Eloise Landers zu finden gewesen. Sollte sie die Kontaktperson sein, musste sie natürlich aus allem herausgehalten werden.
Gefunden wurden allerdings Bild und Beschreibung von Leni Dietrich. Ein weiterer Minuspunkt für Eloise Landers.

Der erste Teil der Befragung Bernauers bezog sich auf den allgemeinen Teil seiner Kontakte mit Eloise und den Teil seiner Mordermittlungen im Fall Irene Aigner.
Auf die Frage, wie weit ihm ein Zusammenhang zwischen Adil Murad, Architekt Nowotny und Karel Meston bekannt wäre, verwies er auf die Unterlagen seiner Mitwirkung zur Klärung des Mordes am Model Irina Aigner und dass es für ihn auch nicht von Belang gewesen sei, festzustellen wie das persönliche Verhältnis von Eloise und Irina gewesen

sein mochte und sein Kontakt zu Eloise bestand lediglich in ihrer Einvernahme zu genanntem Fall.

Natürlich hatte sie sich dann an ihn gewandt, als ihre Freundin Helene Dietrich in Abwesenheit der Crew Murads ein bedenkliches Engagement in Wien angenommen hatte.

Wien sei schließlich österreichisches Gebiet, also wäre er schon deswegen der bevorzugte Ansprechpartner gewesen und außerdem betonte er, dass sich die tschechische Polizei in der ganzen Angelegenheit nicht eben aufgeschlossen gezeigt hatte, wie er selbst verärgert festgestellt hätte. Man hatte ihn gröblich behindert, obwohl er Augenzeuge gewesen war, und man hatte die Eltern des österreichischen Mordopfers in rechtlich nicht vertretbarer Weise behandelt.

Dass dies nicht in böser Absicht, sondern vor dem Hintergrund der Verfolgung von Menschenhandel geschehen war, spiele für ihn lediglich die Rolle unkoordinierter Polizeiarbeit.

Ihm wäre allerdings nur die Möglichkeit eigener Recherchen geblieben, wobei er, da Wien auch nicht in seinem Kompetenzbereich liege, inoffiziell den Wiener Polizeiapparat eingeschaltet hatte.

Dabei wäre daher mit ziemlicher Sicherheit bewiesen worden, dass Helene Dietrich sich tatsächlich, wenn auch nur kurzfristig, in einer Wiener Wohngemeinschaft aufgehalten hätte und nicht schon während dieser Zeit aus Prag verschwunden sei. Die Anwesenheit des Mädchens wäre dem Kollegen aus Wien vom Vermieter der WG bei der seinerzeitigen Befragung und der Beschreibung Helenes bestätigt worden und auch, dass die Wohnung an dem Tag, an dem der Polizeibeamte recherchiert hatte, bereits wieder aufgelöst worden war. Zu diesem Zeitpunkt habe sich Eloise Landers aber in Salzburg und später auf dem Flug nach Rom befunden. Wie sie in den Besitz von Handy und Wohnungs-schlüssel Helene Dietrichs gekommen sei, könnte er sich nicht erklären.

Bernauer war es zwar unangenehm, zugeben zu müssen, dass auf sein eigenes vages Gefühl hin ein Kollege aus Wien ohne offizielle Veranlassung recherchiert hatte, aber es war immerhin das kleinere Übel, denn dadurch fiel diese, für Eloise sehr belastende Behauptung, weitgehend in sich zusammen. Die Anschuldigung eines falschen, konstruierten Aufenthaltes der Freundin in Wien hätte Eloise schon von vornherein unsympathisch erscheinen lassen und niemand hätte Interesse daran, sich unbeeinflusst mit der Wahrheits-findung zu beschäftigen, wenn die Beschuldigte bereits ihre eigene Freundin hinterhältig verschachert hätte.
Wenn Eloise mitschuldig an einem Verbrechen war, musste sie sich natürlich dafür verantworten, aber sie durfte nicht ohne Beweis schon vorher gebrandmarkt werden.

Da Bernauers Fall in Salzburg noch immer nicht ausrei-chend geklärt war und es zudem schwierig für ihn war, aus-ländische Staatsbürger zu vernehmen oder zweckdienlich festzuhalten, wurde ihm, da er seine Aussage bereits getä-tigt hatte, gestattet, an den weiteren Zeugenaussagen als Zuhörer teilzunehmen und man kam ihm auch weiterhin entgegen, als man Einvernommene, soweit sie der deut-schen oder englischen Sprache mächtig waren, auch in der jeweiligen Sprache befragte.
Vielleicht, so hoffte Bernauer, lief unterschwellig für ihn eine Recherche zum Tod des Mädchens im Scharfrichterhaus mit.

Nach Bernauer wurde nun die Ankleidehilfe Irinas, die ihr während der Modenschau bei der Flucht durch das Fenster helfen sollte, vernommen.

Das Mädchen gab dabei zu Protokoll, dass der Mann auf dem Handyfoto der jungen Näherin identisch mit demjenigen sei, in dessen Wagen seinerzeit Irina eingestiegen war.
Auch Marianne Burger bestätigte ihre Behauptung vom Vortag, Irina hätte ihr eines Tages erzählt, dass ein Mann, der einige Tage hintereinander im cafe~cafe, wo sie gelegentlich als Kellnerin ausgeholfen habe, immer alleine am selben Platz gesessen sei, an seinem Computer gearbeitet habe, immer wieder die selben Filmszenen über den Bildschirm laufen ließ und diese offensichtlich auf einer Art Diktaphon kommentierte.
„Mein Büro", erklärte er, als er ihren interessierten Blick sah, „da ich ständig unterwegs bin, habe ich es immer dabei."
„Und warum sehen Sie sich immer wieder die gleichen Szenen an?"
Er lachte. „Natürlich", sagte er, „ich bin der Regisseur dieser Machwerke, wenn nötig, drehe ich jede Szene hundert Mal."
Irina war sichtlich beeindruckt.
„Ihre Schauspieler haben es sicherlich nicht leicht, wenn Sie so penibel sind."
„Das will ich meinen", sagte er, „Dilettanten sind bei mir an der falschen Adresse."
Am nächsten Tag war Irina hocherfreut und aufgeregt als sie ihn wieder am Tisch sitzen sah. Sie machte schließlich auch eine kundige Bemerkung über das schulterfreie schwarze Abendkleid einer Schauspielerin: „Wie Anita Ekberg im Trevi Brunnen."

290

„Ach", sagte er beeindruckt, „Sie interessieren sich für Kultfilme?"

„Na, ja, ich kenne mich in der Modebranche aus. In der absolut gehobenen Klasse allerdings", fügte sie hinzu, um ihn auch ein wenig zu beeindrucken.

„Sie sehen auch phantastisch aus, Mädchen, wenn Sie nur ein wenig Erfahrung in der Präsentation haben, hätte ich eine gewisse Vorstellung für Sie."

„So hat er sie eingewickelt und als er ihr in Aussicht gestellt hat, sie zum Filmball nach Venedig mitzunehmen, war sie überglücklich", sagte Marianne Burger, „wie sollte ich sie davon abbringen?"

„Wussten Sie, wer der Mann war?"

„Nein, aber was da vor sich ging, war mir sofort klar. Ihn selbst konnte ich leider nicht zur Rede stellen, denn Irina verbarg sorgfältig seine Identität, vermutlich aus Angst, die anderen Mädchen könnten ihr in die Quere kommen."

Bernauer fiel es wie Schuppen von den Augen:

Dieser Mann musste auch der Grund für Irinas Überlegungen gewesen sein, ob sie das Angebot Karel Mestons annehmen wollte und auch ihre kryptische Antwort gegenüber Adil Murad, bezüglich einer für sie näheren Beziehung, wurde jetzt verständlich.

„Das mag sein", warf der Kriminalbeamte ein, „aber auch Karel Meston kannte das Mädchen gut genug um zu wissen, wie labil es war, er konnte leicht dabei mit im Spiel sein."

„Jetzt hören Sie doch endlich auf", sagte Marianne Burger, „Herr Murad hätte die weitaus besseren Gelegenheiten, wenn er derartiges beabsichtigte und wenn ich nicht gänzlich falsch liege, hat man Eloise Landers als Mittäterin verhaftet."

„Das käme zum Beispiel wieder Herrn Meston gelegen. Stadtrat Nowotny und Baron Dechaump sind überführt, Frau Landers ist die Verräterin und die ehrbaren Herren Adil Murad und Karel Meston bleiben mit weißer Weste verschont und können nach einiger Zeit ungeschoren ihre miesen Geschäfte weiter verfolgen."

„Übertreiben Sie es nicht", sagte Marianne Burger, „Ihre Absichten mir gegenüber sind bereits so offensichtlich, dass sie mich nicht mehr damit beeindrucken können.

Wohl hat Herr Meston Irina den Job mit den Pornofilmen angetragen und seine Gründe sind bekannt, aber das hatte mit ihrem Tod nichts zu tun und haben Sie durch Ihre ständigen Mauscheleien nicht den Tod Irina Aigners mitverursacht?"

Auch der Versuch des Kriminalbeamten, Marianne Burger zu bremsen, half hier nichts mehr, sie befand sich in voller Fahrt.

„Hätten Sie nicht zugesehen, sondern eingegriffen, als es noch Zeit war, wäre Irina heute noch am Leben. Aber Sie brauchten Erfolgserlebnisse, die Hintermänner und ähnliches, sogar wenn Sie damit den Mord an einem Mädchen riskierten und nachträglich beinahe dessen Aufklärung verhindert hätten. Haben Sie sich schon einmal über die Verantwortung des Polizeiapparates Gedanken gemacht?"

Der Kriminalbeamte schnitt Frau Burger das Wort ab.

„Frau Burger", sagte er einfühlsam, „ich verstehe Ihre Gefühle und wir wissen es zu schätzen, dass Sie sich zur Aussage bereiterklärt haben, aber bleiben Sie um Himmels Willen sachlich, ich möchte Sie nicht ein zweites Mal ermahnen."

Aber Marianne Burger hatte sich bereits wieder beruhigt.
„Über Eloise Landers weiß ich allerdings nichts konkretes zu sagen, ich bin von ihr nur maßlos enttäuscht."

„Enttäuscht?"

„Ja, sie war eine Freundin Irinas und hatte zudem das volle Vertrauen und die Unterstützung von Chantal Popud, sogar ihre sogenannte Freundin Helene hat davon profitiert.
Und auch Herr Meston fiel auf sie herein. Sie hat sich einfach überall lieb Kind gemacht und vielleicht steckt sie sogar mit Herrn Murad unter einer Decke."

„In dem Fall", dachte Joschi Bernauer, „hätte der Detektiv Adil Murads das Model Irina aus einem anderen Grund überwacht. Er sollte feststellen, ob Irina vielleicht Verdacht gegen Murad und Eloise geschöpft habe."

„Sehen Sie", sagte Marianne Burger, „wir alle haben große Stücke auf Eloise gehalten, sie hätte die Nachfolgerin von Chantal werden können und es wäre vermutlich eine ganz große Karriere geworden, denn sie ist eben so schön wie klug."

„Sie sind eine bemerkenswert realistisch denkende Frau", sagte der Beamte, „warum, wenn man persönliche Gefühle einmal ausschließt, sind Sie so felsenfest davon überzeugt, dass Karel Meston nichts mit diesen Dingen zu tun hat?"

„Erstens", antwortete sie, „arbeite ich seit Jahren mit ihm in einem Büro, in dem nichts verborgen bleiben kann. Wir sind vernetzt, sprachlich und optisch. Herr Meston hat aus früherer Zeit noch Verbindungen, die derartige Vorkehrungen notwendig machen."

„Gut vorstellbar", dachte Bernauer, „außerdem wurde dadurch die Wirkung des Meisters ins wunderbare gesteigert, er weiß alles, er kennt alles und sogar in welcher Form seine Gäste Kaffee trinken, ist ihm bekannt."

Die Kenntnis dieses Umstandes musste allerdings über ihre Besuche im cafe~cafe gekommen sein.

Aber auch wenn ein Beamter der österreichischen Kriminalpolizei ein Haus in Prag erbt, sich als begeisterter Bridgespieler erweist und dann noch herumzuschnüffeln beginnt, ist eine großflächige Vernetzung unbezahlbar.

Bernauers Gefühl, überwacht zu werden, hatte ihm also doch keinen Streich gespielt. Dies war eben doch die Berufserfahrung eines geschulten Jägers.

„Glauben Sie wirklich", fuhr Marianne Burger fort, „Herr Meston hätte sich um Irinas Zukunft bemüht, wenn er mit dabei gewesen wäre, sie über diesen abscheulichen Beau zu verhökern? Das macht doch keinen Sinn. Auch wenn dieses ganze Milieu nicht dem Geschmack des Durchschnittsbürgers entspricht, Herr Meston ist ein guter Mensch und wenn er sich einer Sache annimmt, dann ist immer jemandem geholfen damit."

„Bis jetzt kennen wir eigentlich nur den Fall Irina Aigner, so fern man dies überhaupt so sehen kann."

Sie schüttelte den Kopf.

„Ganz und gar nicht. Ich selbst bin ein lebendes Beispiel für seine Menschlichkeit und nehmen Sie zum Beispiel Chantal Popud, sie steht jetzt glänzend da. Natürlich, sie ist eine großartige Frau, aber auch sie hatte das Glück, durch Herrn Meston den Fängen meines grässlichen Exmannes, Stadtrat Nowotny, zu entkommen."

Jetzt begann Bernauer zu verstehen, warum Chantal ihm gesagt hatte, sie hätte das Glück gehabt, durch einen

Freund Karel Meston kennengelernt zu haben. Auf den Gedanken, dass dieser „Freund" der Stadtrat gewesen war, wäre er allerdings nie gekommen. Wie mochte sie wohl an den gekommen sein? Aber immerhin, er begann zu begreifen, warum sich Chantal so sehr für diese Mädchen einsetzte, sie kannte tatsächlich auch die Tiefen dieses Geschäfts.

„Frau Dr. Popud hatte also seinerzeit mit Stadtrat Nowotny zu tun?" fragte der Kriminalbeamte.

„Ja", sagte Marianne Burger.

„Das Mädchen hatte kein richtiges Heim, so wie junge Menschen es aber dringend benötigen. Ihre Eltern verstanden sich plötzlich nicht mehr, der Vater verließ die Familie und das Mädchen blieb sich selbst überlassen. Andere wären unter die Räder gekommen, aber Chantal absolvierte ihr Studium und jobbte in allen möglichen Berufen. Dabei lernte sie irgendwo meinen Exmann kennen, der eine verhängnisvolle Ader in punkto junger Mädchen hat und sich in Kreisen der sogenannten Sugar Daddys herumtreibt.

Als Herr Meston Chantal zufällig kennenlernte, gab er ihr die Chance, die sie verdiente, sie wurde seine Muse. Natürlich ist sie schön und gebildet, doch er machte sie zu einer fixen Größe auf Laufsteg und Cover. Sie hat es geschafft und kann überall verlangen, was sie will."

Es war inzwischen spät geworden und die Einvernahmen weiterer Zeugen oder Beschuldigten wurden auf den nächsten Tag verschoben.

Bernauer hatte den kurzen Spaziergang zu seinem Hotel genossen, beschloss aber in der Hotelbar noch einen kleinen Imbiss zu nehmen. Die Herbstabende begannen bereits kühl zu werden und er fühlte sich zudem ziemlich ausgelaugt. Für seinen eigenen Fall in Salzburg schien dies alles ziemlich bedeutungslos zu sein. Es ging hier nur im großen Stil um das ominöse Verschwinden junger Frauen und er hatte gerade einmal eine kleine Entlastung für Eloise zu Protokoll geben können.

Dies war für ihn aber trotz allem eine leichte Beruhigung. Auch wenn alles gegen Eloise sprach, er konnte es nicht glauben, dass sie diese ungeheuerlichen Dinge getan haben sollte, deren man sie beschuldigte.

War Adil Murad schuldig und man hatte ihn aus gesellschaftlichen Gründen geschont, wie Bernauer es beim Mord an Irina erlebt hatte, oder waren Murad und Eloise Geschäftspartner von Stadtrat Nowotny und Baron Dechaump? Wie weit war Karel Meston tatsächlich beteiligt und wurde Eloise als schwächstes Glied des Quadrumvirats zum Bauernopfer gemacht?

Überraschend begann sich Bernauers Handy zu melden. Abwesend fingerte er in den Taschen seines Sakkos, fand es aber letztlich in der Gesäßtasche seiner Bundfaltenhose, die er nach der neuesten Mode und besonders ihrer Bequemlichkeit wegen, trug.

Es meldete sich Chantals Stimme:

„Guten Abend Dr. Bernauer", sagte sie, „störe ich Sie sehr?"

„Natürlich nicht. Wo sind Sie?"

„Es hat sich alles so hingezogen, also kann ich erst morgen aussagen. Sprechen durfte ich Eloise ebenfalls noch nicht und so sitze ich hier in Prag fest, genau genommen im Hilton Prague. Hätten nicht wenigstens Sie die Güte, ein wenig Zeit für mich zu erübrigen?"

Bernauers Gefühlsleben tat einen gewaltigen Sprung und die Müdigkeit war von ihm abgefallen, nur ein winziger Teil seines Bewusstseins ermahnte ihn, keinen Kontakt mit einer Zeugin zu haben, die noch nicht ausgesagt hatte. In diesem gegenwärtigen Fall ganz besonders, wo er Wert darauf legte, den Ermittlungen als anwesender Zuhörer folgen zu können.

Aber, welche Beziehungspunkte gab es denn für ihn zu Chantal? Chantal wünschte zur Entlastung von Eloise gehört zu werden, sie kannte sie gut, im Gegensatz zu ihm, der dabei völlig abseits stand. Hier gab es keine Gefahr der Verabredung oder Verschwörung, er hatte bereits ausgesagt und von den Dingen, die Chantal aus ihrem Insiderwissen preisgeben würde, hatte er keine Ahnung. Außerdem würden sie sich heute auch nicht mehr in aller Öffentlichkeit präsentieren.

„Gerne", sagte er, „ich würde allerdings nach diesem unerfreulichen Tag gerne mein Bier in netter entspannter Umgebung genießen, eine Plauderei unter Freunden, im kleinen Rahmen sozusagen."

„Kennen Sie den Jazz Club Ungelt an der Celetna?" fragte sie.

„Leider nein."

„Genau das richtige für uns", lachte sie. „Gerade recht, um sich ein wenig zu entspannen, ohne auf dem Präsentierteller zu sitzen. Nehmen Sie das nächste Taxi und man wird Sie im Ungelt vermutlich schon abliefern, noch ehe ich da sein kann."

Die Combo des kleinen gemütlichen Jazzkellers erschöpfte sich in einem Saxophonisten, einem Pianisten und einem Percussioner.

297

Bernauer und Chantal hatten je ein Glas Weißbier geordert und in der heimeligen Atmosphäre des Raumes, der seine spärliche Sicht aus kleinen, verteilten Lichtinseln bezog, berührten ihn die schwarzen, melancholischen Augen in den rätselhaften Zügen der schönen Frau seltsam vertraut.

„Konnten Sie heute irgend etwas für Eloise tun?"

„Ich hoffe es, der Staatsanwalt war über meine Aussage erstaunt, wird sie aber immerhin akzeptieren müssen. Der Rest der Anklage stellt das wesentlich größere Problem dar. Ich hoffe sehr, dass Sie wenigstens einige entscheidende Dinge für Eloise vorbringen können."

„Worauf Sie sich verlassen können. Worum ging es denn nun bei Ihnen?"

„Darauf darf ich nicht antworten", sagte er leise, „auch dürfte ich heute mit Ihnen in keinerlei Verbindung treten, aber seit ich in diesen Wust von Ermittlungen geraten bin, war ich unweigerlich dazu gezwungen, in erster Linie meinem eigenen Ermessen zu folgen."

Er sah ihren fragenden Blick.

„Ich fürchte, dass ich Ihnen auch das nicht erklären kann. Sagen wir einfach so: ich werfe Dinge an die Wand und hoffe, dass irgend etwas hängen bleibt."

Sie lachte.

„Dann verzeihen Sie meine unpassende Frage, auch ich stehe unter erheblichem Druck, denn mein Kopf fühlt sich an, wie ein Vogelnest aus Bildern. Leider habe ich in vielen Fällen bei zu viel Erfahrung nur noch zu wenig Hoffnung. Was geschieht hier? Die hässlichen Ereignisse verdrängen die guten wesentlich schneller als ich verkraften kann."

„Das tut mir leid", entschuldigte sich Bernauer sofort, „gemeint war nur, dass ich unter keinen Umständen Ihre oder meine Sicht der Dinge erörtern darf. Nicht, bevor Sie Ihre Aussage gemacht haben.

Keinesfalls hatte ich natürlich die Absicht, böse Schatten der Gegenwart oder Vergangenheit in Ihnen ans Licht zu zerren. Bitte, glauben Sie mir das."

Chantal lächelte fein.

„Was immer Sie heute über mich gehört haben mögen, es gehört der Vergangenheit an. Alles ist für mich vergangen, dieses Gefängnis aus Lügen und Übervorteilungen und vor allem die Angst vor der Zukunft, alles nur noch ferne Gespenster. Man ist in diesem Metier wirklich ganz allein auf sich gestellt, das ist der Preis und ich habe alles von der Pike auf gelernt."

„Sie haben es geschafft, weil Sie stark sind", sagte er, „und versuchen nun anderen dabei zu helfen, ebenfalls stark zu werden."

Chantal schüttelte den Kopf.

„Nicht durch die Schuld der Sterne, lieber Brutus, durch eigne Schuld nur sind wir Schwächlinge. Nein, ich bemühe mich lediglich, das ärgste zu verhindern und musste selbst genügend Lehrgeld zahlen, aber davon will ich jetzt nicht sprechen oder Sie langweilen, mit einem Monolog zur eigenen Person."

„Sie könnten mich ganz und gar nie langweilen, doch welches Thema darf es dann sein?" erkundigte sich Bernauer.

„Mein Vorschlag zur Güte", sagte sie lebhaft, „wir könnten uns noch einige nette Kostproben der schmackhaften Biersorten in dieser winzigen verruchten Dunkelkammer kommen lassen. Zu Beurteilung und Meinungsaustausch vom Experten zur Expertin, sozusagen."

Der Vorschlag gefiel ihm und so ließ er sich vom schwarzbeschürzten, baumlangen und rasterlockigen Kellner zeigen, was man auf diesem Sektor zu bieten hatte, wobei Chantals bemerkenswerte Fachkenntnis in der Welt von Hopfen und Malz Bernauer und sogar den Kellner überraschte und beeindruckte.

Als sie dann gegen zweiundzwanzig Uhr beschlossen aufzubrechen, hatte Bernauer das Gefühl, als säße etwas tief in seiner Kehle, ganz so, als wäre er ausgehungert nach diesem Etwas, von dem er wusste, dass er es nicht haben konnte.

Jetzt musste er dringend seinen Kopf frei bekommen. Er öffnete die Tür des bestellten Wagens, um Chantal beim Einsteigen zu helfen.

„Ich danke Ihnen für den wundervollen Abend", sagte er, „und werde mich am besten gleich verabschieden, ein Fußmarsch zurück ins Hotel wird mir ausgesprochen gut tun."

Chantal legte ihre Hand auf seine Schulter.

„Was ist es?" fragte sie. „Die spannungsvolle Unsicherheit, ob etwas Schreckliches passiert ist, oder vielleicht noch passieren wird?"

„Nichts Schreckliches", sagte er und zog sie an sich. Jeder Gedanke verlor sich nur noch in der fiebrigen Erregung dieses Kusses, der nicht sein durfte, den er aber jetzt mehr brauchte, als alles andere, das er je gewollt hatte.

Chantal betrat den Vernehmungsraum und dominierte sofort die Atmosphäre.

Sie trug ein weiches senfgelbes Wollkleid, den schlichten schwarzen Seidenmantel mit den modisch weiten Dreiviertelärmeln hatte sie wie ein Cape über die Schultern geschlagen. Mit einem freundlichen Lächeln und leichtem Senken des Kopfes begrüßte sie die bereits im Raum Anwesenden, die außer Bernauer noch aus zwei Angehörigen von Interpol sowie einer Beamtin eines einschlägigen Dezernats aus dem Polizeipräsidium Prags bestand. Selbstsicher nahm Chantal eben auf dem vorgesehenen Stuhl Platz, als auch bereits der vernehmende Beamte eintrat.

Nach der Klärung der Personalien richtete sich der Ermittler auf und zog seine Schultern zurück. Für den erfahrenen Polizisten in Bernauer ganz deutlich eine unbewusste Geste, um mit der Zeugin auf Augenhöhe zu kommen, denn der Mann war höchstens von mittlerer Größe und Chantal war ihm darin jedenfalls um einiges voraus.

„Frau Dr. Popud", begann er, „Sie haben sich angeboten, in der Sache der Beschuldigten, Frau Eloise Landers, auszusagen."

Chantal nickte zustimmend.

„Würden Sie bitte antworten", sagte der Beamte.

„Ja, natürlich, wenn Sie es wünschen", gab sie zur Antwort, „andernfalls wäre ich nicht hier."

Chantal schien jetzt sauer zu sein und hatte offensichtlich nicht die Absicht, sich unterwürfiger Höflichkeiten zu bedienen.

Die Miene des Vernehmenden wurde eisig.

„Sie sind mit Frau Eloise Landers beruflich und privat bekannt, wie lange eigentlich schon?"

„Seit ungefähr zwei Jahren."

„Kam sie über Ihre Vermittlung?"

„Nein, Herr Murad hat sie in Zürich kennengelernt und engagiert."

„Und sie waren zu diesem Zeitpunkt nicht mehr in Prag tätig?
„Nein, ich führe seit einigen Jahren eine Künstleragentur in Paris."
„Aber Sie haben sich trotzdem miteinander angefreundet."
„Ja, in Zürich, sie ist eine sehr liebenswürdige Person."
Dazu äußerste sich der Beamte nicht.
„Sie wissen, was Frau Landers vorgeworfen wird?"
„Wenn ich es richtig verstanden habe, geht es hier um Beihilfe zum Menschenhandel."
„Dies ist ein Verfahren wegen Beihilfe und Anstiftung zum Menschenhandel, denn Frau Landers steht nicht nur unter dem dringenden Verdacht, fundiert Beihilfe geleistet, sondern in vielen Fällen sogar die Anregung dazu geliefert zu haben."
„Und dafür haben Sie Beweise? Oder lediglich Vermutungen?"
„Dann liefern Sie uns Ihrerseits die Beweise, dass diese Anschuldigungen falsch sind."
„Da werden Sie mir allerdings Fragen stellen müssen, woher sollte ich Ihrer Meinung nach wissen, worauf Sie Ihre Verdächtigungen stützen."

Ärgerlich beugte sich der Beamte nach vorne:
„Wie erklärt es sich zum Beispiel, dass firmeninterne Gegebenheiten, wie die Beschreibung der jungen Frauen vom Aussehen her, ihren Charaktereigenschaften, den Verwendungsmöglichkeiten am Laufsteg und auch nach den familiären Gegebenheiten, sowie die Termine des tatsächlichen Einsatzes in den Besitz Ihres seinerzeitigen Beschützers Stadtrat Nowotny gekommen sind?"

„Da kämen beispielsweise Herr Murad und Karel Meston in Betracht. Meine persönlichen Verhältnisse sind allerdings nicht Gegenstand dieser Vernehmung, aber deren Erwähnung soll offenbar meine Aussage zumindest in ein schiefes Licht rücken. Ich trete, wie Ihnen vielleicht entgangen ist, nur als Zeugin im Fall Eloise Landers auf."

Das hatte gesessen, die Miene des Einvernehmenden erstarrte förmlich zu Eis.

„Herr Murad hat nachweislich seit längerer Zeit eine Privatdetektei eingeschaltet, da er den Verdacht hat, dass es jemand gibt, der seit Jahren seine innerbetrieblichen Vorgänge kennt und außerdem zeitweilig in der Lage gewesen ist, das Geschäftspapier seiner Firma unbefugt an sich zu bringen und zu verwenden. Wozu hätten alle diese bezahlten Aktivitäten dienen sollen, wenn derlei Probleme überhaupt nicht bestanden haben?"

„Dann", konterte Chantal, „muss mit dem gleichen Recht berücksichtigt werden, dass Eloise seit weniger als zwei Jahren Einblick in einen Teil von Herrn Murads Geschäften haben kann. Wie sollte sie seit Jahren in seinem Haus Spionage betrieben und Briefpapier entwendet haben, wenn sie sich nachweislich nicht einmal in derselben Stadt aufgehalten hat. Ich kenne das Mädchen und ihren Charakter, mir hat sie ihre Sorgen anvertraut und ist mir sehr dankbar für die Unterstützung, die ich ihr wohlgemerkt sehr gerne angedeihen lasse. Eloise Landers ist ein ehrgeiziges, aber sehr diszipliniertes und anständiges Mädchen, sie wird Karriere machen und ist intelligent. Niemals würde sie ihre Chancen so aufs Spiel setzen und nebenbei dubiosen Geschäften nachgehen, die dann unvermeidbar mit der Zeit platzen müssten."

„Und das Verschwinden von Helene Dietrich? Wer kannte die Outsiderin in der Modetruppe so gut wie Frau Landers? Wer wusste, dass sich jede Person aus Prag, die mit Frau Dietrich in Beziehung stand, genau zu dem Zeitpunkt im Ausland aufhielt, als sie nach Wien gerufen wurde?"
„Der Gedanke an Karel Meston ist Ihnen wohl nicht gekommen, auch er weiß bestens Bescheid und hat Frau Dietrich einige kleine Engagements vermittelt, nur so zum Beispiel", sagte Chantal erbittert, „Sie haben in Eloise Ihre Schuldige gefunden und so soll es auch bleiben."

Ein neuerlicher Grund für den Kriminalbeamten, sich so weit wie möglich in seinem Stuhl aufzurichten.
„Es mag natürlich sein", sagte er gedehnt, „dass Herr Meston und Frau Landers zusammengearbeitet haben. Er könnte es dann wohl gewesen sein, der Eloise das Handy Frau Dietrichs, welches wir im Reisekoffer Frau Landers gefunden haben, zugesteckt hat."
Vom Handy Lenis im Koffer Eloises hatte Chantal allerdings noch nichts gewusst.
„Das Handy Frau Dietrichs ist wo gewesen?"
„In Frau Landers Koffer."
„Das ist doch kompletter Unsinn", sagte sie überrascht, „Leni Dietrich hat doch auf dem Handy Nachrichten verschickt, ich selbst habe es gesehen."
„Sie hatten Frau Landers dabei natürlich im Blickfeld?"
Chantal überlegte: „Wollen Sie damit vielleicht andeuten, Leni Dietrich wäre überhaupt nicht in Wien gewesen und Eloise hätte deren Handy bei sich gehabt, oder hätte es später für alle Fälle an sich genommen?"

„Oh Gott", durchfuhr es Bernauer, „so wie die Einvernahme hier abläuft, kann Chantals Aussage sich rasch als kontraproduktiv erweisen."

„Das wäre eine Möglichkeit", sagte der Beamte, „hat sich Karel Meston bei der Reise nach Rom in Gegenwart der Crew Herrn Murads befunden?"

„Nein, natürlich nicht, er verbindet seine Aufenthalte immer mit anderen Geschäften, besonders die ersten Tage nach der Ankunft, meist trifft er ohnehin etwas später ein."

„Er führt die Zeugin genau so, dass sie Eloise belastet", erkannte Bernauer. „Da Chantal nicht weiß, wie damals in Wien recherchiert wurde, lässt sie sich sukzessiv zur Gegenzeugin umfunktionieren."

„Gut", sagte der Beamte offenbar zufrieden, „Sie haben uns eben geschildert, was Ihnen vermutlich selbst schon durch den Kopf gegangen ist, aber, dass sich Frau Dietrich in Wien befunden hat, scheint beinahe als erwiesen."

„Wie kommen Sie eigentlich zu derartigen Behauptungen, dann hat man Eloise das Handy eben später unterschoben."

Der vernehmende Beamte zuckte die Schultern: „Oder in Weiterführung Ihrer eben geäußerten eigenen Überlegungen, eher übergeben."

Gleich darauf wurde er aus dem Raum gerufen, kam aber nach einigen Sekunden zurück, kündigte eine etwa zwanzigminütige Unterbrechung der Einvernahme an und ersuchte die beiden Agenten von Interpol ihn zu begleiten.

Bernauer bot sich an, Kaffee aus der Kantine zu holen und beide Frauen nahmen dankbar an. Während er den Raum verließ, sah er lächelnd auf Chantal und sie blinzelte ihm kaum wahrnehmbar zu.

Nach etwa einer Viertelstunde kamen die drei Beamten in den Vernehmungsraum zurück und nahmen ihre Plätze ein. Obwohl noch kein Wort gesprochen wurde, war der Triumph des vernehmenden Kriminalbeamten beinahe körperlich zu spüren.

„Frau Dr. Popud", setzte er die Einvernahme fort, „ist Ihnen Baron Jean-Julian Dechaump bekannt?"

„Bekannt wäre zu viel gesagt", antwortete Chantal uninteressiert", „soviel ich weiß, ist er ein Geschäftspartner Stadtrat Nowotnys."

„Stadtrat Nowotny befindet sich in Untersuchungshaft."

„Ich habe davon gehört."

„Sie sind mit ihm befreundet?"

„Wir waren befreundet, aber das ist lange her."

„Sie haben also keinerlei Kontakt zu ihm?"

„Nein."

„Und auch nicht zu Baron Dechaump?"

„Nein."

„Nowotny und Baron Dechaump sind im Kunsthandel tätig, wobei der Baron nicht nur als Geschäftsführer der Zweigstelle in Zürich, sondern auch als stiller Teilhaber fungiert."

„Das kann schon sein."

„Baron Dechaump wurde gestern in Zürich einvernommen, dann erfolgte auf richterliche Anordnung eine Durchsuchung seines Büros und seiner Wohnung.

In der Wohnung wurden nicht nur höchst persönliche Unterlagen junger Frauen, die offensichtlich ahnungslos und somit gegen ihren Willen dazu ausgewählt waren, an zahlungskräftige Kunden verschachert zu werden, gefunden, sondern auch Briefpapier mit der Geschäftsadresse der Boutique Adil Murads."

„Ich sagte bereits, dass ich zu Stadtrat Nowotny keinen Kontakt mehr habe und wenn Herr Murad sein Geschäftspapier tatsächlich vermisst, achtet er vermutlich zu wenig auf Ordnung."

„Die Herkunft des Briefpapiers ist bereits geklärt", sagte der Kriminalbeamte. „Ein Filmregisseur auf dem Pornosektor in Salzburg stellt diese schlechten Kopien her und sie dürften schon öfters mit Erfolg eingesetzt worden sein."

„Warum erzählen Sie mir das alles?" fragte Chantal ruhig.

„Ich bin gekommen, um in der Angelegenheit Eloise Landers auszusagen, aber wenn Sie auf meine Aussage keinen Wert legen, an den Angelegenheiten der beiden Herren habe ich keinerlei Interesse."

„Auch wenn diese beiden Herren die besseren Entlastungszeugen für Frau Landers sind?"

„Unter diesen Umständen trete ich von meiner Zeugenschaft zurück."

„Dann fordere ich Sie jetzt auf, trotzdem zu bleiben."

„Mit welchem Recht?" fragte Chantal, die sich bereits erhoben hatte.

„Mit dem Recht des Gesetzes, Frau Dr. Popud, ich möchte aber nicht zur Anwendung der mir zur Verfügung stehenden Maßnahmen greifen. Bitte, setzen Sie sich wieder."

Chantal zögerte einen Augenblick, dann nahm sie wieder Platz."

„Ich bin freiwillig gekommen, also habe ich auch das Recht, meine Aussage abzubrechen."

„Dies ist Ihnen allerdings unbenommen."

Bernauer war verärgert. Was sollte diese merkwürdige Methode, eine Zeugin in die gewünschte Richtung zu beeinflussen und zu behandeln?

Der vernehmende Beamte war voreingenommen, das war von Anfang an klar, ein Mann, der den Umgang mit starken Frauen, die ihn noch dazu körperlich überragten, nicht verkraften konnte. Doch leider war er hier selbst nur geduldeter Zuhörer in einem Fall, der nicht der seine war und so sah er auch keine Möglichkeit einzugreifen.

Der Kriminalbeamte blätterte jetzt in einem Schnellhefter, fand die offenbar gesuchte Seite und strich sie an der Wölbung der Innenseite nieder.

„Im Zuge der Erhebungen, gründlicher Erhebungen natürlich", sagte er, „hat sich ergeben, dass Baron Dechaump nicht nur Mitinhaber im Kunsthandel ist, er ist auch beteiligt an einer Künstleragentur, die allerdings ihren Sitz in Paris hat.

Richtigerweise müsste man es so ausdrücken, er ist Haupteigentümer und Sie sind zu vierzig Prozent seine Partnerin. Ist das so?"

Chantal schwieg ausdruckslos.

„Ob das richtig ist so, habe ich gefragt."

„Sie haben es ja bereits erhoben", gab sie zur Antwort, „ich führe immerhin überwiegend allein diese Agentur. Mit den anderen Geschäften von Architekt Nowotny und Baron Dechaump habe ich nichts zu tun, es ist schon unangenehm genug, im Zusammenhang mit ihnen genannt zu werden."

„Unterschätzen Sie nicht zu sehr die Intelligenz und Einsatzbereitschaft Ihrer Umwelt", antwortete der Beamte, „natürlich wurde auch ein Durchsuchungsbeschluss für Ihr Büro in Paris erwirkt und damit alles seine Ordnung hat, war Baron Dechaump bei der Durchsuchung anwesend. Das bedeutete aber keine zusätzliche Mühe, er befand sich ohnehin bereits in Untersuchungshaft."

„Und Sie haben gefunden, was sie finden wollten?"

„Ja, außerdem kamen bei Ihnen noch die persönlichen Notizen dazu, die Sie sich bei den vielen Gesprächen mit den verschiedenen Mädchen gemacht haben, wenn diese auf Ihre Unterstützung hofften, oder, wie natürlich auch zwischendurch sehr oft, einfach nur den üblichen Klatsch weiter erzählten. So waren Sie stets auf dem Laufenden und wussten besser Bescheid über die Mädchen und die Organisation, als Adil Murad oder Karel Meston.

Nicht Eloise Landers ist das fehlende Glied, Sie sind es selbst und Sie haben Eloise und deren Vertrauensstellung bei Murad benutzt. Dadurch kannten sie alle geschäftlichen Einzelheiten und auch die seelische Verfassung der Mädchen war für Sie ein offenes Buch. Zuerst ihre besondere Freundschaft mit Irina, die Sie zu Ihrem Vorteil ausnutzten und dann die mit Eloise, gaben Ihnen so umfassende Einblicke, als wären Sie selbst dabei gewesen, allerdings mit dem Vorteil, dass Sie durch Ihre Abwesenheit nie mit diesen Informationen in Verbindung gebracht worden sind. Sie haben auch Frau Dietrichs Handy im Reisekoffer Eloises versteckt, als Touschek das Gepäck vom Flughafen zurück zu Herrn Murad gefahren hat und Helene Dietrichs Schlüssel in Eloises Handtasche gesteckt. Beides hatten Sie Frau Dietrich nämlich bereits in Wien abnehmen lassen.

Eloise fand daher einen fremden Schlüssel in ihrer Tasche, vermutete ihn irrtümlich eingesteckt zu haben und legte ihn auf die Konsole in ihrem Vorzimmer. Irgend jemand würde ihn schon vermissen.

Eine hervorragende Absicherung für Sie, sollte irgendwann ein Schuldiger gebraucht werden.

Als durch die Mordermittlungen im Falle Irina Aigners die

Machenschaften Ihrer Kontaktpersonen immer auffälliger wurden, taten Sie einen weiteren, massiven Schritt, um von sich selbst abzulenken. Sie bezichtigten Eloise Landers anonym, sich in unlauterer Absicht zu Adil Murads Unterlagen Zutritt verschafft zu haben.

Sie und Stadtrat Nowotny samt Baron Dechaump haben eine umfangreiche Mädchenhandelsgesellschaft gebildet, ohne jede Haftung und ohne wirkliches Risiko."

Chantals Augen wurden schmal.

„Natürlich wäre es gefährlicher in öffentlichen Anlagen zu pinkeln oder schlimmer noch, zum Beispiel Dope auf der Straße zu verkaufen", sagte sie kalt, „bestünde hier nicht das Risiko der dümmlich männlichen Triebgelüste."

„Vielleicht drücken Sie sich etwas präziser aus", bemerkte der jetzt ziemlich beleidigt wirkende Kriminalbeamte, „Sie waren es doch, die die Nutzung Ihres Insiderwissens dem Stadtrat und dem Baron schmackhaft gemacht hat. Deren Aussagen belasten Sie schwer, und Sie tragen letztlich auch die Schuld am Tod von Irina Aigner und dem des Mädchens, das im Teich ertrunken ist. Vom Unglück der vielen verschollenen Frauen noch gar nicht zu reden."

„Da irren Sie allerdings gewaltig", sagte Chantal höhnisch, „wären diese brünstigen Kerle in der Villa Novotnys nicht über das zugekiffte Mädchen hergefallen, wäre sie nicht abgehauen und wäre nicht ertrunken. Am nächsten Tag hätte sie sich vermutlich nicht einmal mehr der Sache erinnert, dazu war sie viel zu weggetreten.

Ebenso das Mädchen in Salzburg. Julian, dieser verkommene Bock musste sie ja unter dem Kittel befummeln. Dass daraufhin das Gerüst umfallen würde und die Kleine ersticke, war zwar nicht vorauszusehen, aber der Unfall ging auf seine Kappe. Es hat sich dann allerdings um den jämmerlichen Film gehandelt, den Karel begutachten sollte, und der Irinas Seelenfrieden so empfindlich gestört hat."

Jetzt bat Bernauer, eine Frage an Chantal Popud richten zu dürfen.

„Wollen Sie damit sagen, dass Baron Dechaump und wer auch immer noch daran beteiligt gewesen ist, das erstickende Mädchen lediglich ins Henkerhaus geschafft und hilflos zurückgelassen haben, um dann den gedrehten Film auch noch seelenruhig zu verwenden?"

„Muss wohl so sein, wer hätte sie denn in diesem Zustand noch retten sollen?"

Sie machte kurz Pause und lächelte wissend.

„Aber ebenso idiotisch hat sich Meston verhalten. Wie konnte er den Film im Gerät vergessen, nachdem er ihn betrachtet hatte? War er zu aufgeregt, oder was sonst? Ein Mann, der die abscheulichsten Dinge erlebt und fotografiert hat, ist wegen des vorgetäuschten Mordes an einer romantischen Kindfrau plötzlich so unkonzentriert? Ohne sein Versagen hätte Irina den Snuff nie gesehen und wäre nicht hysterisch geworden."

„Sie wussten also auch darüber Bescheid?"

„Ja, Irina hatte mich vorher angerufen, sie wollte zu mir nach Paris kommen, da sie um ihr Leben fürchtete und war überzeugt, die Modenschau wäre die einzige und letzte Gelegenheit, unbeachtet ihren Verfolgern zu entkommen. Ich habe Miroslav Nowotny verständigt, man sollte sie nicht aufhalten, für Irina würde sich schon eine Lösung finden. Wer konnte denn ahnen, dass sie derart hysterisch werden würde, dass sie ein einfacher Bodyguard, der die Sache missverstanden hatte, dann tödlich verletzen würde.

Und falls die ehrenwerten Herren Nowotny und Dechaump in mir die Anstifterin für ihre Tätigkeiten sehen wollen, kann ich dazu nur sagen: Stadtrat Nowotny, dessen Sugar Baby ich zur Zeit meines Studiums gewesen bin, hat mich gezielt zu Karel Meston gebracht, er hatte nämlich die gewinnträchtige Idee, durch die Mädchen abzusahnen. Models waren im Ausland leicht zu verlocken und Compagnon Dechaump erklärte sich später dazu bereit, Mädchen auch über den Kunsthandel abzusetzen. Als Verführer ist er sogar ein unglaublicher Erfolg, die Mädchen sind ganz verrückt nach ihm."

„Es störte Sie also überhaupt nicht, dass Ihr Lebensgefährte mit anderen Frauen schlief?"

„Lebensgefährte? Julian ist ein angenehmer Begleiter und hat mich Karel Meston auch nicht aus Liebe ausgespannt. Mit der gleichen Arroganz, mit der sich die Männer eine Frau gefügig machen, steuern sie zielgerade die nächste an. Also gibt es für uns Frauen nur die einzige Möglichkeit, uns selbst der Männer zu bedienen."

„Frau Dr. Popud", sagte der Kriminalbeamte, „Sie sind festgenommen."

Bernauer konnte es nicht fassen. Instinktiv hoffte er darauf, erwachen zu können, sodass der Spuk ein Ende nähme. Doch nichts geschah und das Schweigen im Raum war erdrückend.

„Wieso", wandte er sich an Chantal, „hat Touschek ein volles Geständnis abgelegt, und gegen alle anderen Beteiligten ausgesagt, nur Sie hat er dabei kein einziges Mal erwähnt?"

„Das ist doch nur natürlich", sagte sie, „schließlich ist er mein Vater."

Und einige Sekunden später fügte sie hinzu:

„Ich führe offiziell den Mädchennamen meiner Mutter. Irgendwann braucht schließlich jeder eine Hintertür, durch die er hinausschleichen kann."

Um keinen Preis wollte Bernauer nun Zeuge der unumgänglich folgenden Szene werden. Als er zur Tür ging, sah er in ihr schönes unbewegtes Gesicht:

„Was war es?" wollte er wissen, „war es die Macht, oder das Geld?

Durch Sie haben großartige Mädchen wie Leni Freiheit, Zukunft oder sogar ihr Leben verloren."

„Verloren?" wiederholte sie nachdenklich.

Und dann zusammenhanglos:

„Lieben Sie Bach, Major?"

Bernauer schwieg.

„Ich bevorzuge A-Moll", lächelte sie, „nichts weint so sehr wie ein Cello."

Weitere Titel der Autorin:

Band 1 der Krimi-Reihe
„Die Fälle des Major Joschi Bernauer"

Mörderischer Kontrakt

Hochrangige Mitglieder der eleganten Gesellschaft eines privaten Salzburger Bridge-Clubs finden auf grauenvolle Weise den Tod. Info und Kontakt:
https://www.facebook.com/people/Ingeborg-Mistlberger/100011903207839

Das e-book und das Taschenbuch sind im Amazon-Kindle-Verlag unter der ISBN 9781530831760 erhältlich.

Band 2 der Krimi-Reihe
„Die Fälle des Major Joschi Bernauer"

High Heels und Pisse

Major Dr. Joschi Bernauer, Leiter der Mordkommission Salzburg, ermittelt auf zwei völlig gegensätzlichen Ebenen, in der Welt des Reichtums und der der Armut.

Das e-book und das Taschenbuch sind im BoD Verlag unter der ISBN 9783741267437 erhältlich